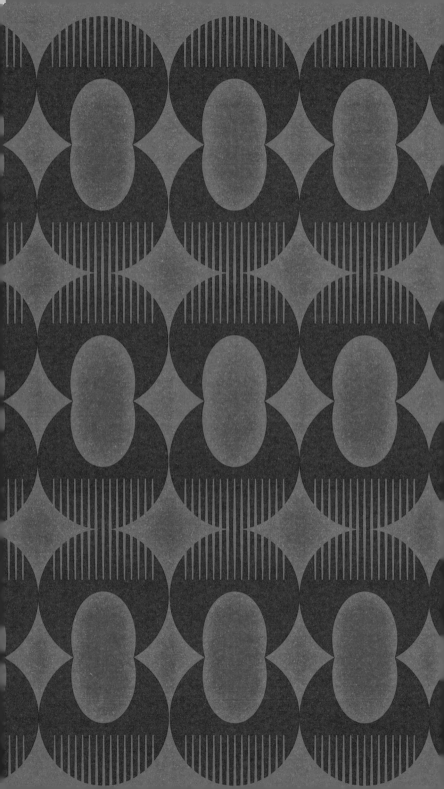

CARAMBAIA

ilimitada

Simone Schwarz-Bart

Chuva e vento
sobre Télumée Milagre

Tradução
MONICA STAHEL

Ensaio
ITAMAR VIEIRA JUNIOR

Posfácio
VANESSA MASSONI DA ROCHA

11 Primeira parte
Apresentação dos meus

45 Segunda parte
História da minha vida

. . .

259 Ensaio: O milagre da existência,
por Itamar Vieira Junior

269 Posfácio,
por Vanessa Massoni da Rocha

Belle sans la terre ferme
Sans parquet sans souliers sans draps.

– Paul Éluard, "Ondée", em *Les Yeux fertiles*

---

* Bela sem a terra firme/ sem piso sem sapato sem lençóis.

Para você

Primeira parte
Apresentação dos meus

1

Muitas vezes a terra depende do coração do homem: é minúscula quando o coração é pequeno e imensa quando o coração é grande. Nunca padeci da exiguidade de minha terra, sem por isso presumir que tenha um coração grande. Se me fosse dado o poder, é aqui mesmo, em Guadalupe, que eu escolheria renascer, sofrer e morrer. No entanto, há não muito tempo, meus ancestrais foram escravos nesta ilha de vulcões, ciclones e mosquitos, de mentalidade perniciosa. Mas não vim à terra para ponderar toda a tristeza do mundo. A isso, prefiro sonhar, mais e mais, em pé no meio do meu quintal, como fazem todas as velhas de minha idade, até que a morte me apanhe dentro do meu sonho, com toda a minha alegria...

Na minha infância, minha mãe Victoire sempre me falava de minha avó, a negra Toussine. Falava dela com fervor e veneração, pois, dizia, toda iluminada pela lembrança, Toussine era uma mulher que nos ajudava a não baixar a cabeça diante da vida, e são raras as pessoas que têm esse dom. Minha mãe a venerava tanto que passei a considerar Toussine, minha avó, um ser mítico, que habitava outro lugar, fora da terra, de modo que ainda viva ela entrara, para mim, no mundo das lendas.

Eu tinha adquirido o hábito de chamar minha avó pelo nome que os homens lhe deram, Rainha Sem Nome;

mas seu nome de antes, seu verdadeiro nome de solteira, era Toussine Lougandor.

A mãe dela era Minerve, mulher de sorte que a abolição da escravatura tinha libertado de um patrão conhecido por seus caprichos cruéis. Depois da abolição, Minerve andara ao acaso, buscando um refúgio longe daquela plantação, de suas extravagâncias, e foi parar em L'Abandonnée. Escravos fugitivos tinham se estabelecido naquele lugar e uma povoação se formara. Eram numerosos os errantes que buscavam um refúgio, e muitos se recusavam a se instalar onde quer que fosse, sempre e sempre temendo que voltassem os tempos antigos. Assim chegou, da Dominica, um negro que sumiu logo que sua paternidade foi anunciada, e os homens de L'Abandonnée que Minerve havia desdenhado riram de seu ventre abaulado. Mas, quando o caporro Xangô resgatou a vergonha de Minerve, minha bisavó, os risos pararam na mesma hora e o fel envenenou os próprios homens que se tinham divertido com a infelicidade de outra pessoa. A criança Toussine viu a luz e Xangô a amou como se ela tivesse nascido por obra sua. À medida que a menina perfurava o sol, com a graça de uma flecha de cana, tornava-se os dois olhos daquele homem, o sangue de suas veias, o ar de seus pulmões. Assim, pelo amor e pelo respeito que Xangô lhe prodigalizava, a falecida Minerve pôde a partir de então passear pela rua do povoado sem constrangimento, de cabeça erguida, nádegas empinadas, mãos nos quadris, e a podridão dos hálitos se desviou dela para ir bafejar em pastos melhores. Foi assim que a vida começou para a jovem Toussine, com a delicadeza de um nascer do sol em tempo claro.

Eles moravam num povoado em que se revezavam os ventos de terra e de mar. Uma estrada íngreme contornava precipícios e ermos, parecia não desembocar em nada humano, e por isso a povoação era chamada L'Abandonnée. Havia dias em que uma angústia se apoderava de todo mundo, e as pessoas sentiam-se como viajantes perdidos em terra desconhecida. Ainda muito jovem, valente, sempre com um pano amarrado na cintura, Minerve tinha a pele de acaju avermelhada e lustrosa, olhos pretos transbordantes de brandura. Tinha uma fé inabalável na vida. Diante da adversidade, gostava de dizer que nada nem ninguém consumiria a alma que Deus escolhera para ela e dispusera em seu corpo. Ao longo de todo o ano, fertilizava baunilha, colhia café, capinava bananais e fileiras de inhame. Sua filha Toussine também não era dada a grandes devaneios. Criança, assim que se levantava Toussine gostava de ser útil, varria, ajudava na colheita de frutas, descascava as raízes. À tarde, ia para a floresta, arrancava do mato as folhas para os coelhos e às vezes, tomada por um capricho repentino, ajoelhava-se à sombra dos mognos para catar as sementes achatadas e brilhantes com que se fazem colares. Quando voltava da floresta, carregando na cabeça um feixe enorme de pastagem, Xangô exultava ao vê-la assim, com o rosto escondido pelas folhagens. Na mesma hora, ele erguia os dois braços e começava a berrar... podem me odiar, contanto que gostem de Toussine... podem me beliscar até tirar sangue, mas não toquem nem na barra do vestido dela... e ele ria, chorava, diante daquela menina radiante, de expressão aberta, com traços que diziam assemelhar-
-se aos do negro da Dominica, que ele bem gostaria de encontrar algum dia, para verificar. Mas ela ainda não chegara a seu pleno brilho, e foi aos 15 anos que se destacou claramente de todas as moças, com a graça insólita

do balizeiro-vermelho que cresce no alto da montanha. Tanto que, por si só, diziam os velhos, ela era toda a juventude em L'Abandonnée.

Na mesma época, havia em L'Abandonnée um jovem pescador chamado Jérémie, que enchia a alma das pessoas com a mesma luz. Entretanto, ele olhava as mocinhas com indiferença, e os amigos de Jérémie as alertavam, rindo... quando Jérémie se enamorar, será de uma sereia. Essas palavras não bastavam para enfeá-lo, e o coração das moças se amarfanhava de despeito. Ele tinha 19 anos, já era o melhor pescador da angra Caret. Onde então ele apanhava aqueles carregamentos de vermelhos, bonitos, peixes-agulha... em nenhum outro lugar que não fosse debaixo de seu barco, *Vento de proa*, com o qual partia para dançar no infinito, dia e noite, noite e dia, pois o rapaz só vivia para ter o barulho das ondas nos ouvidos e para sentir as carícias do alísio no rosto. Assim era Jérémie naquele tempo em que Toussine era para todos como o balizeiro que cresce no alto da montanha.

Nos dias sem vento, de calmaria na água, Jérémie ia à floresta cortar cipós que servissem para fazer nassas. Uma tarde, ele se afastou da beira do mar para ir cortar daqueles cipós, e foi assim que Toussine surgiu no seu caminho, bem no meio de uma floresta. Estava com um vestido velho da mãe, que lhe chegava aos tornozelos, e, com o feixe de folhagem desmontando por cima dela, cobrindo seus olhos, mascarando seu rosto, ela andava como se estivesse perdida. O jovem a interpelou com estas palavras... é a nova moda em L'Abandonnée, agora, essa moda dos burros de carga?... Deixando cair seu fardo, ela olhou para o rapaz e disse surpresa, quase chorando... vou catar folhagem na floresta e acabo colhendo insultos. Dizendo isso, a moça deu uma gargalhada e fugiu para as sombras. Foi justo nesse instante que Jérémie deu com a mais bela nassa que já tinha visto. Quando voltou do passeio, os amigos notaram seu ar ausente, mas não lhe perguntaram nada. De fato, muitas vezes se observa esse ar perdido nos pescadores, nos que adotaram o mar como pátria, de modo que os amigos pensaram simplesmente que a terra firme não valia nada para Jérémie e que na verdade seu elemento natural era a água. Mas mudaram de ideia, nos dias seguintes, quando viram Jérémie largar *Vento de proa*, abandonando-o à própria sorte, encalhado na praia, a seco. Consultaram-se e chegaram à conclusão de que Jérémie estava sob o poder da criatura mais maléfica de todas, a Guiablesse, mulher de pé bifurcado que se alimenta exclusivamente do gosto de viver das pessoas, mais dia, menos dia levando-as ao suicídio, por meio de seus feitiços. Perguntaram-lhe se tivera algum encontro naquele dia maldito em que fora à floresta. Como os amigos o pressionaram, Jérémie confessou... a única Guiablesse que encontrei naquele dia, ele disse, chama-se Toussine, a Toussine de Xangô. Então, rindo furtivamente, lhe disseram... agora estamos entendendo melhor, e a coisa é bem mais simples do que parece, pois, se quer nossa opinião, pelo que sabemos não há nenhuma filha de príncipe em L'Abandonnée. Felizmente, somos todos apenas um punhado de negros da mesma laia, sem mamãe e sem papai diante do Eterno. Aqui, todo mundo está à altura de todo mundo, e nenhuma das nossas mulheres pode se gabar de possuir três olhos ou duas turmalinas dormindo entre suas coxas. É verdade, você vai nos dizer que essa não é do padrão comum, ela não é dessas mulheres que rastejam por todo lado, como lagartos, protegidas pela própria insipidez de sua carne, e nós respondemos: Jérémie, você está certo, como de hábito. De fato, temos olhos, como você, e quando Toussine roça nossas pupilas nossa visão sai revigorada. Todas essas palavras, amigo, são para te dizer uma coisa só: Por mais bonita que ela seja, a moça é como você, e, quando sair ao lado dela na rua, vocês não vão destoar. Outra coisa, quando for à casa dos pais dela para falar das suas intenções, lembre-se de que aqui não há canibais e de que Xangô e Minerve não vão devorá-lo…

E deixaram Jérémie sozinho, para que tomasse sua decisão como homem.

Abençoados amigos, pensava Jérémie, no dia em que foi visitar os pais de Toussine, vestido com roupas comuns, levando na mão uma bela pesca de pargos-rosa. Ainda na porta, falou-lhes de seu amor por Toussine, e os pais na mesma hora o fizeram entrar na choupana, sem nem terem consultado a mocinha. Por suas maneiras, davam a impressão de conhecer bem Jérémie, de saber o que ele fazia na vida, no mar e na terra, homem em condições de tomar companheira e de procriar e alimentar. Foi o começo de uma daquelas tardes amenas de Guadalupe, que se iluminou, enfim, com a chegada de Toussine, trazendo vermute para os homens e licor de sapoti para o sexo frágil, tudo servido numa bandeja com toalhinha bordada. Na hora da despedida, Minerve declarou que doravante a porta daquela choupana estava noite e dia aberta para ele, e Jérémie soube que podia considerar aquele vermute e aquele convite um triunfo definitivo; pois, por uma madrepérola tão bonita como Toussine, geralmente as pessoas não se lançam ao pescoço do homem, sobretudo em sua primeira abordagem, como se estivessem à espera de se desfazer de um gado degenerado. À noite, para selar esse triunfo, Jérémie e seus amigos decidiram fazer uma pescaria noturna. Trouxeram tanto peixe que essa saída se tornou memorável em L'Abandonnée. Mas tinham pescado aqueles garapaus com demasiado prazer para chegar à praia e vendê-los, e a distribuição de peixe no povoado também ficou gravada em todas as memórias. Na hora do almoço, com um copo de rum na mão, os homens estufavam o peito de satisfação, batiam nele três vezes e se extasiavam... podem acreditar, mas na verdade a raça dos homens não está morta..., porém as mulheres balançavam a cabeça diante dessas afirmações e cochichavam... o que um faz, mil desfazem... entretanto, lançou uma delas, como que a contragosto, sempre paira uma esperança... e as línguas saciadas iam embora enquanto o barulho das ondas voltava à cabeça de Jérémie.

Jérémie vinha todas as tardes, e na casa não era como noivo, mas um pouco como irmão de Toussine, como o próprio filho que Minerve e Xangô não tinham tido. Nenhum ácido corroera a alma do rapaz e minha pobre bisavó não tinha olhos que bastassem para vê-lo. Alegre por temperamento, ela estava duplamente alegre diante daquele pedaço de homem que Santo Antônio em pessoa enviara para sua filha. E, transbordando de alegria, às vezes ela gracejava com a senhorita Toussine... espero que você goste de peixe, vem cá sortuda, vou te ensinar a preparar um escabeche especial que vai fazer Jérémie lamber os dez dedos, por mais educado que ele seja...

E, mal acabava de dizer isso, abria a saia amarela rodada e cantava para a filha:

Preciso de um marido pescador
Para pescar dourados para mim

Não sei se você sabe
Preciso de um marido pescador

Ô remo à frente me dá prazer
Ô remo atrás me faz morrer

Mas Toussine pouco ouvia o que a mãe cantava. Desde que Jérémie passava as tardes a seu lado, a imagem dele dançava o tempo todo em suas pupilas, e o dia todo, sem que ninguém desconfiasse, a namorada passava o tempo admirando aquele a quem amava, e isso no maior segredo do mundo, achava. Olhava o porte do homem e o achava flexível e esbelto, olhava seus dedos e os achava ágeis e afilados como as folhas do coqueiro ao vento, contemplava seus olhos e sentia o corpo invadido por uma grande tranquilidade. Mas o que ela preferia, no homem que Santo Antônio lhe enviara, era sua pele furta-cor e cintilante que lembrava a polpa de alguns guajurus roxos, tão bons de esmagar entre os dentes. Com seu canto de pescador, Minerve sabia muito bem como a filha passava o tempo e continuava a cantar sua canção e a dançar pelo simples prazer de ver Toussine sonhar livremente.

Aqui, como em todos os outros lugares, rir e cantar, dançar, sonhar não é exatamente a realidade toda; pode bater um raio de sol sobre uma choupana, mas o resto do povoado permanece na escuridão. Enquanto se preparava o casamento, era sempre a mesma platitude em L'Abandonnée, o mesmo empenho dos humanos em rebaixar o nível da terra, o mesmo peso de maldade preso às aurículas de seu coração. O vento que soprava sobre a choupana de Minerve as amargurava, tornando as mulheres mais insolentes do que nunca, quiméricas, ferozes, prontas a verter palavras impertinentes... acho que Toussine não é mais do que uma beldade inútil, que a beleza não conta, que o que importa não é casar, mas continuar juntos nas mudanças de estação, dizia uma... estão rindo agora, mas quem muito ri, muito chora, e daqui a três meses esse bando alegre da Minerve vai se ver com seis olhos para chorar... dizia outra. As mais furiosas eram as que viviam em casa com um homem afortunado. Atacavam Toussine de antemão pelo pedaço de ouro que brilharia em seu dedo, indagavam se de fato havia nela alguma coisa única, excepcional, uma virtude e um mérito tão grandes que atraíam o casamento. E, para se consolar, para acalmar um velho rancor, elas vinham ao crepúsculo para perto da choupana de Minerve e, com uma espécie de frenesi, de arrebatamento selvagem, murmuravam encantamentos deste tipo:

Casada hoje
Divorciada amanhã
Mas Senhora, mesmo assim!

Minerve sabia que aquelas mulheres não tinham nada na vida, algumas tábuas em cima de quatro pedras e o desfile dos homens sobre seu ventre. Para aquelas negras largadas, o casamento era a maior e, talvez, única dignidade. Entretanto, quando não aguentava mais ouvi-las, Minerve se empertigava e, com as mãos nos quadris, berrava... minhas caras linguarudas, não sou a única que tem filha e eu desejo às suas as mesmas coisas boas que vocês desejam à minha Toussine, pois, pelo que sei, a justiça destas palavras nunca foi desmentida sob este sol: quem usa espada morrerá pela espada... e ela voltava para casa, fechava as portas e deixava ladrar as cadelas raivosas.

No dia do casamento, todos os caminhos do povoado estavam varridos e suas imediações, aparadas, como em dia de festa da comuna. Em torno da choupana de Xangô e Minerve erguiam-se choças de folhas de coqueiro trançadas. A dos noivos era salpicada de hibiscos, resedás e flores de laranjeira, o que fazia dela um imenso buquê, de aroma inebriante. Fileiras de mesas estendiam-se a perder de vista, e ofereceram-se a todos a bebida que lhes saciaria a sede, a carne que lhes alegraria o paladar. Havia carne de porco, de carneiro, de boi e até aves servidas no próprio molho. O chouriço se empilhava por braças reluzentes, os doces em torres desmoronavam sob sua renda de açúcar, e sob os olhares revezavam-se sorvetes de todos os tipos, de coco, maracujá, graviola. Mas, para os negros de L'Abandonnée, tudo aquilo não era nada sem um pouco de música, e, quando viram três orquestras, uma para as quadrilhas e os *mazoukes*[1], uma para as beguines da moda, e o tambor tradicional, acompanhado pelos pauzinhos e por uma trompa, perceberam que teriam uma coisa bonita para contar, pelo menos uma vez na vida. Foi isso que aliviou os corações cheios de ciúmes. Durante três dias, as pessoas deixaram morros e altiplanos, misérias e indignidades de todo tipo para dançar à vontade e festejar os noivos, passando e repassando diante do casal, sob a tenda florida, e felicitando Toussine por sua sorte, Jérémie por sua sorte ainda maior. Foi impossível contar quantos lábios pronunciaram a palavra sorte, pois foi sob esse signo que decidiram, mais tarde, contar a seus descendentes o casamento de Toussine e Jérémie.

Os anos se passaram a partir de então, Toussine sempre a mesma libélula, de asas cintilantes e azuis, Jérémie a mesma zebra marinha de pelagem lustrosa. Ele continuava a pescar sozinho, nunca trazendo à praia um barco

---

1   Música de salão típica da Martinica, também chamada "mazurca crioula" (derivada da mazurca cabo-verdiana). [TODAS AS NOTAS SÃO DA TRADUTORA.]

vazio, por mais ingrato que o mar estivesse. Segundo as más-línguas, ele usava de feitiçaria e era assistido por um espírito que pescava em seu lugar nos dias em que o mar estava despovoado. Mas na verdade o único segredo daquele homem era sua enorme paciência. Quando os peixes não mordiam nem à direita nem à esquerda, Jérémie mergulhava na água para apanhar conchas-rainhas. Se não as encontrava, preparava longas varas com um gancho ou um caranguejo vivo na ponta para atrair os polvos. Conhecia o mar como o caçador conhece as florestas. Depois de terminar a venda e empurrar o barco para fora da água, ele tomava o caminho da sua pequena choupana, entregava o dinheiro à mulher e comia alguma coisa, esperando o sol abrandar. Depois os dois iam juntos cuidar do quintal, e, enquanto ele revolvia a terra, ela marcava os sulcos, enquanto ele queimava o mato, ela semeava, e o crepúsculo das ilhas caía-lhes nas costas com sua habitual brusquidão, e, aproveitando a sombra que surgia, Jérémie saboreava ali mesmo, no chão, um pequeno aperitivo do corpo da mulher, murmurando para ela tolices de todo tipo, como no primeiro dia... mulher, ainda não sei o que prefiro em você, um dia são seus olhos, no dia seguinte é seu riso silvestre, um dia são seus cabelos e no dia seguinte é a leveza do seu andar, um dia é sua pinta na têmpora e no dia seguinte são os grãozinhos de arroz que vejo quando você sorri para mim. E, com essa cantiga de banjo, Toussine tinha frêmitos de satisfação e respondia num tonzinho roufenho e doce de flauta... meu querido, se alguém te visse assim na rua, te daria a hóstia sem confissão, mas você é um homem perigoso e há muito tempo teria me levado para debaixo da terra, se felicidade matasse... e eles voltavam para casa, e Jérémie dizia ao anoitecer, lançando um último olhar para o plantio... como não gostar do próprio quintal?

A prosperidade deles começou por uma aleia gramada sombreada por coqueiros, da qual cuidavam tão lindamente como se fosse dar num castelo. Essa aleia levava a uma choupana de madeira, de dois cômodos, telhado de sapé, piso sustentado por quatro grandes pedras angulares. Uma choça servia de cozinha, três pedras escurecidas para a lareira, e uma cisterna coberta evitava que Toussine fosse tagarelar com as comadres, lá na beira do rio, para lavar roupa. Enquanto lavavam, as mulheres tinham gosto em provocar discussão, para estimular os braços, comparando sua sorte recíproca, enchendo a alma ao extremo de amargura e rancor. Enquanto isso, Toussine lavava sua roupa num tacho, atrás da casa, e aproveitava cada minuto para embelezar sua choupana. Bem em frente da entrada, ela tinha plantado um imenso canteiro de cravos-da-índia que floresciam o ano inteiro. À direita, uma calibrachoa-colibri, à esquerda, tufos de cana-do-brejo que ela ia cortar à tarde para o lanche das filhas, Éloisine e Méranée. Nesse espaço, ela circulava com uma espécie de júbilo permanente, de plenitude, como se cravos-da-índia, cana-do-brejo, uma calibrachoa-colibri fossem suficientes para preencher um coração de mulher. E, por essa plenitude, pela alegria que ela mostrava diante de tão pouca coisa, era invejada, era detestada. Podia recolher-se deliberadamente aos recônditos de sua alma, mas era uma silenciosa, não uma desencantada. E, como ela se regozijava assim, na solidão, também a tachavam de "aristocrata inútil". Todos os domingos, ao anoitecer, ela passeava de braço dado com Jérémie para ver o povoado, os moradores, os animais, antes que a noite os apagasse. Ficava feliz, ela mesma fazia parte do espetáculo, daquele universo familiar, imediato, tornava-se a mágoa de uns, a alegria de outros e, como assumia então um ar distante, julgavam-na aristocrata.

Depois da aleia gramada, a casinha foi guarnecida de uma varanda em toda a sua volta, que oferecia sombra e frescor a qualquer hora, conforme se mudasse o banco de lugar. Depois vieram as duas janelas abertas na fachada, janelas de verdade, com venezianas, que permitiam respirar os aromas noturnos e impediam a entrada dos espíritos. Mas o verdadeiro sinal de sua prosperidade foi a cama que herdaram de Minerve e Xangô. Era uma imensa cama de jatobá, de cabeceira alta, com três colchões que ocupavam todo o espaço do quarto. Toussine enfiava sob os colchões raízes de vetiver e folhas de capim-cidreira que, sempre que alguém se deitava, espalhavam no ar deliciosos aromas de todos os tipos, que faziam da cama, como diziam as crianças, uma cama mágica. Uma cama como aquela era objeto de curiosidade naquele pobre povoado, onde todo mundo ainda se contentava com panos velhos, jogados no chão à noite e cuidadosamente recolhidos de manhã, estendidos ao sol por causa das pulgas. As pessoas vinham, apreciavam a aleia gramada, as janelas com venezianas, a cama de medalhão entronizada atrás da porta aberta, com a colcha de babados vermelhos que era como uma ofensa a mais para os olhares. E certas mulheres diziam com uma ponta de amargor... quem eles pensavam que eram, aqueles negros opulentos?... Toussine e Jérémie, com sua choupana de dois cômodos, sua varanda de tábuas, suas venezianas nas janelas, sua cama de três colchões e babados vermelhos?... então se achavam embranquecidos por causa disso?

Depois Toussine ainda adquiriu uma echarpe de cetim, um longo colar de ouro verde, brincos de granada, sapatos de salto alto que ela calçava duas vezes por ano, na Quarta-feira de Cinzas e no dia de Natal. E, como a onda não parecia prestes a se esgotar, chegou um momento em que os negros deixaram de se espantar, passaram a falar de outras coisas, outras pessoas, outras dores e outras maravilhas. Tinham se habituado àquela prosperidade tal como se habituaram à própria miséria, e para eles estava virada a página Toussine e opulência dos negros, tudo aquilo caiu na banalidade.

Ai de quem ri uma vez e se habitua, pois a celeridade da vida não tem limites e, quando ela nos cumula com uma mão, é para nos pisotear com os dois pés, pôr no nosso encalço aquela mulher louca, a má sorte, que nos agarra, dilacera e lança os farrapos de nossa carne aos abutres...

Éloisine e Méranée eram gêmeas, tinham cerca de 10 anos quando a sorte abandonou sua mãe Toussine. Tinha acabado de abrir uma escola no povoado, um professor vinha duas vezes por semana para ensinar as primeiras letras, em troca de alguns tostões de mantimentos. Uma noite, quando estavam estudando as letras, Méranée pediu à irmã que pusesse o lampião a querosene no meio da mesa, reclamando por ela se apossar de toda a luz. E eis que, numa simples e pequena frase, a má sorte desembarcou... fica aí com tua luz, disse Éloisine, empurrando o lampião com um gesto raivoso. E tudo se acabou: a porcelana se fez em pedaços, o querosene inflamado se espalhou pelas pernas de Méranée, por suas costas, por seus cabelos. Noite adentro, lançou-se uma tocha viva que o vento do anoitecer atiçava uivando. Toussine, com um cobertor na mão, ia atrás da filha, gritando para que ela parasse, mas a menina corria em zigue-zague, enlouquecida, deixando um rastro luminoso, como uma estrela cadente. Finalmente, ela despencou. Toussine a envolveu no cobertor, pegou-a nos braços e voltou para casa, que não parava de queimar. Jérémie consolava Éloisine, e todos se sentaram no meio da bela aleia, no gramado úmido do anoitecer, de onde viram se consumir seu suor e sua vida, sua alegria. Foi grande a afluência, e os negros estavam ali, fascinados, ofuscados pelo tamanho do desastre. Olhavam fixamente as chamas que abrasavam o céu, balançando a carcaça sem sair do lugar, entre duas almas, querendo lamentar e vendo naquela fatalidade uma espécie de justo retorno das coisas. Esqueciam a própria sorte, comparavam a crueldade do destino com a mediocridade de sua infelicidade... o mesmo, diziam eles, não vai acontecer conosco.

A agonia de Méranée foi atroz, seu corpo era uma imensa chaga que atraía as moscas à medida que apodrecia. Toussine afastava os insetos com um leque, passava óleo lenitivo e, com os olhos inexpressivos, esfalfava-se chamando a morte que não chegava, decerto ocupada em outro lugar. Quando alguém queria substituir Toussine à cabeceira, ela respondia, sorrindo com ar muito doce... não se preocupem comigo, por mais pesados que sejam os seios de uma mulher, seu peito sempre tem força suficiente para suportá-los. Ela passou dezessete dias e dezessete noites afagando a morte, e, quando a má sorte se evadiu para outro lugar, Méranée expirou. A vida continuava igual a si mesma, sem um único pedacinho de coração, verdadeira pulga se banqueteando com o último sangue da pessoa, exultante por deixá-la inanimada, dolorida, a maldizer céu e terra e o ventre que a engendrou...

Diante da mentira das coisas, da tristeza, há e haverá sempre o capricho do homem. Foi graças ao capricho de um branco que Toussine e Jérémie tiveram um teto. Esse homem, um crioulo de nome Colbert Lanony, tomara--se de amores por uma negrinha atormentada, em outros tempos, em tempos antigos, logo depois da abolição da escravatura. Tornando-se um branco maldito, ele viera se refugiar num morro deserto, inacessível, protegido dos olhares que seu amor contrariava. De toda essa história, só restavam belas pedras que se esboroavam, num estranho lugar perdido, colunatas, tetos bichados, lajes de faiança que ainda davam testemunho do passado, do capricho de um branco maldito por causa do amor por uma negra. Aos que se surpreendiam com uma tal morada naquele lugar, o povo acostumou-se a responder, é L'Abandonnée, nome que depois serviu para designar o povoado. Lá, só um cômodo era habitável, no andar de cima, uma espécie de quartinho cujas aberturas eram vedadas com pranchas de papelão. Quando chovia, um fio de água escorria num balde colocado debaixo da rachadura e, ao chegar a noite, o rés do chão tornava-se refúgio dos sapos, das rãs e dos morcegos. Mas nada parecia incomodar Toussine, que se instalara de corpo sem alma naquela torre, indiferente a esses detalhes. Nas nove primeiras noites, de acordo com o costume, ela recebeu a visita de todos os habitantes da aldeia, que vieram para venerar a alma da falecida e fazer companhia aos vivos, diante da morte. Toussine não chorava, não se lamentava, sentada ereta num banco, no canto, como se cada lufada de ar a envenenasse. As pessoas não queriam abandonar um barco como Toussine, mas o espetáculo era tão insuportável que elas abreviavam a cerimônia, entravam, cumprimentavam e iam embora, cheias de condescendência, acreditando que a mulher estivesse arruinada para sempre.

A folha caída no charco não apodrece no próprio dia da queda, e a tristeza de Toussine só fez piorar com o tempo, justificando todos os maus presságios. Jérémie ainda ia para o mar três vezes por semana, depois foi duas, uma e mais nenhuma. A casa parecia desabitada, sempre com o mesmo aspecto de desolação. Toussine já não saía do cômodo de aberturas de papelão e Jérémie extraía o alimento deles da mata dos arredores, beldroega, cocleárias, bananas vermelhas *makanga*. Em outros tempos, as carregadoras percorriam uma trilha que passava diante da ruína, um atalho que dava na estrada colonial, por onde em seguida rumavam para o mercado de Basse-Terre, onde iam vender seus mantimentos. Mas agora tinham receio, afastavam-se do caminho e faziam um longo desvio pela floresta, por causa de Toussine, aquele cavalinho-do-diabo, que não falava nem respondia ao que falavam, teimava em olhar para longe, magra que dava para lhe contar os ossos, já morta. De tempos em tempos, quando acontecia de falarem nela, em Jérémie, na menina Éloisine, um homem subia numa árvore mais alta que as outras, ficava um tempão olhando e dizia que nada tinha mudado, que a casa tinha sempre o mesmo aspecto, continuava no mesmo lugar.

Três anos se passaram até voltarem a falar neles. Como de costume, um homem subiu numa árvore e olhou para o lado das ruínas; mas aquela vez ele não dizia nada, parecia não querer descer da árvore. Enchiam-no de perguntas, às quais ele respondia com gestos, pedindo a presença de outro espia. Foi o segundo homem que anunciou a novidade: Toussine, aquele barquinho encalhado, a mulher que julgavam definitivamente perdida, tinha saído de sua torre de papelão e, em pleno sol, dava alguns passos em frente da sua casa.

Por mais contentes que tenham ficado com a notícia, os negros ainda estavam na expectativa, hesitavam em se regozijar muito, esperavam estar com o cabrito e a corda na mão para evitar o trabalho de afiar o facão inutilmente. E, enquanto espiavam, eis o que viram: Toussine cortava o mato ao redor da ruína, estremecia por um instante, voltava, saía quase na mesma hora para desbastar um espinheiro, uma moita, com gesto vivo e arrebatado de uma mulher que toma providências às pressas, que não tem mais um minuto a perder...

A partir desse dia, o lugar começou a perder um pouco de sua desolação e as vendedoras voltaram ao atalho para chegar a Basse-Terre. Ela arrastara os seus à sua prisão e agora os ressuscitava. Primeiro viram Éloisine de volta ao povoado, leve, um fiapo de palha seca, e depois o pobre Jérémie, que ia até a praia, enchia os olhos de mar, deixava-se fascinar por um tempo e voltava ao seu morro, todo sorridente, como na época em que a canção das ondas lhe dançava na cabeça... e via-se claramente, no meio de sua testa estava escrito, que ele voltaria ao mar. Toussine punha cortina nas janelas, plantava cravos-da-índia ao redor da ruína, guandus, raízes, tufos de cana-do-brejo para Éloisine e, um belo dia, ela pôs na terra uma semente de calibrachoa-colibri. Mas os negros ainda esperavam para se regozijar, observavam de longe o que ela fazia... Pensavam na Toussine de antes, aquela andrajosa, e a comparavam à de hoje, que não era uma mulher, pois o que é uma mulher?... um nada, diziam, ao passo que Toussine era, ao contrário, um pedaço de mundo, um país inteiro, uma negra briosa, o barco, a vela e o vento, pois não se tinha acostumado à infelicidade. Então o ventre de Toussine abaloou, explodiu, e a criança se chamou Victoire, e era o que os negros estavam esperando para comemorar. No dia do batizado, apresentaram-se diante de Toussine e disseram:

— No tempo das tuas sedas e joias, nós te chamávamos de Rainha Toussine. Não nos enganamos muito, pois você é uma rainha de verdade. Mas hoje, com sua Victoire, pode se vangloriar, você nos deixou em apuros. Procuramos um nome de rainha que te conviesse, mas foi em vão, pois na verdade não há nome para você. Assim, doravante vamos chamá-la de Rainha Sem Nome.

E os negros riram, comeram e se regozijaram. É desde aquele dia que chamam minha avó de Rainha Sem Nome.

Até a morte do meu avô, Rainha Sem Nome ficou em L'Abandonnée com suas duas filhas, Éloisine e minha mãe, Victoire. Depois, quando as filhas tiveram ventre de mulher, abandonou-as a si mesmas, ao correr de suas vidas com as próprias velas para navegar. Desejava deixar aquela casa em que o marido pescador a tinha amado, acarinhado, aconchegado na hora da desolação, quando ela andava vestida de trapos e com o cabelo desgrenhado. Aspirava à solidão e mandou construir uma pequena choupana num lugar que diziam selvagem e que se chamava Fond-Zombi. Tinha uma amiga de infância, *man*[2] Cia, feiticeira de primeira que morava por lá e, por intermédio dela, esperava entrar em contato com Jérémie. Ela vivia em suas matas e ia muito raramente a L'Abandonnée.

2 Em crioulo, corruptela do francês *madame*.

2

Mamãe Victoire era lavadeira, gastava seus punhos nas pedras chatas dos rios, e debaixo das pesadas placas alisadas à vela sua roupa saía como nova. Todas as sextas-feiras, ela descia a antiga trilha das vendedoras, chegava à estrada colonial onde a esperava uma enorme trouxa de roupa trazida por uma carroça. Punha a trouxa na cabeça e subia de volta até L'Abandonnée. Assim que chegava, punha-se a lavar a roupa, cantando, a secá-la, engomá-la e passá-la, sempre cantando. Em seguida, ao longo de várias tardes, trabalhava ao ar livre numa mesa instalada ao pé de uma mangueira, cantando como uma pega feliz. Passando por lá a caminho da estrada, comadres às vezes gritavam para ela... uma magrelinha como você lidando com esses ferros tão pesados, vai acabar ficando sem tripas nem entranhas. Um sorriso tímido se esboçava então na altura dos olhos de Victoire, e ela respondia... machado pequeno corta lenha grossa e, se Deus quiser, vamos dar conta. Minha irmã Regina e eu ficávamos pulando em volta das pernas dela e a ouvíamos, depois, dizer a si mesma... essa pena é por desprezo e mais vale provocar inveja do que piedade... canta, Victoire, canta, e ela voltava à sua cantiga.

Nós morávamos fora do povoado, numa espécie de altiplano que ficava acima das primeiras choupanas. Nossa mãe não era mulher de propalar sua alma de chão em chão, considerava a palavra humana um fuzil carregado e às vezes, segundo suas próprias palavras, sentia como que uma hemorragia ao conversar. Cantarolava, pronunciava algumas palavras sobre os que se foram, os que tinham marcado seus olhos de criança, e só isso. Ficávamos com nossa vã sede de presente. À tarde, quando o ar adquiria uma consistência de água transparente, minha irmã Regina e eu íamos para debaixo do amplo terraço da rinha do sr. Tertullien, onde aos domingos brigavam todos os galos do lugar. O sr. Tertullien também tinha um boteco, e as pessoas se juntavam na varanda, em torno de copos de rum, de absinto, rindo, se espicaçando, atacando quem julgavam não ter garras nem dentes. Um dia, estávamos espreitando os bravateiros e ouvimos que falavam da nossa mãe... Victoire não tinha nenhum atributo, nenhum adereço no mundo, a não ser suas duas bastardas penduradas como brincos... então por que se obstinava em fugir da companhia deles, como se não fossem, os daqui, mais do que um bando de leprosos?... As palavras pareceram esmagar-se no fundo da terra, como uma semente perdida, sem possibilidade de medrar. As pessoas se coçavam indiferentes, faziam estalar as articulações dos dedos, enfastiadas antes mesmo de falar. Por fim, o decano do povoado esticou um lábio, visivelmente um tanto a contragosto, e depois disse muito devagar... não dá para negar, o que vocês queriam?... cada um se mantém a uma certa altura na terra, e isso vem do sangue: os Lougandor sempre gostaram de voar, amarravam asas nas costas e se alçavam, e Victoire ainda nem está em sua verdadeira altura, arrematou em tom categórico. Mas nesse momento, percebendo nossa presença, o velho decano tossiu, olhou-nos com um sorriso tímido, e a conversa se desviou. Ao voltarmos para casa, quando tentamos interrogar a mãe, sua resposta veio misteriosa, idêntica às das outras vezes:

— Eles que falem o que quiserem, esses aí não conseguem se ajeitar na cama antes de falar mal de alguém... não importa, eu sou quem sou, na minha altura certa, e não corro pelas ruas com as mãos estendidas para encher a barriga vazia de vocês...

Mamãe era uma mulher que carregava o rosto altivo sobre um pescoço delicado. Seus olhos sempre entreabertos pareciam dormir, sonhar à sombra dos cílios densos. Mas, ao observar bem seu olhar, lia-se nele a determinação de se manter serena mesmo em meio à violência dos ventos e de considerar tudo a partir daquele rosto altivo. Ninguém em L'Abandonnée tinha se dado conta da beleza da minha mãe, pois ela era muito negra, e só depois que meu pai pôs os olhos nela é que todos fizeram o mesmo. Quando estava sentada ao sol, havia no verniz preto de sua pele reflexos cor de jacarandá, como se vê nas antigas canções de ninar. Quando ela se movia, o sangue afluía-lhe à pele, misturava-se a seu negror, e reflexos cor de vinho apareciam em seus pômulos. Quando ficava à sombra, coloria o ar à sua volta, imediatamente, e era como se sua própria presença suscitasse ao redor uma auréola de névoa. Quando ria, sua pele se esticava, inflava até se tornar transparente, e algumas veias verdes marcavam-lhe o dorso das mãos. Quando triste, parecia consumir-se como uma fogueira, vinha-lhe uma cor de sarmento queimado e, se a tristeza aumentasse, tornava-se quase cinza. Mas era raro surpreendê-la com essa cor acinzentada, pois ela nunca ficava triste em público, nem mesmo diante das filhas.

Quando engravidou pela terceira vez, ela parou suas cantigas como que por condenação e declarou tristemente para minha irmã mais velha... depois de você, Regina, aceitei o homem Angebert no meu chão, mas eu só estava em busca de pão; e, veja só, colhi carne e mais carne, primeiro Télumée, depois este, e continua não havendo pão na minha mesa. Seu coração parecia aliviado com essa confissão, sua bile apaziguada, vinha-lhe aos olhos algo como uma resolução antiga, sempre a mesma, e ela abria os lábios num sorriso tranquilo. Mas um dia, quando estava estendendo a roupa para corar, ela escorregou numa pedra e não adiantou carregá-la, abaná-la, fazer fricções com rum canforado, pois a criança nasceu antes da hora e morreu. Era um menino já todo formado, e mamãe teve muito orgulho. Às vezes ela parava de passar roupa, coçava levemente a barriga e dizia... as pessoas me veem na rua, mas quem pode saber que ela carregou um homem, um homem que ri e chora e vira papa, se lhe der na telha... sim, quem há de saber o que esta barriga carregou?...

Meu pai a ouvia com muita atenção e espreitava as fases da lua, na esperança de que uma mesma lua lhe trouxesse um filho idêntico, uma mesma lua inclinada do mesmo jeito no céu... e, na hora certa, o que for feito será o certo... ele murmurava, com voz tranquila.

Angebert era um homem espontaneamente austero, não se forçava nem a rir nem a ficar sério. Não considerava a vida uma selva na qual se abre caminho a todo custo. Na verdade, ele não sabia onde estava e talvez fosse mesmo uma selva, ele às vezes admitia para um amigo, mas isso não o preocupava... podem roubar, quebrar, assaltar, não é esse meu jogo. Era um negro baixinho, que aspirava a atravessar a vida da maneira mais discreta possível. Angebert passeava pela vida com andar sossegado, tomado pela feliz ideia de que suas pequenas empreitadas funcionavam às mil maravilhas, uma vez que ninguém percebia sua presença no mundo. Atento a todas as coisas, não precisava de longas conversas com os amigos para ver o que acontecia à sua volta. Mas, pensava, quem é capaz de suspeitar que tenho olhos assim?... sim, quem?... e a expressão do meu pai se inundava de placidez.

Ele vinha de Point-à-Pitre e, como muitos outros, tinha parado ali, ao pé da montanha, porque naquela época L'Abandonnée tinha um ar de fim de mundo. Passando pelo povoado, lançara os olhos para dentro das casas e julgara que havia muitas cadeiras sem fundo. Em todo caso, anunciou que seu ofício era empalhar cadeiras, esperou longos meses depois de sua declaração, nunca recebeu uma só cadeira para consertar. Ele vivia na floresta, montava armadilhas para os lagostins do rio, colhia frutas-pão e arrancava raízes silvestres, que preparava com um pouco de sal, um pingo de óleo, assim, na mais absoluta tranquilidade. Uma noite, sentiu vontade de ouvir risadas e se vestiu, tomou o rumo do boteco do sr. Tertullien, sempre cheio de homens e mulheres discutindo, jogando dados, bebendo e zombando da vida e da morte. A varanda era pequena demais para todo mundo, e à beira da estrada, nas sombras, pequenos grupos conversavam, solitários eventuais tragavam pensativos o cachimbo. Angebert não gostava de beber, mas não pensava mal de quem bebia. Todo mundo pode cair, ele dizia, o porco morre e quem mata o porco morre também, é uma questão de tempo. Tinha descido para ouvir risadas, mas a circunstância não era adequada, por causa do corte da cana, talvez, que terminara havia muito tempo. Ia voltar para sua solidão quando chegou Victoire, seguida por minha irmã mais velha, Regina. A coitada da minha mãe estava completamente embriagada e cambaleava a cada passo. Com gestos largos, ela dialogava com um ser invisível e de repente, parando em frente do boteco apinhado de gente, declarou para seu fantasma... olha só, eu não disse? É aqui que vou dar o baile, sou a noiva e vou me casar com Hubert... quando eu estava no alto do coqueiro, vi o céu inteiro, meus pais estavam perto do Altíssimo e este, olhando para mim, disse muito simplesmente: Volte para se casar, Victoire, pois o baile vai começar com Hubert.

Segundo o que me disseram mais de vinte anos depois disso, o tal Hubert era um negro de Désirade que tinha passado vários dias na ruína do branco e ido embora, não se sabia para onde. Logo depois de sua partida, Victoire abandonou seus ferros e suas canções e saiu perambulando, durante seis meses, iluminada pelo rum. Uma vizinha ficou cuidando, durante esse tempo, da minha irmã Regina. Mas um dia a menininha viu a mãe passar cambaleando na rua e a seguiu, por todos os lugares, desde aquele exato momento.

Naquela noite, Angebert pegou Victoire pelo braço e a levou, o mais depressa possível, para a ruína de L'Abandonnée, e a criança os seguiu sem dizer uma palavra. Ele deitou minha mãe, que adormeceu na mesma hora, e jantou em absoluto silêncio, Regina com os olhos espantados fixos nele. Foi assim que meus pais passaram a morar juntos.

Ele sabia o que se passara com Hubert, o negro de Désirade, e esperou tranquilamente acabar a tristeza de Victoire, sem nunca levantar a mão para ela, mesmo quando a surpreendia ziguezagueando na rua. Não era sua função bater nas pessoas, ele dizia, e além do mais não via nenhuma superioridade no fato de não beber, de manter os olhos abertos para a vida. Mas uma nevoazinha gelada envolvia pouco a pouco seu coração todas as vezes que tinha de colocar Victoire na cama, acaçapada de rum, inconsciente. Ele se tornava então a presa do vazio, lutava em vão na sua enxerga, a fim de encontrar um lugar de chão firme, que não vacilasse sob seus pés. Esse sentimento de vazio permaneceu nele, e mais tarde, quando eu era bem pequenina, às vezes ele acariciava suavemente minhas tranças encarapinhadas, dizendo com ar inquieto... sou eu, sou eu, Angebert, está me reconhecendo?...

Meu pai estendia as nassas no fundo dos riachos e vendia regularmente os lagostins que pescava às pessoas da cidade, ou então ao sr. Tertullien, que lhe dava em troca o sal para nossa comida e bacalhau salgado. De vez em quando, um homem chamado Germain arrastava até nós sua solidão, sua carcaça carregada de maldições. Dávamos a ele um prato quente e, se estivesse de boa lua, ia buscar para nós um pouco de lenha, raízes silvestres, que ele punha para cozinhar na selha dos porcos. Era um notório ladrão de lagostins, e meu pai volta e meia lhe dizia:

— Não me roube, Germain, pois vai pagar caro... Há tantas outras nassas no rio, é só você fazer de conta que não vê a minha... Nas tuas colheitas noturnas, pilhe os outros como bem entender, mas muito cuidado para não surrupiar nenhum dos meus lagostins, pois eles são o pão da minha família... Estou falando sério, cuidado.

Germain ficava quieto, com os olhos brilhando, e continuava levando sua eterna vida de ladrão, aproveitando-se do trabalho dos outros. Todas as noites, com uma tocha na mão, ele ia para os rios e esvaziava uma nassa atrás da outra, menos as do seu amigo Angebert. Todos sabiam quem roubava, surrupiava, vilipendiava o suor do negro, e mais de uma vez nosso homem foi espancado. Embora merecidos, esses castigos o humilhavam profundamente. Ele se escondia no mato, pulava inesperadamente em cima da vítima, saciava seu rancor como convinha. Um dia, um proprietário de nassas o injuriou com estas palavras... negro desgarrado, ladrão sem consciência, vai acabar tão mal que até o diabo vai rir de você... não passa de um cão amarrado com vontade de sair correndo, mas não vai chegar muito longe, o único lugar para onde essa corrida vai te levar é o fundo da cadeia... pois é correr, se cansar e desmoronar... O proprietário de nassas tinha fechado os olhos e, com a cabeça jogada para trás, maldizia Germain diante de toda a população, alertada pela gritaria incomum. A profecia infeliz não penetrava nem a terra nem o céu, nem o tronco das árvores, não se confundia com o crepúsculo, ficava no coração das pessoas, e sentia-se que uma abominação se preparava em algum lugar. Desde aquele dia, Germain tornou-se outro homem. Todas as noites, nós o víamos achegar-se a Angebert, dizendo com muita tristeza... ah, a vida está dilacerada, dilacerada por todo lado, e o tecido não se remenda... alguém lança umas palavras ao ar, à toa, e a loucura bate e atormenta, a pessoa mata e é morta... Meu pai o pegava pelo braço e os dois homens iam para o boteco, em silêncio, cabisbaixos, bebiam de uma talagada um copão de cachaça. Sob o efeito do álcool, os dois amigos suspiravam, olhavam para os outros que bebiam, começavam uma partida de loto. E o vento se levantava, empurrava os meses e as estações, os sonhos, os lamentos do homem. Chegou o fim da colheita, o desemprego, a época da viração. Naquele ano as economias dos negros se derreteram mais depressa ainda. Restavam as raízes silvestres e muitos contavam com suas pescas de lagostins para aguentar até a cana crescer. Todas as nassas eram vigiadas, camufladas, colocadas nas corredeiras mais altas, em esconderijos inacessíveis, e esvaziadas antes que Germain descobrisse seu mistério. Ele rondava L'Abandonnée como uma fera na jaula, subia e descia a rua, sozinho, peitoral à mostra, ou de repente se deitava no meio do caminho, gritando para os condutores de carros de boi... passem por cima! Passem por cima! Afinal, de que raça eu sou? Sou das ruas, não me tirem daqui, passem por cima, estou dizendo... e as pessoas tapavam os ouvidos, fechavam os olhos para não ver aquele Germain que queria antecipar o destino. Agora nossa casa estava completamente desabastecida, e mamãe emborcava em vão a garrafa de óleo sobre nossos pedaços de raízes. Meu pai tinha instalado todas as suas nassas e deixava "subir" sua bela pesca na esperança de vendê-la às pessoas da cidade, no domingo de manhã. Ora, naquele sábado, aos primeiros clarões do amanhecer, encontrou vazias as nassas recentes e vazios os "reservatórios", abarrotados na véspera de lagostins de longas caudas azuis. Voltando para casa, viu Germain, aquele ladrão, que sorriu tristemente e disse... Angebert, cuide-se muito hoje, pois vou te matar. Meu pai estava abatido e com o olhar voltado para lugar nenhum, vertia um suor amarelo, como se transpirasse bile. No entanto, o ataque de Germain lhe pareceu tão curioso, tão completamente despropositado, que ele não conseguiu deixar de rir... vai embora, ele disse por fim, com voz muito suave, vai embora já, sai da minha frente porque o sangue está me sufocando. Germain se afastou na mesma hora, sério, espantado, e meu pai passou o dia todo no seu banquinho de madeira, com a cabeça entre as mãos, em silêncio. Ao anoitecer ele se levantou, deu de comer aos animais e trocou de roupa, e saiu andando tranquilamente rumo ao boteco do povoado. Regina, mamãe e eu o seguíamos de longe, para que nossa angústia de mulheres não o afetasse. Germain estava debruçado no balcão, e meu pai, pegando-o pelo colarinho, deu-lhe um chute, gritando... por que fez isso, por quê? Os dois homens saíram e começaram a lutar na penumbra, no meio de uma savana ao lado do boteco. Num dado momento, ouviu-se a voz do meu pai… ah, Germain, você me feriu… e depois um estertor. Saindo do boteco, as pessoas encontraram meu pai banhado em sangue e Germain em pé ao lado de sua vítima, com uma navalha toda ensanguentada na mão. Na mesma hora Germain jogou longe a navalha, na direção de um matagal de acácias que beirava a savana. Acenderam uma tocha e o sr. Tertullien se ajoelhou entre as acácias, procurando a navalha que acabara de matar Angebert. Agora as pessoas iam chegando, cada uma contando o assassínio à sua maneira, e, saindo da multidão, alguém deu uma pancada no meio do peito de Germain. Esse primeiro golpe funcionou como um sinal e já cuspiam na cara de Germain, davam-lhe beliscões de descolar a carne, tiravam-lhe toda a roupa para ver, diziam, como era feito um criminoso. Eu mesma dei-lhe um soco forte. Uma mulher molhou as mãos no sangue do meu pai e com ele lambuzou o rosto de Germain, seu tronco nu e seus braços, gritando com voz aguda… assassino… você está manchado, sujo para sempre desse sangue… sente, sente esse cheiro bom. E os insultos e golpes afluíam, e eu já não reconhecia o homem naquele vulto nu que escondia o sexo com as mãos e repetia sem parar, de olhos fechados… eu feri Angebert, podem me matar, vamos lá, vocês têm razão… mas juro que não é culpa minha, não, não é culpa minha… Esses lamentos decuplicavam o ódio, e Germain já se tornara de outra espécie, diferente da gente de L'Abandonnée. O assassínio tinha acontecido debaixo dos olhos daquelas pessoas e elas não conseguiram evitá-lo. Desde sempre, no fundo todos sabiam: mais dia, menos dia Germain acabaria matando, nascera para isso, entretanto ninguém fizera nada quando os dois homens saíram do boteco. Pensando nisso, as pessoas redobravam a crueldade com Germain, e decerto o teriam matado se os policiais a cavalo não tivessem acudido, alertados por sabe-se lá quem. Com a corda no pescoço, Germain se foi lentamente atrás deles, cambaleando noite adentro. Depois disso, dois homens soergueram o cadáver e, através da densidade das trevas, ouviu-se uma voz que dizia… eu perdoo Germain, sua vontade já não lhe pertencia: o mal dos humanos é grande e é capaz de fazer de um homem qualquer coisa, até mesmo um assassino, senhores, não é brincadeira, um assassino…

Mensageiros já mergulhavam na escuridão para anunciar a morte do negro Angebert. O cortejo se pôs em marcha para a ruína de L'Abandonnée, onde se realizaria a vigília fúnebre. Com os olhos secos, entreabertos, mamãe avançava sob a luz das estrelas, um ombro mais alto do que o outro, o andar arrastado, quase manco, como que carregando um fardo mais pesado do que ela própria.

Quando, durante os longos dias azuis e quentes, a loucura antilhana se põe a rodopiar no ar acima das aldeias, dos morros e dos altiplanos, uma angústia toma conta dos homens ao pensarem na fatalidade que paira sobre eles, prestes a despencar em cima de um ou outro, como uma ave de rapina, sem que eles possam opor resistência. Foram os ombros de Germain que a ave tocou, ela lhe pôs uma navalha entre as mãos, dirigindo-a para o coração do meu pai. O homem Angebert levara uma vida reservada, silenciosa, tinha apagado tanto sua fisionomia que nunca se soube quem tinha morrido naquele dia. Às vezes me indago a seu respeito, me pergunto o que ele teria vindo buscar na terra, aquele homem amável e doce. Mas tudo isso já não é, e à minha frente a estrada corre, serpenteia, perde-se na noite…

Segunda parte
História da minha vida

1

Dois anos depois da morte de Angebert, um estrangeiro, um homem chamado Haut-Colbi, fez uma parada no povoado e mudou o curso do meu destino. Era um negro caraíba, robusto, mas parecia mover-se na água, seu verdadeiro elemento, parecia estar nadando, tal era sua leveza. Seus olhos pousavam nas pessoas como uma echarpe de seda e sua boca sedutora, seu riso em cascata, sua pele escura de sombras arroxeadas impunham-se a todas as mulheres que cruzavam com ele na rua, casualmente. O homem vinha de Côte-sous-le-Vent.

Apesar de suas duas bastardas, nem por isso minha mãe era uma mulher fracassada. Caminhava na vida com a mesma expectativa, a mesma leveza que no tempo em que a mão de nenhum homem a tocara. Os anos só a tinham aberto um pouco e ela era agora, sob o sol, como uma fava de baunilha rompida que finalmente libera seu pleno aroma. Um belo dia de manhã ela saiu com sua graça para ir às compras, toda cantarolante, como sempre. Foi então que ela viu Haut-Colbi. Dizem que ficaram uma hora contemplando um ao outro, em plena rua e sob os olhares de todos, tomados pelo encantamento que envolve o coração humano quando, pela primeira vez, o sonho coincide com a realidade. Não demoraram para morar juntos, transformando meu destino. Haut-Colbi passava por acaso pelo nosso lugarejo de L'Abandonnée, vira minha mãe e ficara.

A verdade é que um nada, uma ideia, um capricho, um grão de poeira são suficientes para mudar o curso de uma vida. Se Haut-Colbi não tivesse parado no povoado, minha pequena história teria sido bem diferente. Pois minha mãe encontrara seu deus naquele dia, e aquele deus era grande apreciador de carne feminina, ou pelo menos tinha essa fama. O primeiro cuidado da minha mãe foi me distanciar, afastar minha carninha de 10 anos para evitar o sofrimento, alguns anos depois, de dançar sobre o ventre que a teria traído. Assim decidiu me mandar para Fond-Zombi, para junto da minha avó, longe de seu negro caraíba.

Foi muito censurada, e o rumor público acusou-a de cuspir no próprio ventre, por quem e o quê?... uma boca sedutora, um homem que vinha de Côte-sous-le-Vent. Mas fazia muito tempo que ela conhecia a vida, minha mãe apaixonada, com suas duas bastardas penduradas como brincos; e sabia que muitas vezes é preciso arrancar as próprias entranhas e encher o ventre de palha quando se quer caminhar um pouco sob o sol.

Rainha Sem Nome não gostava nada da maneira como sua filha fazia seu barco deslizar sobre as águas da vida. Mas, quando Haut-Colbi se instalou em nossa torre, ela começou a achar que, afinal, Victoire não estava navegando tão mal. Aos que criticavam a conduta da filha, respondia com uma vozinha divertida... meus amigos, a vida não é sopa gorda e por muito tempo ainda os homens conhecerão a mesma lua e o mesmo sol, os mesmos tormentos de amor... Na verdade, ela se regozijava diante da simples ideia de ter minha inocência para aureolar seus cabelos brancos, e, quando foi me buscar, deixou L'Abandonnée abençoando minha mãe.

Era a primeira vez que eu ia embora de casa, mas não estava sentindo nenhuma tristeza. Havia em mim, ao contrário, uma espécie de exaltação em caminhar naquele tipo de estrada branca, calcinada, toda margeada de casuarinas, ao lado de uma avó cuja vida terrena eu acreditara terminada. Andávamos em silêncio, devagar, minha avó para poupar o fôlego e eu para não romper o encantamento. Por volta da metade da jornada, deixamos a estradinha branca debater-se sob o sol e entramos num caminho de terra batida, bem vermelha e gretada pela seca. Depois chegamos a uma ponte flutuante que atravessava um rio estranho em que imensos jatobás cresciam à beira da água, mergulhando aquele lugar numa eterna penumbra azulada. Inclinando-se para a menininha que eu era, minha avó sorria, exalava sua satisfação... aguente firme, minha flautinha, estamos chegando à ponte da Outra Margem... e, segurando-me com uma mão, agarrando-se ao cabo enferrujado com a outra, ela me fez atravessar lentamente aquele resvaladouro de tábuas apodrecidas, desconjuntadas, sob as quais as águas do rio rolavam aos borbotões. E de repente foi a Outra Margem, a região de Fond-Zombi, que se estendeu diante dos meus olhos, numa fantástica vastidão iluminada, morros e mais morros, savanas e mais savanas, até o entalhe no céu que era a própria montanha e que era chamada Balata Bel Bois. Aqui e ali apareciam choupanas apoiadas umas nas outras, em torno do pátio comum, ou então acomodadas em sua própria solidão, entregues a si mesmas, ao mistério da floresta, aos espíritos, à graça de Deus...

A choupana de Rainha Sem Nome era a última do povoado, terminava o mundo dos humanos e parecia encostada na montanha. Rainha Sem Nome abriu a porta e me fez entrar no pequeno cômodo que compunha sua morada inteira. Assim que transpus a soleira, eu me senti como numa fortaleza, ao abrigo de todas as coisas conhecidas e desconhecidas, protegida pela saia franzida da minha avó. Tínhamos deixado L'Abandonnée ao amanhecer e agora desceria a bruma. Minha avó acendeu um lampião pendurado na viga principal do teto, baixou a mecha para economizar querosene, me beijou furtivamente, como por acaso, pegou-me pela mão e foi me apresentar o porco, seus três coelhos, as galinhas, a trilha que levava ao rio; depois, chegada a escuridão, voltamos para casa.

Dentro da choupana, havia uma cama de ferro coberta pelo lençol de pobre, quatro sacos de farinha cujas letras ainda apareciam, apesar das muitas lavagens. Só a cama ocupava metade do espaço. Do outro lado, havia uma mesa, duas cadeiras, uma cadeira de balanço de madeira natural, sem verniz. Minha avó abriu uma lata e tirou dois biscoitos de mandioca. Depois, para fazer descer toda aquela secura, bebemos aos golinhos água da moringa de barro que reinava no meio da mesa. Sob a luz do lampião, arrisquei olhar minha avó de frente, contemplá-la sem rodeios nem disfarces, pela primeira vez. Rainha Sem Nome estava vestida à maneira das "negras de lenço", que usam um madras à maneira de toucado. Cobrindo-lhe bem a testa, o tecido caía-lhe nas costas em três pontas afiladas, do tipo "tudo me diverte, nada me prende". Ela tinha o rosto meio triangular, a boca fina, nariz curto e reto, regular, com olhos de um preto pálido, atenuado, como uma roupa que tomou muito sol e muita chuva. Alta, magra, levemente encurvada, seus pés e suas mãos eram particularmente descarnados e ela se mantinha altiva na cadeira de balanço, também me examinando sob todos os ângulos, enquanto eu a observava do mesmo jeito. Sob aquele olhar distante, calmo e feliz que ela tinha, o cômodo de repente me pareceu imenso e senti que outras pessoas estavam ali, para as quais Rainha Sem Nome me examinava, agora me beijava, suspirando levemente de satisfação. Não éramos só dois seres vivos numa choupana, no meio da noite, parecia-me que era outra coisa e muito mais, mas eu não sabia o quê. No fim, ela sussurrou pensativa, tanto para mim como para si mesma... eu imaginava que minha sorte estivesse morta, mas hoje estou vendo: nasci uma negra de sorte e vou morrer uma negra de sorte.

Assim se passou minha primeira noite em Fond--Zombi, e foi uma noite sem sonhos, pois eu tinha sonhado em plena luz do dia.

Minha avó já não tinha idade para se curvar sobre a terra dos brancos, atar as canas, arrancar o mato e capinar, cortar o vento, curtir o corpo ao sol como fizera a vida toda. Chegara seu tempo de velhice, o rio de sua vida tinha baixado; agora era uma água escassa que corria lentamente entre as pedras, num pequeno movimento cotidiano, alguns gestos por coisa pouca. Tinha seu quintal, seu porco, seus coelhos e suas galinhas, cozia biscoitos de mandioca numa chapa, doces de coco, fazia bengalas doces, cristalizava batatas-doces, sarandis e pomelos, que levava todas as manhãs para o pai Abel, que tinha uma venda pertinho da nossa casa. Eu a ajudava como podia, ia buscar água, corria atrás do porco, das galinhas, corria atrás dos caranguejos da terra de carapaça peluda, tão gostosos com sal grosso, catava ervas daninhas junto com a molecada, nos canaviais da Usina, corria com minha pequena carga de estrume, corria, sem parar, levando alguma coisa na cabeça: o latão de água, o cesto de capim, a caixa de estrume que me fazia arder os olhos na primeira rajada de vento, ou me escorria pelo rosto quando chovia, e eu fincava os dedos dos pés no chão, principalmente nos montículos, para não derrubar a caixa e, junto com ela, a minha jornada.

Às vezes um canto se elevava em algum lugar, uma música dolorida me vinha ao peito e era como se uma nuvem se interpusesse entre o céu e a terra, encobrindo o verde das árvores, o amarelo dos caminhos, o preto das peles humanas com uma leve camada de poeira cinzenta. Isso acontecia sobretudo à beira do rio, no domingo de manhã, enquanto Rainha Sem Nome lavava roupa, quando as mulheres à sua volta começavam a rir, a rir de uma maneira muito particular, só com a boca e os dentes, como se estivessem tossindo. Então, ao bater a roupa, as mulheres resmungavam palavras envenenadas, a vida se transformava em água e escárnio e Fond-Zombi inteiro parecia esguichar, se torcer e se espalhar na água suja, ao mesmo tempo que os jatos de espuma vaporosa e brilhante. Uma delas, uma tal senhora Vitaline Brindosier, pessoa gorda e redonda, idosa, de cabelos brancos como neve e olhos cheios de inocência, tinha um talento particular para tumultuar os espíritos. Quando as almas se tornavam pesadas, na hora da zombaria e da nulidade da vida dos negros, a sra. Brindosier agitava os braços como asas, vitoriosa, e clamava que a vida era uma roupa rasgada, um trapo que não tem conserto. E, dizendo isso, ela não conseguia controlar a alegria, ria, abanava os belos braços gordos, acrescentava num tom agridoce... ah, nós, os negros de Guadalupe, na verdade pode-se dizer que vivemos rastejando de barriga no chão, ah, ah... E as mulheres então davam aquela risada estranha, uma espécie de tosse seca, só com a boca e os dentes, e de repente uma tristeza me invadia e eu me perguntava se não tinha vindo à terra por engano, porém a voz de Rainha

Sem Nome se fazia ouvir, sussurrante, pertinho da minha orelha... vamos embora, Télumée, venha logo, pois essas daí são baleias encalhadas de que o mar não quer mais saber, e se os peixinhos as ouvirem, sabe de uma coisa? Vão perder as nadadeiras... Saíamos depressa do rio, ela apoiada no meu ombro, as roupas lavadas empilhadas na nossa cabeça, chegávamos a passos lentos à choupana da vovó. Às vezes ela parava à beira do caminho, transpirando, e, olhando para mim com ar divertido... Télumée, meu copinho de cristal, dizia pensativa, três caminhos são maus para o homem: ver a beleza do mundo e dizer que ele é feio, levantar-se de madrugada para fazer aquilo de que não é capaz, e dar livre curso a seus sonhos, sem se controlar, pois quem sonha torna-se vítima do próprio sonho... Depois retomava o caminho, já murmurando uma canção, alguma beguine dos tempo antigos, que ela modulava de maneira muito especial, com uma espécie de ironia velada, destinada a me fazer compreender, justamente, que certas palavras não valiam nada, sempre é bom ouvi-las e melhor ainda esquecê-las. Então eu fechava os olhos e, apertando com força a mão da minha avó, dizia a mim mesma que deveria existir uma maneira de arranjar um pouco a vida que os negros carregam, sem senti-la pesar tanto nos ombros, pesar a cada dia, a cada hora, a cada segundo...

Ao chegar, estendíamos a roupa nos arbustos ao redor, e assim terminava a jornada. Era a hora em que a brisa se levanta, sobe suavemente pela colina, repleta de todos os aromas que colheu no caminho. Minha avó tomava posição na sua cadeira de balanço, na entrada da casa, me puxava para junto da saia e, suspirando de satisfação a cada movimento de seus dedos, começava tranquilamente a me fazer as tranças. Entre suas mãos, o pente de metal só arranhava o vento. Ela umedecia cada tufo de cabelo com óleo de rícino, para lhe dar maciez e brilho, e, com precauções de costureira, desembaraçava os fios, juntava-os em mechas, depois em tranças firmes e as enrolava em toda a superfície do meu crânio. E, só interrompendo para coçar o pescoço, o alto das costas, uma orelha que a incomodava, ela modulava delicadamente *mazoukes* lentas, valsas e beguines melosas, pois tinha uma felicidade melancólica. Havia *Yaya*, *Ti-Rose Congo*, *Agoulou*, *Peine procurée par soi-même* e muitas outras maravilhas dos tempos antigos, tantas coisas bonitas esquecidas, que já não deleitam os ouvidos dos vivos. Ela conhecia também velhos cantos de escravos, e eu me perguntava por que, ao murmurá-los, minha avó acariciava meus cabelos com doçura ainda maior, como se seus dedos se tornassem líquidos, de tanta compaixão. Quando cantava as canções comuns, a voz de Rainha Sem Nome se assemelhava a seu rosto, em que na face, à altura dos pômulos, se formavam duas manchas de luz. Mas, quando eram os cantos de escravos, subitamente a voz sutil se destacava de suas feições de velha e, alçando-se no ar, subia a um agudo muito alto, amplo e profundo, alcançando regiões longínquas e estranhas a Fond-Zombi, e eu me perguntava se Rainha Sem Nome não descera à terra, também ela, por engano. E eu ouvia a voz dilacerante, seu chamado misterioso, e a água começava a se turvar seriamente na minha cabeça, sobretudo quando minha avó cantava:

Mamãe onde está onde está onde está Idahé
Ida foi vendida e entregue Idahé
Ida foi vendida e entregue Idahé

Nesse momento, minha avó se inclinava para mim, acariciava meus cabelos e lhes fazia um pequeno elogio, embora soubesse que eram mais curtos e emaranhados do que convinha. Eu sempre gostava de ouvir seus elogios, e, quando eu suspirava encostada em seu ventre, ela me erguia o queixo, mergulhava seu olhar no meu e sussurrava, com ar de espanto:

— Télumée, copinho de cristal, afinal o que você tem no seu corpo vivo... para fazer valsar assim um velho coração de negra?...

2

A vida em Fond-Zombi transcorria a portas e janelas abertas, a noite tinha olhos, o vento, orelhas compridas, e ninguém jamais se fartava dos outros. Mal cheguei ao povoado, eu já sabia quem bate e quem apanha, quem mantém seu porte de alma e quem naufraga, quem pesca furtivamente nas águas do irmão, do amigo, e quem sofre e quem morre. Porém, quanto mais eu ficava sabendo, mais tinha a impressão de que o essencial escapava à minha atenção, escorregava-me entre os dedos, como uma enguia na hora de ser apanhada...

A venda do pai Abel ficava do outro lado da estrada, a um pulo da nossa casa, mas na direção do povoado, e não da montanha. Quando Rainha Sem Nome me mandava até lá para levar biscoitos de mandioca, cocadas, cones de kilibibi ou frutas cristalizadas, em troca de um pouco de óleo, de sal, de um lombo de bacalhau seco, eu demorava o mais possível na venda, esticava a orelha esquerda, a direita, na esperança de surpreender o segredo dos adultos, o que lhes permitia se manterem em pé o dia todo, sem nunca despencar. Atrás de uma tábua que lhe servia de balcão, o pai Abel separava óleo e bacalhau, querosene, vela e carne-seca, fósforos em caixas fechadas ou de três em três, aspirina em tubo ou comprimidos avulsos, cigarros também em maço ou avulsos, e todas as espécies de guloseimas que Rainha Sem Nome lhe fazia, para aquecer o coração de seus fregueses. Atrás da divisória vazada, um boteco recebia os homens, ao passo que as mulheres ficavam na varanda, de orelhas atentas aos gritos que subiam da sala dos fundos com o rum do anoitecer, o loto e os dados, o cansaço, o tédio. Geralmente eu ficava debaixo da tábua do balcão, enquanto o filho do pai Abel, um menino da minha idade, ia e vinha do outro lado, no boteco propriamente dito. Enquanto servia e recolhia, o negrinho às vezes me lançava um longo olhar incrédulo, como que sonhando. Mas eu não lhe dava atenção, completamente fascinada pelo que acontecia no boteco. As línguas andavam, os punhos se crispavam por razões misteriosas, os dados rolavam ruidosamente sobre as mesas e meus próprios pensamentos pareciam rolar um por cima do outro, sem que eu conseguisse juntá-los. Às vezes me vinha um temor obscuro e meu espírito se desmanchava, tornava-se um colar de pérolas sem fio. Então dizia a mim mesma, amedrontada... cada coisa que se vê no mundo, Jesus, cada coisa, não, não dá para acreditar...

Quase o tempo todo o boteco era uma balbúrdia de dados e de lotos, de dominós arremessados na mesa como machadadas. Reinava uma atmosfera de chicana, de zombaria, de desafios se alternando e que nunca arrefeciam. Certa vez, agachada debaixo do balcão, vi um rapaz franzino, chamado Ti Paille, se levantar de repente, com os olhos saindo das órbitas de tanta fúria, gritando... nenhuma nação merece a morte, mas estou dizendo que o negro merece morrer por viver como ele vive... e não é verdade que merecemos morrer, meus irmãos?... Houve um silêncio, depois um homem se levantou e disse que ia matar Ti Paille ali mesmo, só para ensiná-lo a viver. Ti Paille respondeu que tinha vontade de morrer, que era isso mesmo que ele queria, desejava, e, quando o levaram com um ferimento na cabeça, um pouco depois, ele estava sorrindo. Aquele episódio me impressionou muito. Eu também sempre me interessava quando os homens começavam a falar de espíritos, sortilégios, do compadre que tinham visto correndo transformado em cachorro, na semana anterior, e da velha *man* Cia, que todas as noites sobrevoava os morros, os vales e as choupanas de Fond-Zombi, insatisfeita com seu invólucro humano. Minha avó já me tinha falado daquela mulher, sua amiga, que convivia mais com os mortos do que com os vivos, e sempre me prometia apresentá-la numa tarde qualquer. Eu também prestava muita atenção no que diziam da *man* Cia. Um dia, o pai Abel contou como *man* Cia lhe tinha feito aquela cicatriz no braço, dando-lhe uma unhada de negra voadora. Ele estava voltando de uma pesca noturna quando duas aves enormes vieram pairar acima de sua cabeça. Uma delas tinha grandes seios que lhe serviam de asas, e na mesma hora o pai Abel reconheceu *man* Cia, por seus olhos transparentes, por seus seios que ele observara num dia em que ela estava lavando roupa no rio. Assim que foi reconhecida, *man* Cia desceu em círculo para pousar nos galhos de um flamboaiã próximo, que se pôs a andar em volta do pai Abel, seguido por todas as árvores vizinhas que agitavam todas as suas folhas. Depois, como o pai Abel não se abalou, as árvores recuaram e surgiu uma onda enorme, descendo do céu com um borbulhar de espuma, de pedras, de tubarões com os olhos cheios de lágrimas. Quase na mesma hora, a tromba-d'água voltou ao fundo do céu tal como tinha chegado, e foi a segunda derrota de *man* Cia. Em seguida, apareceu um cavalo do tamanho de três, um em cima do outro. Mas o pai Abel não recuou uma polegada e o animal se afastou. Entretanto, antes de seu recuo final, o animal fustigou o ar com seus cascos, e foi assim que lhe deu aquela cutilada.

Acompanhando com a unha a cicatriz que ia do cotovelo ao pulso, o pai Abel murmurou com uma voz inexpressiva... ah, eu me vi diante de um precipício, recuar seria morrer, mas não tive medo, e aqui estou, com a língua dentro da boca para lhes dizer, salvem-me, meus amigos...

Quando contei essa história à minha avó, mostrando espanto por ela ser amiga de uma criatura assim, ela ergueu os ombros e admitiu, sorridente... com certeza *man* Cia não está satisfeita com a forma humana que o bom Deus lhe deu, ela tem o poder de se transformar em qualquer animal... e, quem sabe, talvez seja essa formiga que está correndo no teu pescoço, te ouvindo falar mal dela...

— Vovó, me diga, por que se tornar ave, caranguejo ou formiga, não caberia mais se tornarem homens?...

— Não devemos julgar *man* Cia, pois não foi o homem que inventou a desgraça, e antes que o piã viesse à terra para nos corroer a planta dos pés, as moscas já viviam. O prazer dos homens é pôr *man* Cia debaixo da língua e fazê-la rodopiar como a roupa que se bate nas pedras do rio para soltar a sujeira. É verdade que as pessoas falam dela com receio, pois é sempre arriscado pronunciar seu nome: *man* Cia. Mas essa gente te diz o que faz quando seus ossos se deslocam, quando seus músculos dão nó, quando não conseguem mais ter fôlego na vida?

E, sorrindo tranquilamente, ela concluiu com voz firme:

— Na verdade, *man* Cia é uma mulher do bem, mas não devemos deixá-la de orelhas quentes.

No dia seguinte, minha avó me lançou um olhar singular, cumpriu suas ocupações de todo dia, deu de comer aos animais, empurrou a porta, escorou-a cuidadosamente com um bastão comprido e disse: vamos à casa de *man* Cia. Tomando a direção da montanha, enveredamos por uma pequena trilha escondida pela vegetação selvagem. No início, eram simples samambaias, depois surgiram à beira do caminho pés de jambo-rosa, tamarindo, ameixeiras de frutos sedutores. Mas eu não pensava em colhê-los, inteiramente ocupada em seguir o longo rastro silencioso de Rainha Sem Nome. Lá no alto, as copas das grandes árvores se tocavam, inclinavam-se ao vento, encobriam a abóbada do céu. O caminho desembocou numa clareira, um imenso círculo de terra vermelha e queimada pelo sol, no meio do qual se erguia uma pequena choupana decrépita. A folhagem seca do telhado tornara-se azulada, as tábuas desbotadas eram da cor do musgo, das pedras, das folhas mortas que recobriam o mato à volta, e ela parecia inteiramente entregue aos espíritos das grandes florestas que se elevavam a pouca distância, contra a luz oscilante do amanhecer. Aqui e ali, trapos amarrados aos galhos, estacas fincadas na terra, conchas dispostas em cruz a protegiam do mal.

Passando agitada diante da choupana, Rainha Sem Nome lançou com voz surda, inquieta... por acaso esta casa está habitada? E, sem esperar resposta, caminhou até uma mangueira próxima, sob a qual nos sentamos, em silêncio, em belas pedras de rio achatadas. Nesse momento, uma velhinha como outra qualquer saiu da choupana, descalça, enrolada num vestido crioulo franzido, um grande madras branco amarrado na nuca e caindo-lhe nas costas. Quando ela se aproximava, correndo ligeira pela terra argilosa, vi um rosto que refletia o êxtase e, sem querer, fechei os olhos. Erguendo a barra do vestido, a velha enxugou o suor da testa da minha avó e a beijou várias vezes, parecendo não se dar conta da minha presença.

— O que tem feito da vida, Toussine? – ela perguntou à minha avó.

— Sonhado, Cia, um sonho que eu te trouxe, para adoçar teus próprios olhos.

— Que sonho – exclamou *man* Cia, fingindo não entender.

— Então fiz dele uma árvore da fortuna – disse minha avó sorridente – e trouxe para você fruir...

Voltando-se para mim, finalmente *man* Cia me notou, me encarou longamente e se pôs a me beijar, um primeiro beijo na testa, para ela mesma, disse, para a satisfação de seu prazer; depois um segundo na bochecha esquerda, pois eu não era de dançar conforme a música dos outros, um terceiro para a bochecha direita não ficar com ciúme, e um último porque, ela já estava vendo tudo, eu era uma negrinha valente. Ela acrescentou, me cobrindo com seu belo olhar tranquilo: você será, na terra, como uma catedral.

As duas velhas começaram a falar, debaixo da mangueira, enquanto eu observava *man* Cia com avidez, à procura do que ela tinha de diferente dos outros humanos. Examinava seus dedos de unhas curvas estriadas de comprido, como garras, seus pés acinzentados de calcanhares grandes e proeminentes, aquele corpinho ossudo, quase de criança, o rosto patinado, com algumas partes escamosas, e, quanto mais eu olhava, mais a achava igual a todo mundo, uma velhinha qualquer de Fond-Zombi. No entanto, a amiga de Rainha Sem Nome tinha alguma coisa, e o que era que *man* Cia tinha? Aqueles olhos... imensos, transparentes, aqueles olhos dos quais se diz enxergarem tudo, suportarem tudo, porque não se fecham nem durante o sono.

Eu a examinava assim, encarando-a à vontade, quando de repente ela fixou em mim seus olhos transparentes de feiticeira e disse:

— Menina, por que está me olhando assim?... quer

que eu te ensine a se transformar em cachorro, em caranguejo, em formiga?... quer tomar distância dos humanos, a partir de hoje, quer mantê-los fora de alcance?

Eu teria gostado de sustentar o efeito daquele olhar tão claro, tranquilo, ainda por cima risonho, que parecia contradizer a seriedade das palavras pronunciadas. Mas um medo enorme me segurou e, envergonhada, baixei a cabeça e murmurei com voz entrecortada:

— A senhora está vendo que não sou uma catedral... e, se está procurando a negra valente, ela não está aqui.

Minha avó franziu o cenho:

— Ah, é só isso que vocês têm a se dizer num domingo tão bonito, que desperdício de luz!...

Agora minha avó inclinava-se para a amiga e lhe contava um sonho, assim... ela está tomando banho num rio, dezenas de sanguessugas correm ao redor de sua cabeça e, quando uma delas gruda na sua testa, minha avó pensa: nesse lugar, tenho sangue ruim que o animal está bombeando... mas não era sua vida que a sanguessuga estava sugando, não era sinal de sua morte próxima?... ela concluiu com um sorriso inquieto.

— Que morte?... – exclamou *man* Cia em tom vivo. — O animal bombeou teu sangue ruim e pronto. Quando chegar sua hora, você vai ver em sonho seus dentes caírem, vai ver seu corpo e sua roupa escorrerem para o rio e vai se ver numa terra desconhecida, com árvores e flores que nunca viu: não se fie em nenhum outro sonho que não seja esse. Enquanto isso, minha cara, seja capricho de morto ou de vivo, estou inebriada com o cheiro desse ensopado cozinhando ao fogo e já sinto a carne derretendo na boca, vamos...

Levantamo-nos dando risada e, quando voltamos um pouco depois, cada uma trazendo na mão sua gamela de ensopado fumegante, Rainha Sem Nome suspirou:

— Ah, ah, danada, como você sabe falar, com você duas palavras são quatro recados, e a morte foi-se embora!

E, dizendo isso, ela se sentou meio bruscamente, sacudida por um riso um pouco ácido, derramando da gamela um pouco de caldo a seus pés.

— Ah – disse *man* Cia –, agora os mortos se servem primeiro?

— Você sabe – respondeu minha avó, sorrindo – que Jérémie sempre teve um fraco por ensopado de porco crioulo.

— E como vai ele? – perguntou *man* Cia muito séria.

— Não me esqueceu – disse minha avó feliz –, vem me ver todas as noites, sem falta. Não mudou, está igual a quando era vivo...

— Mas ele vai bem? – repetiu a amiga.

— Vai muito bem – afirmou gravemente minha avó.

A claridade do dia nos penetrava, a luz chegava em ondas através da folhagem que o vento balançava, e nos olhávamos, espantadas por estarmos lá, as três, no meio do curso da vida, e de repente *man* Cia deu uma gargalhada:

— Você acha, Toussine, que se ainda fôssemos escravas estaríamos comendo esse bom ensopado de porco, com o coração tão contente?...

Seus olhos se tornaram tristes, irônicos, de repente pareceram desbotados pelo sol, pela chuva, pelas lágrimas, todas as coisas que tinham visto e que se tinham incrustado bem no fundo de seu cérebro. Surpresa, arrisquei-me a perguntar:

— *Man* Cia, minha cara, como é um escravo e como é um senhor de escravos?

— Se quer ver um escravo – disse ela com frieza –, é só descer até o mercado de Pointe-à-Pitre e olhar as galinhas amarradas dentro das gaiolas, com seus olhos apavorados. E, se quer saber como é um senhor de escravos, é só ir até

Galba, à mansão Belle-Feuille, onde moram os Desaragne. São apenas seus descendentes, mas dá para ter uma ideia.

— O que você quer que ela veja agora, nos dias de hoje, *man* Cia? – disse Rainha Sem Nome. — Ela não vai ver nada, nem sombra. Aqueles brancos sorriem e as pessoas os reverenciam, na sua mansão de colunas igual a nenhuma outra por aqui. Mas quem diria, ao vê-los hoje tão sorridentes, que seu ancestral, o branco dos brancos, estreitava um negro com os dois braços e lhe arrebentava o baço, assim?...

— E por que ele fazia isso? – eu disse assustada.

Man Cia refletiu longamente:

— Em outros tempos – ela disse –, um ninho de formigas mordedoras tinha povoado a terra, e daí elas mesmas se chamaram de homens... foi só isso...

Rainha Sem Nome se apoiava em *man* Cia e, tentando arrancá-la de seu amargor, disse:

— Quem pode reprovar o cão por ser amarrado, e, quando está amarrado, como evitar que seja açoitado?

— Se está amarrado – disse *man* Cia –, vai ter de se resignar, pois vai apanhar de açoite. Faz muito tempo que, para nos libertar, Deus mora no céu, e que, para nos chicotear, ele mora na casa dos brancos em Belle-Feuille.

— São as belas palavras de hoje – disse minha avó –, e, depois dessa tristeza, aqui estão outras: ver o fogo se apagar e os cãezinhos se divertirem entre as cinzas.

— Com sua licença, minha amiga, eu diria que esse é um pedaço de tristeza, não uma tristeza inteira. A tristeza inteira era o fogo. Ora, o fogo está apagado e faz muito tempo que o branco dos brancos está debaixo da terra, carne estragada que não voltará a nascer. Aliás, a própria cinza não é eterna.

Com os olhos brilhantes de uma febre estranha, Rainha Sem Nome olhou longamente para mim e disse:

— De fato, a cinza não é eterna.

As duas velhas se calaram, a tarde deslizava, tudo estava claro, sereno, no céu e na terra. Naquele silêncio, eu as olhava e me perguntava de onde vinham todos os fogos, todos os brilhos que elas extraíam de suas velhas carcaças remendadas.

Um pouco mais tarde, demos uma voltinha pela floresta, catando folhas, frutos silvestres, e de repente *man* Cia pareceu muito pensativa. Como minha avó e eu a observávamos o tempo todo, atentas a todas as sombras, todas as luzes de seu rosto, vimos que ela se constrangia de pensar diante de nós, sem sabermos que ideias se ocultavam por trás de sua fronte. Então minha avó suspirou fundo, dando a entender que nossa visita chegava ao fim, e, voltando-se para a criança que eu era, *man* Cia declarou... seja uma negrinha valente, um verdadeiro tambor de duas faces, deixe a vida bater, esmurrar, mas mantenha intacta a face de baixo. Minha avó concordou, meneando a cabeça, e voltamos a descer o declive de vegetação selvagem, uma agarrada à outra. O céu já estava baixo, arroxeado, e era a hora em que se sentia o voo exausto das mariposas e das falenas no ar pesado. Assim que chegamos, fui muito séria para o fundo do quintal, me enfiei sob uma touceira de bambus afastando os ramos mais baixos, até me perder dentro da pequena jaula de folhagens. Pela primeira vez na vida, eu sentia que a escravidão não era uma terra estranha, uma região distante de onde vinham algumas pessoas muito velhas, como as duas ou três que ainda havia em Fond-Zombi. Tudo acontecera ali mesmo, nos nossos morros e nossos vales, e talvez ao lado daquela touceira de bambus, talvez no ar que eu respirava. E eu ainda ouvia as risadas de certos homens, de certas mulheres, seus pequenos ataques de tosse ressoavam em mim, enquanto uma música dilacerante se elevava no meu peito. E eu ainda escutava as risadas, me perguntava, acreditava ouvir certas coisas, afastava as folhas para ver o mundo lá fora, as linhas que sumiam, a noite subindo como uma exalação, apagando todas as coisas, primeiro a choupana, as árvores, as colinas ao longe, as encostas da montanha cujo cimo ainda se inflamava no céu, embora toda a terra estivesse mergulhada na escuridão, já, sob as estrelas de cintilação trêmula, inquieta, irreal, que pareciam colocadas ali por engano, como todo o resto.

3

Um dia, mamãe Victoire veio nos ver como uma rajada de vento, radiante, esgazeada, meio descabelada, carregando todos os sinais do amor e de seus tormentos. Sorria sem motivo e de repente, levando a mão à testa, entrava num estado de meditação profunda, seu olhar resvalava por nós sem nos ver. Com palavras apressadas, ao mesmo tempo evasivas e vibrantes, nos informou sobre o destino de minha irmã Regina, que estava morando na casa de seu pai biológico, em Basse-Terre, e dormia numa cama, comia maçãs francesas, tinha um vestido de mangas bufantes e ia à escola. Esse último ponto, sobretudo, enchia-a de satisfação, voltava a ele sem cessar, dizendo que aquela negrinha de cabeça apimentada já sabia assinar o nome... ah, ela exclamava, imaginem só aquela menina, imaginem só Regina, tem no espírito todos os suportes dos brancos, escreve depressa como um cavalo a galope e de seus dedos sai até fumaça... não é ela que vai assinar um papel sem saber para quem nem para quê... existe coisa mais feia e vergonhosa: alguém te pede que assine e você faz uma cruz... vocês não sabem escrever, minhas negras, é uma vergonha difícil de esquecer, e, nessas horas, a terra não se abre nem para te salvar...

Ao ouvi-la, uma tristeza sombria se espalhava sobre nós, minha avó e eu, e nossa cabeça baixava, como que cedendo ao peso de um fardo invisível. Mas mamãe Victoire já nos estreitava nos braços, chorando, rindo, balbuciando frases confusas e, com um aceno de despedida, lançava-se para fora, corria para seu destino. Haut-Colbi a esperava no embarcadouro de Pointe-à-Pitre, e naquela mesma noite, atendendo ao conselho sensato de um feiticeiro, os dois partiram para a ilha de Dominica, na esperança de escapar à sorte que perseguia o zambo-caraíba, decididamente apreciador de carne feminina. Nunca mais vimos Victoire.

Alguns anos depois, vi minha irmã no meio de um cortejo de casamento, no adro da igreja de La Ramée. Regina tornara-se uma dama elegante da cidade. Aproveitando a confusão, aproximei-me dela discretamente e, quando me inclinei para beijá-la, ela estendeu a mão enluvada, constrangida... a senhora deve ser Télumée, não?...

Rainha Sem Nome era uma mulher de muitos talentos, uma verdadeira negra de dois corações, e tinha decidido que a vida não a faria perder o prumo. Segundo ela, as costas humanas eram a coisa mais resistente, mais dura, mais sólida do mundo, uma realidade inalterável que se estendia bem além dos olhos. Sobre elas abatiam-se todos os sofrimentos, todas as fúrias, todas as turbulências da miséria humana. Fazia muito tempo que as costas humanas eram assim, e ainda seriam por muito tempo. O principal era, depois de todas as vicissitudes, as ciladas e suas surpresas, sim, era apenas recuperar o fôlego e seguir seu caminho, por isso o bom Deus nos pusera no mundo. Ela não exultava, não se queixava, não se lamuriava diante de qualquer um, e ninguém sabia o que fervia no fundo de seu caldeirão, sopa gorda ou seixo de rio. Instalara sua choupana no extremo de Fond-Zombi, afastada de todas as outras, bem no lugar em que começa a floresta, em que as árvores vêm ao encontro do vento e o levam para as montanhas. As pessoas nem sempre a compreendiam, era uma "mulher extravagante", uma "lunática", uma "desvairada", mas tudo isso só a fazia balançar a cabeça e sorrir, e continuava fazendo aquilo para que o bom Deus a tinha criado: viver.

A velha só estava esperando por mim para despejar as últimas torrentes de sua ternura, reavivar o brilho de seus olhos desgastados. Estávamos naquelas matas, uma apoiada na outra, enlaçando a vida como podíamos, a esmo. Mas nos panos de sua ampla saia franzida, eu sabia, havia uma coisa da qual eu não padeceria, a penúria de amor. Ela encontrara uma varinha de bambu para servir de tutor a seus velhos ossos. E, quando supunha que eu estivesse ausente, suspirava baixinho, em seu canto, dizendo em voz alta que estava em paz com a vida, pois, afinal de contas, as duas estavam quites. Ela vivia através de mim, respirava por minha boca. Quando eu saía, ela ficava agitada até eu voltar. Um dia, quando voltei do rio, mostrei-lhe dois pequenos inchaços no meu peito, decerto invisíveis a olho nu, mas perceptíveis, ali, debaixo da primeira camada de pele. Seu rosto se transtornou e ela saiu correndo pela estrada, a saia erguida até o meio das coxas, dizendo a todas as mulheres da vizinhança... venham, venham ver, as vespas picaram Télumée!... As comadres acudiam cantando, brincando, levantando orgulhosas seus peitos caídos, festejando de mil maneiras meus pequenos seios nascentes e dizendo maliciosas... por mais pesados que sejam os teus seios, você sempre terá força para sustentá-los. O surgimento dos meus seios teve consequências mais graves. Rainha Sem Nome já não suportava que eu ficasse fora dias inteiros para surrupiar fileiras de abacaxis, colher grãos de café ou carregar baldes de estrume até os canaviais. Todos os dias me alertava contra o exército de negrinhos que patrulhava a região... afaste-se deles, a escola desses meninos é o desprezo e ninguém pode impedir que sigam seu caminho, não se meta, na presença deles fique calada, pois não há o que lhes ensinar, já são malvistos e estão prontos para enfrentar o mundo. Sabem tudo da vida, são capazes de dar aulas de vadiagem, de roubo, de insultos... não se misture com eles, meu copinho de cristal, dê bom-dia, boa-noite, se vierem contar alguma coisa, escute e fique quieta, feche a boca; vá em frente e você continuará branca como um floco de algodão. Eu não sabia muito bem como seguir os conselhos da minha avó. Eu não andava em bando, mas também não era uma lagosta de estômago frio. Gostava da companhia das crianças, das que trabalhavam nos canaviais, das que rondavam fazendo pilhagem, das que tinham pai e mãe e das sem mãe, sem teto e sem cama que perambulavam pela vida como filhos do diabo. Os meninos brincavam entre si e, quando vinham até nós, era para zombar, para nos empurrar e nos fazer cair na insignificância, puxar nossos cabelos, exercitar seu futuro brilhante de machos, medindo seriamente o comprimento de seu jato de urina. Eu preferia a companhia das meninas, principalmente de duas delas, Tavie e Laetitia. Brincávamos de jogar castanhas-de-caju num buraco escavado na terra, jogávamos cinco-marias com pedrinhas, contávamos histórias sobre as mulheres, sobre seus esforços sem resultado, e suas desgraças também, os malefícios, tudo o que acontece nas casas sem homem. Tavie tinha o rosto magro e pontudo, de olhos inquietos, sempre em busca de uma brecha, de uma porta aberta, de um buraco numa cerca, e sua maior alegria era roubar uma galinha e comê-la no mato, sozinha, tendo o cuidado de enterrar as penas. Era

uma criança particularmente endiabrada. Quanto a Laetitia, ela ia de casa em casa, conseguindo uma lasca de
bacalhau, uma fatia de fruta-pão, uma fruta, um naco
de carne, pois o povoado todo era como mãe para ela.
Era uma menina viçosa, de pele espessa, transparente,
como que inflada por uma seiva avermelhada, tal como
algumas flores aquáticas. Olhava o mundo do alto de um
pescoço longo, geralmente flexível, mas que se retesava
subitamente em situação de medo, de raiva, de triunfo,
como o pescoço de um ganso selvagem. Como todas as
negrinhas, gostávamos de nos dar ares de mulheres ma-
duras, remexendo seios ausentes, quadris inexistentes,
rebolando, interpelando-nos com gestos largos. Anali-
sávamos todos os meninos e principalmente Élie, filho
do pai Abel, pelo qual minha amiga Laetitia tinha muita
curiosidade… Quanto a mim, nunca tinha reparado naquele moleque. Mas um dia eu ia andando pelo caminho do rio, levando uma trouxa de roupa suja debaixo
do braço, quando Élie surgiu de repente saindo de um
emaranhado de cipós e mato. Ria sozinho e, assim que
ele olhou para mim, fiquei inerte, tomada por uma curiosidade estranha. Um latão de água valsava sobre sua cabeça, encharcando-o, molhando a cada gargalhada sua
pele de castanha depois da chuva. Um imenso short cáqui
se alargava em torno dos seus joelhos, como dois panos
de uma saia evasê, e que joelhos, céus!… joelhos grandes
e grossos, salientes, inchados, que pareciam moldados
por dias de penitência e, no entanto, nada mais eram do
que seus joelhos naturais. Seus lábios me pareceram mais
inchados ainda do que seus joelhos, como que prestes a
me lançar insultos, mas esqueci tudo isso, o short, os joelhos e os lábios, assim que reparei em seus olhos: grandes,
arregalados acima dos pômulos achatados, como dois re-
mansos de água doce.

Depois de nos olharmos por muito tempo, de repente ele recuperou a fala. Parou de andar e gritou, sempre rindo com os lábios.

— O que está fazendo aí? Será que veio procurar o tesouro que seu avô escondeu na savana?

— E você, sabichão, costuma rir assim, sem razão?

— Não é sem razão – ele disse –, é olhar para você que me faz rir.

— Para mim? Qual é a graça? Por acaso o repartido das minhas tranças parece um caminho de rato? E meu vestido está do avesso?

— Vou te dizer uma coisa, em você tudo está certo, como numa capela bem conservada. Estou rindo, estou rindo de você aparecer na minha frente como uma assombração, sem querer ofender.

Respondi que não tinha ofensa nenhuma e continuei caminhando para o rio, sem suspeitar que acabara de nascer minha primeira estrela no oriente...

Por essa época, estavam abrindo uma escola comunal na aldeia de La Ramée. Era uma antiga cocheira, onde os alunos ficavam sentados ou em pé conforme o espaço disponível, com a lousa apoiada nos joelhos ou apertada contra o peito. Um só professor não era suficiente para todas as crianças de La Ramée e dos povoados da redondeza, Valbadiane, La Roncière, Dara, Fond-Zombi. Mas eram raros os que ousavam enfrentar as primeiras letras. No início, as pessoas ficavam à beira da estrada, esperando os alunos passarem, e lhes perguntavam, com ar ansioso... digam uma coisa, cabritinhos, como é dentro da sua cabeça?... vocês não sentem o cérebro muito pesado?... às vezes a cabeça de vocês, por dentro, não fica tão pesada que vocês têm de dobrar o pescoço?...

De manhãzinha, nós despencávamos pelos morros, descalços, levando na mão uma marmita embrulhada num trapo. No fim da tarde, era a volta, alguns suavam, sonolentos, outros gesticulavam sob o sol que mudava de rumo, descia para naufragar no horizonte. Élie e eu tínhamos ficado amigos. Na hora do almoço comíamos debaixo de um flamboaiã que havia num jardim, perto da escola. Era um local fresco, tingido de vermelho por todas as flores que juncavam o chão. Aquele lugar era nossa propriedade, as outras crianças só paravam ali para visitar. Élie se abastecia por sua conta na venda, e, com ajuda do óleo do pai Abel, as raízes mais secas nos deslizavam goela abaixo. Terminada a refeição, começávamos a bater papo. Naquela atmosfera de La Ramée, e principalmente no galpão escuro da escola, havia alguma coisa contida, severa, ao mesmo tempo fútil, que nos incomodava, e, para nos consolar dos bastõezinhos e das letras, das soletrações intermináveis, voltávamos sempre a falar dos homens e mulheres de Fond-Zombi, aqueles grandes animais. Lá estávamos ao sol, à chuva, ao vento, podíamos berrar e morrer, vivíamos numa única incerteza, mas bastava um dia bonito, um clarão no meio daquele tormento para que na mesma hora recomeçassem as risadas. Entretanto, tínhamos muita curiosidade sobre a vida íntima dos adultos. Sabíamos como faziam amor e, depois, sabíamos como se machucavam, se atacavam e se espezinhavam, seguindo uma trajetória imutável, da escalada à lassidão, à queda. Mas parecia-me que a balança pendia em favor dos homens, e na sua própria queda eles conservavam algo de vitorioso. Rompiam ossos, quebravam matrizes, abandonavam o próprio sangue à miséria, como um caranguejo, quando apanhado, solta a pinça entre nossos dedos. Nesse ponto das minhas reflexões, Élie sempre dizia com voz grave:

— O homem tem a força, a mulher, a astúcia, mas, por mais astuta que ela seja, seu ventre está ali para traí-la, é seu precipício.

Essas palavras me perturbavam, apertavam meu coração num tornilho e eu tinha a impressão de ver uma fumaça perpétua que se formava sozinha no fundo dele e que um dia subiria para destruí-lo, e a mim com ele. Com a boca seca, eu perguntava:

— Por que os homens são assim?... Élie, diz para mim, Élie: o diabo se instalou em Fond-Zombi?... Ah, bem que eu queria saber a hora que você vai começar a mentir para mim.

— Télumée, flamboaiã querida – dizia Élie, acariciando-me os cabelos –, eu sou um homem, e daí? Não entendo nada de tudo isso, nada de nada. Imagine só, às vezes o pai Abel me dá a impressão de uma criança abandonada no mundo. Há noites em que ele se põe a gritar na cama: será que saí do ventre de uma mulher humana?... E depois se volta para mim, me pega em seus braços e sussurra: ai de mim, aonde ir para gritar?... é sempre a mesma floresta, sempre tão densa... então, meu filho, afaste os galhos como puder, é isso.

Dizendo isso, Élie me sorria com seus belos olhos grandes, brilhantes, um pouco mais escuros do que sua pele, mantendo uma lágrima sob as pálpebras pesadas de cílios curtos que de repente ele baixava, lentamente, como se tivesse adormecido ali mesmo. E, ainda sem me ver, acrescentava:

— Télumée, se a vida é o que meu pai diz, pode ser que um dia eu perca o caminho, no meio da floresta... Mas não esqueça, não esqueça que você é a única mulher que vou amar.

Fond-Zombi inteiro sabia das nossas conversas debaixo da árvore, desde as mais minúsculas frutas verdes até as que já caíam na poeira. Corriam mil versões da história, cada um tentando fazer valer a sua. Em Fond-Zombi a noite tinha olhos, o vento tinha ouvidos. Uns não precisavam ver para falar, outros não precisavam ouvir para saber o que tinha sido dito. Minha avó sabia do que se tratava, dizia que eu herdara sua sorte, e quanto é raro uma estrela se elevar tão cedo no céu de uma negrinha. Ela via Élie com os mesmos olhos que eu, ouvia-o com meus ouvidos, amava-o com meu coração. Quando eu entrava na venda, o pai Abel abandonava seu ar melancólico, frouxo e indiferente, seus olhos se reanimavam, de repente parecia ter porte de homem e me fazia mil perguntinhas, dizia que era para sondar um pouco a futura:

— Você é paciente, menina — ele perguntava com certa malícia —, e se não for não embarque no bote de Élie, nem em nenhum outro, pois, antes de tudo, a mulher deve ser paciente, é isso.

— E o que o homem deve ser, antes de tudo?

— Antes de tudo — ele respondia um pouco fanfarrão — o homem não deve ter medo nem de viver nem de morrer — e na mesma hora ele pegava no pote de vidro uma bala de menta e a estendia para mim, sorrindo: que este gostinho de menta te faça esquecer minhas palavras, cartuchos vazios num fuzil enferrujado...

Em comum acordo, na quinta-feira Rainha Sem Nome e o pai Abel nos deixavam passar juntos o dia todo. Se houvesse só Élie eu seria um rio, se houvesse só Rainha Sem Nome eu seria a montanha Balata, mas as quintas-feiras faziam de mim Guadalupe inteira. Naqueles dias nos levantávamos antes de o sol aparecer e, através das fendas de nossas respectivas choupanas, cada um espiava o dia chegar. Muito cedo era hora de fazer a corveia da água, de escavar as raízes no quintal, de limpar o jardim e, pelas oito horas, Élie aparecia com latões pendurados nos ombros. Rainha Sem Nome balançava a cabeça e nos dizia, na hora de irmos embora... não tenham pressa em crescer, crianças, divirtam-se, aproveitem o tempo, porque os adultos não vivem no paraíso. Com essas palavras, Élie curvava os ombros e eu acertava o passo com ele, carregando na cabeça um monte de roupa suja da cidade. Tomávamos o caminho do rio, o mesmo em que ele surgira pela primeira vez, em que minha estrela se elevara. O rio da Outra Margem tinha três braços e, deixando o vau de costume, que servia de fonte para Fond-Zombi, saltávamos de pedra em pedra até um braço mais isolado, onde uma cascata caía num buraco de água profunda chamado de Bacia Azul. Enquanto Élie ia à caça de lagostins, soerguendo as pedras uma a uma, eu escolhia uma boa pedra para minha roupa e começava a ensaboá-la, torcê-la e batê-la, como o carrasco faz com sua vítima. De vez em quando, Élie dava um grito agudo quando um lagostim lhe pinçava os dedos, na hora de jogá-lo numa de suas latas. O sol subia lentamente acima das árvores e, quando ele batia direto no rio, pelas dez horas, eu me borrifava com água, pegava a roupa e me borrifava de novo, até que de repente eu não aguentava mais e me jogava no rio de roupa e tudo. Assim todo o tempo, até que a pilha inteira de roupa tivesse passado pelas minhas mãos. Então Élie vinha até mim e nós mergulhávamos, vestidos, largávamos nossos temores, nossas jovens apreensões, no fundo da Bacia Azul. Depois ficávamos secando numa pedra comprida e chata, sempre a mesma, na medida justa do nosso corpo, e, enquanto as palavras iam, vinham, sentia-me invadida pelo pensamento de que havia uma pequena coisa no mundo, do mesmo tamanho que eu, que me amava, e era como se tivéssemos saído do mesmo ventre, ao mesmo tempo. Élie perguntava a si mesmo se ele se daria bem com as primeiras letras, pois queria ser funcionário da alfândega, se Deus quiser. Perseguia sempre o mesmo sonho, do qual eu fazia parte...

— Você vai ver – ele dizia –, você vai ver, mais tarde, que belo conversível nós vamos ter, e vamos nos vestir à altura, eu com terno e peitilho, você com vestido de brocado de gola-xale; e ninguém nos reconhecerá, e perguntarão ao passarmos: de quem são vocês, belos jovens? E responderemos: uma é de Rainha Sem Nome e o outro é do pai Abel, sabe, aquele que é dono da venda? Dou uma buzinada e vamos rir em outro lugar, é isso.

Eu não dizia nada, não dava nem um suspiro, temendo que uma influência nefasta me caísse dos lábios, impedindo para sempre a realização desse sonho. Tinha orgulho das palavras de Élie, mas teria preferido que ele as guardasse no fundo de si mesmo, cuidadosamente protegidas da má sorte. E enquanto eu me calava, mantendo a esperança, um conto de Rainha Sem Nome me atravessava o espírito, o conto do pequeno caçador que enureda pela floresta e encontra, quem é que ele encontrou, filha...? encontrou o pássaro sábio e, ao tomá-lo por alvo, fechar os olhos, mirar, ouviu esse estranho pipilar:

Pequeno caçador não me mates
Se me matares te matarei também.

Segundo minha avó, assustado com o canto do pássaro sábio, o pequeno caçador baixava o fuzil e ia passear pela floresta, enxergando nela um encanto, pela primeira vez. Eu temia pelo pássaro que só tinha seu canto e assim, deitada na minha pedra, sentindo a meu lado o corpo úmido e sonhador de Élie, também me punha a sonhar, voava, tomava-me pelo pássaro que nenhuma bala poderia atingir, pois ele conjurava a vida por meio de seu canto...

Quando voltávamos para Fond-Zombi, sentíamo-nos ainda pairando no ar, sobre as choupanas perdidas, as almas ofendidas, indecisas, incultas dos negros, à mercê do vento que levantava nosso corpo como se fosse pipa. A brisa nos pousava diante da casa de Rainha Sem Nome, ao pé dos degraus de terra batida, lisa e rosada, e uma larga faixa de sol poente se esgueirava pela porta até a velha, que estava quase ao rés do chão em seu banco minúsculo, com seu eterno vestido franzido, e balançando lentamente o corpo, com o olhar distante. Élie ia buscar lenha para o pai Abel, eu estendia a roupa para a noite e Rainha Sem Nome punha-se a fazer um caldo de lagostins de comer de joelhos e agradecendo. Aqui e ali, com as mechas baixas, alguns lampiões já ardiam ao longe, e as galinhas começavam a subir nas árvores para passar a noite. Élie voltava correndo e minha avó subia a mecha de seu lampião, para que descascássemos nossos lagostins mais à vontade. E então minha avó, com precaução, pousava sua carcaça na cadeira de balanço, nos sentávamos a seus pés, um de cada lado, sobre velhos sacos de farinha, e depois de um De Profundis para seus mortos, Jérémie, Xangô, Minerve e sua filha Méranée, ela nos contava algumas histórias que encerravam nossa quinta-feira. Por cima de nossa cabeça, o vento terral fazia estalar as chapas enferrujadas do telhado, a voz de Rainha Sem Nome era radiosa, longínqua, um vago sorriso pregueava seus olhos enquanto ela abria diante de nós o mundo em que as árvores gritam, os peixes voam, os pássaros cativam os caçadores e o negro é filho de Deus.

Ela sentia suas palavras, possuía a arte de dispô-las como imagens e sons, como música pura, como exaltação. Sabia falar, gostava de falar para seus dois filhos, Élie e eu... com uma palavra, impede-se um homem de se quebrar, assim ela se expressava. As histórias eram dispostas nela como as páginas de um livro, contava-nos cinco todas as quintas-feiras, mas a quinta era sempre a mesma, a do fim, a história do Homem que queria viver pelo faro...

— ... Crianças – ela começava –, sabem de uma coisa, uma coisa bem pequena?... a maneira como o coração do homem está montado em seu peito é a maneira como ele vê a vida. Se o seu coração está bem montado, você vê a vida como deve ser vista, com o mesmo humor de um bravo que, equilibrado numa bola, vai cair, mas ele resistirá pelo maior tempo possível, é isso. Agora ouçam outra coisa: os bens da terra ficam na terra e o homem não possui nem mesmo a pele que o envolve. Só o que ele possui: os sentimentos de seu coração...

Nesse ponto ela se interrompia de repente, dizendo:

— A corte está dormindo?

— Não, não, Rainha, a corte está ouvindo, não está dormindo – dizíamos prontamente.

— ... pois bem, crianças, já que estão com o coração e os ouvidos a postos, fiquem sabendo que no início era a terra, uma terra bem pronta, com suas árvores e suas montanhas, seu sol e sua lua, seus rios, suas estrelas. Mas Deus achou-a nua e achou-a inútil, sem nenhum ornamento, por isso ele a guarneceu de homens. Então se retirou para o céu entre dois corações, querendo rir e querendo chorar, e disse a si mesmo: o que está feito está bem-feito, e com isso ele adormeceu. No mesmo instante, o coração dos homens pulou de emoção, eles ergueram a cabeça, viram um céu todo cor-de-rosa e sentiram-se felizes. Mas logo já não eram os mesmos e muitos rostos deixaram de resplandecer. Tornaram-se covardes, perniciosos, corruptores e alguns encarnavam tão perfeitamente seu vício que perdiam a forma humana para serem: a própria avareza, a própria maldade, a própria espoliação. Entretanto, os outros continuavam a linhagem humana, choravam, labutavam, olhavam um céu cor-de-rosa e riam. Na época em que o diabo ainda era menino, vivia em Fond-Zombi um certo Wvabor Hautes Jambes, homem muito bonito que era da cor de terra de siena, tinha pernas longas e musculosas e uma cabeleira verde que todo mundo invejava. Quanto mais ele observava os homens, mais os achava perversos, e a maldade que via neles impedia-o de admirar o que quer que fosse. Já que os homens não eram bons, as flores não eram bonitas, a música do rio não era mais do que um coaxar de sapos. Ele tinha terras, uma bela casa de pedra que os ciclones não conseguiam derrubar, e para tudo isso ele lançava um olhar de dissabor. Uma só companhia lhe agradava, a de sua égua, que ele chamara de Meus Dois Olhos. Ele a prezava mais do que tudo, dava-lhe todos os direitos: ela se sentava na sua cadeira de balanço, espojava-se no tapete, comia de uma banheira de prata. Num dia de muita nostalgia, em que acordou cedo, ele viu o sol aparecer no horizonte e, sem saber por quê, montou em Meus Dois Olhos e se foi de casa. Havia muito sofrimento dentro dele, sentia-se miserável e deixava-se levar para onde o animal queria. Passava de um morro para outro, de uma planície para outra, e nada conseguia alegrá-lo. Viu paragens que o olhar humano jamais contemplou, lagoas cobertas de flores raras, mas pensava no homem e em seu mal e nada o seduzia. Já nem descia de sua montaria, dormia, comia, pensava, sempre no lombo de Meus Dois Olhos. Um dia em que passeava assim em cima da égua, avistou uma mulher de olhos serenos, gostou dela, tentou então pôr o pé no chão, mas era tarde demais. A égua começou a relinchar, a escoicear e, retomando a marcha, levou-o dali, para bem longe da mulher, num galope forçado que ele não conseguia deter. O animal se tornara seu senhor.

E, interrompendo-se pela segunda vez, minha avó dizia com voz lenta, para nos fazer sentir a gravidade da questão:

— Minhas brasinhas, me digam, o homem é uma cebola?

— Não, não – dizíamos, muito instruídos nesse domínio –, o homem não é uma cebola que se descasca, ele não é isso.

E então ela retomava bem depressa, satisfeita...

— ... Então, vejam só, o Homem que vivia pelo faro, do alto de sua égua, um dia se cansou de vaguear e se cansou de sua terra, de sua casa, do canto dos rios, mas o animal o levava para outro lugar, sempre para outro lugar. Com o semblante desfeito, mais lúgubre do que a morte, o homem foi gemendo de cidade em cidade, de campo em campo e depois desapareceu. Onde? Como? Ninguém sabe, porém nunca mais ele foi visto. Esta noite, no entanto, quando eu recolhia sua roupa lavada, Télumée, ouvi um ruído de galope atrás da casa, bem embaixo da touceira de bambu. Na mesma hora virei a cabeça naquela direção, mas o animal me deu tamanho coice que agora estou aqui, sentada na cadeira de balanço, contando esta história para vocês...

O clarão do lampião diminuía, minha avó se confundia com a penumbra e Élie nos saudava, com ar inquieto, e olhava a noite lá fora, na estrada, e de repente deu no pé para se enfurnar na venda do pai Abel. Minha avó e eu não tínhamos saído do lugar e sua voz tornava-se insólita, no escuro, enquanto ela começava a me fazer as tranças... por maior que seja o mal, o homem deve tornar-se ainda maior, mesmo que tenha de usar andas. Eu ouvia sem compreender, me sentava no seu colo e ela me ninava como um bebê, naqueles antigos finais de quinta-feira... minha brasinha, ela sussurrava, se você montar num cavalo, segure bem as rédeas, para que ele não te conduza. E, enquanto eu me aconchegava a ela, aspirando seu cheiro de noz-moscada, Rainha Sem Nome suspirava, me acariciava e voltava a falar devagar, destacando as palavras, como para gravá-las no fundo do meu espírito... atrás de uma dor há outra dor, a miséria é uma onda sem fim, mas o cavalo não deve te conduzir, é você que deve conduzir o cavalo.

4

Todos os rios, mesmo os mais resplandecentes, os que levam o sol em sua corrente, todos os rios descem para o mar e se afogam. E a vida espera o homem como o mar espera o rio. Podemos seguir meandro após meandro, virar, contornar, entrar pela terra, os meandros pertencem a cada um, mas a vida está aí, sem começo e sem fim, esperando, como o oceano. Estávamos um pouco fora do mundo, pequenas fontes que a escola represava numa bacia, preservando-nos dos sóis violentos e das chuvas torrenciais, estávamos protegidos, aprendendo a ler, a assinar nosso nome, a respeitar as cores da França, nossa mãe, a venerar sua grandeza e sua majestade, sua glória que remontavam ao início dos tempos, ao passo que ainda éramos apenas macacos de rabo cortado. E, enquanto a escola nos levava à luz, lá no alto dos morros de Fond-Zombi, as águas se cruzavam, se atropelavam, borbulhavam, os rios mudavam de leito, transbordavam, secavam, desciam como podiam para se afogar no mar. Mas, por mais que cuidasse de nós, de nossa cabecinha de trança, encarapinhada, a escola não podia impedir que nossas águas crescessem, e chegou o momento em que ela abriu as comportas, nos abandonando à correnteza. Eu tinha 14 anos nos meus dois seios e, debaixo de meu vestido de chita florida, era uma mulher. Teria ela me repetido o suficiente, Rainha Sem Nome, que todos os rios descem e se afogam no mar, teria ela me repetido o suficiente?... Eu refletia, via a vida se fazer, se desfazer diante dos meus olhos, todas aquelas mulheres que se perdiam antes da hora, se desarticulavam, se aniquilavam – e, por ocasião de seus velórios, procurava-se em vão o nome, o verdadeiro nome que tinham merecido carregar na terra; e assim uns viam o sol ao passo que outros se dissipavam na noite. E eu refletia, perscrutava todas as coisas, perguntando a mim mesma que curvas, que meandros, que reflexos seriam os meus enquanto eu descesse ao oceano...

O tempo do flamboaiã terminara, tínhamos chegado a um vagalhão em frêmitos intensos, contínuos, a agitação de Fond-Zombi estava no auge. Inundávamos o lugarejo com grande estardalhaço. Risadas se engatavam, se arrastavam até o topo das árvores, o ar era uma corda de violino, uma pele de tambor triturada, e os bandos se interpelavam, um ao outro, nervosamente. A qualquer hora do dia havia, na ponte, no morro, na estrada, no alpendre da venda do pai Abel, um grupo de jovens ociosos que revolvia o ar com seus braços pendentes, falavam de amor em voz alta, alardeando suas conquistas e brigando, se batendo, caçoando de todas as coisas. Andavam de um lado para outro pelo vale, escarnecendo daqueles que arrumavam trabalho. Com seu corpo de mulher e olhos de criança, todas as minhas colegas sentiam-se dispostas a estragar a existência, pretendiam conduzir a vida à rédea solta, compensar suas mães, suas tias, suas madrinhas. Os alertas investiam e os sarcasmos contrainvestiam, e toda aquela nova fornada de pão quente precipitava-se exultante para o naufrágio. Os ventres abaulavam e era tempo de largas saias franzidas. Escarnecia-se dos ventres lisos, cantava-se para eles:

Não temos mamãe
Não temos papai
E damos vivas
Mulher que não tem dois homens
Não tem valor

Quando arrastavam pelas ruas as pernas inchadas, cada uma carregando na frente sua pequena cabaça de problemas, Rainha Sem Nome levantava os dois braços para o céu e implorava... oxalá a brisa continue a soprar no pobre balão delas, oxalá ela não pare... tantas belas flores de coqueiro, tantas murcharão antes da hora... aguenta, minha filha, segura, é preciso amadurecer, é preciso dar teu fruto. Eu a ouvia com preocupação, observava suas faces, suas mãos descarnadas, seus olhos desgastados por sóis, chuvas e lágrimas, todas as coisas que ela vira e que se incrustaram no fundo de suas retinas, que se tornaram lentas, havia algumas semanas, e tristes por instantes fugazes, com um véu de ironia. Sob seu eterno madras de três pontas, formara-se uma espécie de ninho de prata espumosa, leve, que parecia suspenso à sua nuca e prestes a se soltar, ao menor golpe de vento. Eu gostaria tanto de aliviá-la do trabalho do quintal, dos kilibibis e das frutas cristalizadas, das pobres bengalas doces de um tostão, e colocá-la na cadeira de balanço, conforme convinha à sua idade, para sorver com suas amplas narinas os aromas que rolavam até a entrada de sua choupana. Era isso mesmo, isso mesmo que deveria estar à espera de uma velhinha negra teimosa, que tanto havia suado e se esfalfado na terra. Desde a escola, no entanto, eu não passara o tempo atrás de um piano de cauda. Do amanhecer ao pôr do sol, eu não parava de lidar, de me ocupar, de fazer subir e descer o sangue do meu corpo. Mas eram pequenos serviços, a preço de vento, e, para levar algum dinheiro para casa, era preciso entrar no meio dos canaviais e de suas farpas, suas vespas e suas formigas mordedoras, seus capatazes apreciadores de carne feminina. Minha avó não aceitava, dizendo que eu não tinha de lhes servir meus 16 anos como prato do dia. Quanto a Élie, só de ouvir falar em cana ficava fora de si, tomado por um furor incompreensível. Seus sonhos de se instruir estavam longe, a alfândega se fora com a escola, e o conversível, o terno de peitilho, os vestidos de brocado de gola-xale tinham derretido no mesmo amargor. De tudo aquilo só restavam visões confusas, algumas imagens de neve num livro, estranhas árvores sem folhas, um mapa da França, vinhetas representando as estações e as curiosas primeiras letras portadoras de esperança e que já se dissipavam, também elas reduzidas a sombras. Élie gritava, jurava a todos os seus grandes deuses que a cana não o pegaria, nunca, nunca ele compraria alfange para ir à terra dos brancos. Preferia usá-la para amputar as mãos, cortaria o ar e racharia o vento, mas não colheria maldição. Proferidas na venda, essas palavras chegaram aos ouvidos de um negro alto cor de cobre, um tal Amboise, homem calado, filósofo, serrador de tábuas, que sorriu ao ouvi-las e disse... é isso que o negro deve fazer, em vez de entrar nas farpas da cana: amputar a mão direita e dá-la de presente aos brancos. No dia seguinte, Élie tomou o rumo da floresta na companhia do homem Amboise, levando um serrote longitudinal ao ombro: por simples palavras lançadas no ar, ele escapara à maldição.

Agora eu só o via aos domingos, por algumas horas, à beira da Bacia Azul, onde toda a agitação do mundo ia morrer. Eu implicava com ele por causa de seu novo ofício de serrador... então você quer morrer antes da hora com toda aquela umidade, lá em cima, naqueles andaimes?

Ele dava sua gargalhada dos primeiros tempos, no caminho do rio... como vamos abrigar nossos esqueletinhos, mais tarde, se eu não serrar tábuas?... E ele ria de novo, me abraçava, me estreitava, me ungia com mil palavras, inventava para mim vestidos azuis, vermelhos, verdes, e para terminar dizia que eu era diante dele como um arco-íris... ah, fica aqui, debaixo dos meus olhos, não vai desaparecer assim, no fundo do céu... e ele me abraçava tão forte, para me impedir de desaparecer, que eu me sufocava. Um domingo em que eu estava sentada numa pedra, à fresca, Élie sentou-se numa pedra ao lado e disse:

— Penso na Bacia Azul como você, minha cabritinha, quando o calor me incomoda na mata. Você pode correr na minha ausência, pular, dançar, você é minha e sua corda está amarrada em mim: você salta para a direita, vou para a direita, pula para a esquerda, lá estou eu à esquerda.

— Bom, lá está você à esquerda, e depois?

— Depois só você sabe, você que salta longe de mim, só você sabe.

— Eu só fico saltando, com os olhos grudados na tua carne e nos teus ossos, mas como você disse: minha corda está amarrada em você, não a puxe, me dê uma pequena trégua, um respiro, só isso.

Tínhamos nos banhado juntos e o sol sorvia a umidade que havia em nós, enquanto descansávamos numa imensa pedra achatada, escaldante, bem no meio do rio. A água deslizava suavemente de encontro à pedra, um pouco adiante enveredava por uma abóbada de cajazeiras e samambaias-gigantes que davam uma sombra repousante, um pouco solene. Voltando-me para Élie, vi nele a mesma expressão esgazeada que assumia debaixo do flamboaiã da escola, ao falar de seu pai, da floresta da vida de mil caminhos e seus temores de se perder. Mergulhou a mão na água clara e, deixando-a ao sabor da correnteza, disse pensativo... você tem razão, pule e salte longe de mim, longe do meu corpo, o que tenho a te oferecer, e o que me adianta te ver como uma princesa, uma fada: um dia, nossa mesa será posta, nossos pratos estarão cheios e, no dia seguinte, teremos água salobra e três pingos de óleo nos encarando. Télumée, só não se esqueça disto: aos meus olhos, nada é bonito o bastante para você, e, se eu tiver 10 francos miseráveis perdidos no fundo do bolso, e se eu vir um vestido de 10 francos, vou comprar, mas não será bonito o bastante.

Pensei em me deitar ali, sobre os seixos, para que Élie me cobrisse com todo o corpo, mas em vez disso, negra desastrada, virei as costas e fui embora, enquanto ele me chamava... o que foi que eu disse? Mas o que foi que eu disse?... e eu corria sem parar, e sua voz se tornou cada vez mais indistinta, e logo só ouvi o vento fraco batendo nas choupanas do caminho, as risadas, um canto em algum lugar, eu estava em Fond-Zombi.

Por mais que eu me esfalfasse, limpasse as choupanas das parturientes, cuidasse dos animais arrendados, levasse a carga das vendedoras até a estrada colonial, mal tínhamos uma libra de carne de porco a cada sábado e um vestido de algodão a cada ano. A árvore da fortuna crescia longe de Fond-Zombi. Apesar do capim-barba--de-bode, das formigas-vermelhas e das lacraias, eu bem que preferiria dar duro nos canaviais, nas plantações de abacaxi, mas o estímulo que Rainha Sem Nome me oferecia cada vez que eu falava nessa perspectiva era este... meu solzinho, por que servir teus 15 anos como guloseima a um capataz?... e tudo isso em troca do quê, de que maravilha: um pedaço de terra normal para capinar, uma tarefa em que você não vai cuspir sangue, em que não vai tossir no meio do capim mais alto do que você... e, afinal, me diga: quem te disse que se planta cana o ano todo?... E, quando eu pensava em procurar trabalho fora, em ser empregada dos brancos, Rainha Sem Nome me dizia, em tom de profunda desaprovação... por acaso eu disse que você está me atrapalhando, disse?...

Vendo nossas flutuações, nossa indecisão, a doença chegou e se abateu sobre Rainha Sem Nome. Dia após dia ela ia sendo minada, as pequenas doenças pousavam em sua carcaça, vinham se aninhar como pássaros numa árvore fulminada por um raio. A conselho de *man* Cia, eu a tratava com muitas infusões e compressas, e ventosas sarjadas. Mas também eram necessários comprimidos, e a cada ida à farmácia nossas economias derretiam como vela na corrente de ar. Logo, por mais que virássemos a bolsa do avesso, não cairia mais nem uma moedinha. Eu precisava sair, arranjar um trabalho mensal, vender regulamente o suor do meu corpo. Mas onde havia lugar, naquele fim de mundo, para uma casa de colunas, portal e buganvílias?... a morada mais espaçosa de Fond--Zombi era de quatro cômodos sem varanda. Minha avó e eu percorríamos as vizinhanças, na esperança de descobrir uma casa abastada que precisasse de uma empregada permanente. Mas nossa cabeça girava, girava, sem que aparecesse nenhuma luzinha no horizonte. Um dia, o rosto de Rainha Sem Nome se iluminou e ela disse, em tom de leve censura... como eu não tinha pensado nos Andréanor, com sua grande loja de Valbadiane, a pouca distância da nossa casa?... Porém a bela visão foi breve como um raio, e vi minha avó se entristecer, baixar a voz, resmungar... há na terra doenças estranhas, e o sangue do homem torna-se pus...

Eu a olhava com espanto e ela explicou:

— Dizem que eles têm o sangue leproso, os Andréanor, de pai para filho, mas isso me tinha saído da cabeça,
pois estava pensando na senhorita Loséa, com seus belos cabelos de mulata, seus doces olhos pretos tão tristes, que nos entrega uma palavrinha gentil junto com a
mercadoria: e os outros, os aflitos, que nunca vemos, os
que escondem a própria figura leonina atrás da loja, eles
tinham me saído completamente do espírito...

Deixamos os Andréanor à própria sorte e procuramos uma propriedade no meio da qual há uma árvore
de dinheiro. Duas famílias brancas viviam na vizinhança,
uma em Bois Debout, de brancos pobres, perdidos como
nós, e outra que vivia pomposamente em Galba, por trás
de um portão de ferro batido: eram os descendentes do
branco dos brancos, aquele mesmo que arrebentava o
baço dos negros, só para humilhar. Diz-se que tambor ao
longe tem som bonito, mas a mãe de Rainha Sem Nome
ouvira com seus ouvidos o estrondo do tambor deles e
contara para minha avó, que por sua vez um dia entrea-
brira os dentes para deixar passar o eco daqueles tempos
antigos, e era como se eu tivesse visto com meus próprios olhos o branco dos brancos, aquele manco, que erguia um cavalo, aquele cujos cabelos brilhavam como sol
do meio-dia, aquele que apertava um negrinho nos braços para matá-lo. Mas havia um pé de dinheiro plantado
no jardim deles, e, por mais que me girassem na cabeça,
Minerve, o branco dos brancos, o baço arrebentado dos
negros, o que me esperava era a residência Belle-Feuille,
morada dos Desaragne. O rio que transborda arrasta rochas enormes, arranca árvores, porém o seixo no qual
você cortará o pé, esse ele deixará ali. Mas nada é eterno,
disse minha avó, nem mesmo sacudir a poeira dos brancos, e, vestindo-se ciosamente, amarrando um madras
na cintura, ardendo em febre, os olhos apagados, ela

tomou o caminho da residência Belle-Feuille, em Galba. Como ela se apresentou diante da sra. Desaragne, o que lhe disse, nunca saberei.

Um dia, pouco depois, tive uma vaga ideia do que foi, quando minha patroa me disse... você pode ser o copo de cristal da sua avó, mas aqui, em Galba, você não é de cristal para ninguém. Então suspeitei, bem imaginei o que ela, Rainha Sem Nome, dissera àquela mulher branca.

Algumas semanas depois, minha avó me lançou para o céu, muito levemente, com muita precaução, como uma pipa que se solta, que se tenta, que se faz voar pela primeira vez. Deu-me sua bênção por todo o sol que eu fizera entrar em sua casa. Depois, friccionando-me com um sumo de absinto amargo, capim-cidreira e patchuli, declarou:

— Acontece, mesmo com o flamboaiã, arrancar os intestinos do ventre para enchê-lo de palha...

Com minha roupa embrulhada num grande lenço de algodão, minha dor dobrada ao meio, no fundo de mim, tomei o caminho da residência Belle-Feuille. Era de manhã cedinho, o orvalho ainda perlava o capim, as folhas brilhantes das árvores, o canto dos galos se elevava no ar e tudo pressagiava um dia luminoso. Algumas comadres já lavavam roupa sob a ponte da Outra Margem, a frágil passarela que liga Fond-Zombi ao mundo e que eu atravessara pela primeira vez, havia uma eternidade, ao lado de Rainha Sem Nome. Pouco antes de La Ramée, deixando o caminho que conduz à escola, tomei uma estrada toda margeada por canaviais, sem casas, sem árvores visíveis, sem nada para deter o olhar. Era a época em que os brancos queimam suas terras, e cepos enegrecidos estendiam-se ao infinito, em meio a um cheiro áspero de natureza defumada. Eu avançava para Galba, entre duas almas, com raiva por precisar ir e esperando, apesar de tudo, lá encontrar uma pequena trégua, um pouco de abrigo, antes de me afundar sob o sol dos canaviais. Ouvia a voz de *man* Cia, no vento, acima daquelas amplidões incendiadas: um negro? Caranguejo sem cabeça e sem paradeiro, que anda para trás... Assim divagando, cheguei a uma longa aleia verde e sedosa, toda reluzente, de capim gordo, para além dos pequenos bosques de hibiscos brancos, vermelhos, cor-de-rosa, que a sombreavam. Atrás de mim, a estrada dos canaviais continuava a uma certa distância, mas eu já me sentia num outro mundo, era como se me enfurnasse no coro de uma igreja, o mesmo frescor, o mesmo silêncio, o mesmo distanciamento de tudo. E enquanto eu caminhava assim, com passo, sem eu querer, contido, controlado, de repente surgiu uma casa grande de colunas e buganvílias, alpendre alto, telhado encimado por duas flechas metálicas, e as espantosas janelas envidraçadas e cortinas de renda de que Rainha Sem Nome e eu tínhamos falado. Em toda a fachada, flores revestiam a casa de uma cor malva avermelhada, estonteante. Dirigindo-se a mim, do alpendre em que estava, a descendente do branco dos brancos pareceu-me uma senhora frágil, com certa aparência de solteirona, de longos cabelos amarelos e grisalhos, artelhos dissimulados em sandálias que ela arrastava com leveza, como barquinhos de papel puxados por um barbante num espelho de água parada. Dois olhos de um azul intenso me examinaram, e o olhar me pareceu frio, inquieto, desenvolto enquanto a sra. Desaragne me interrogava com insistência, como se nunca tivesse encontrado minha avó.

— É serviço que você está procurando?

— Estou procurando emprego.

— O que sabe fazer, por exemplo?

— Sei fazer tudo.

— Sabe cozinhar?

— Sim.

— Quero dizer cozinhar, não largar um pedaço de fruta-pão num caldeirão de água salgada.

— Sim, eu sei.

— Bom, tudo bem, mas quem te ensinou?

— A mãe da minha avó era empregada dos Labardine, na época.

— Tudo bem, sabe passar roupa?

— Sim.

— Quero dizer passar, não é bater ladrilhos em brim descorado.

— Eu sei, é glaçar camisas de popeline de colarinhos quebrados.

— Tudo bem. Mas esta é uma casa respeitável, que isso fique bem entendido. Você tem marido? Alguém?

— Não, moro sozinha com minha avó, sozinha.

— Tudo bem, pois você sabe, a má conduta não leva a nada. Se você respeitar as pessoas como convém, se cuidar do que é seu, das suas pústulas em vez de ficar bocejando de boca arreganhada, então pode ficar, a vaga é sua. Só vou avisando, você está em experiência.

Pus minha trouxa num reduto afastado da casa, ao lado da cocheira, doravante meu quarto, e comecei a lavar, num pequeno tanque com torneira de cobre, uma pilha de roupa suja que a sra. Desaragne me mostrou.

Então Fond-Zombi me apareceu diante dos olhos e se pôs a flutuar acima de seu atoleiro, de morro em morro, de verde em verde, ondulando sob a brisa morna até a montanha Balata Bel Bois, que se dissipava ao longe entre as nuvens. E compreendi que uma ventania poderia chegar, soprar, varrer aquele buraco perdido, choupana por choupana, árvore por árvore, até o último grão de

95

terra, entretanto ele sempre renasceria na minha memória, intacto.

Escândalo, agitação, confusão vinham morrer no fim daquela aleia, cada coisa tinha um lugar, uma hora, uma razão de ser bem precisa, nada era deixado ao acaso e um sentimento de eternidade se destilava no ar. Todas as ações do dia se desenrolavam da maneira como a patroa decidira na véspera. Era um tempo sem surpresa, sem novidade, que parecia girar em torno de si mesmo, os gestos se insinuavam cada um na sua vez, um depois do outro, na ordem, ao longo de todo o dia. Agora eu estava cercada de olhos metálicos, perspicazes, distantes, diante dos quais eu não existia. Minha patroa tinha a voz um pouco seca, mas o que é uma voz um pouco seca, se não a escutamos?... E o patrão, e o filho do patrão, e o capataz perseguiam outras que não eu, nos quartos, na cozinha, na cocheira, conforme sua categoria. Eu só pensava em manobrar, esquivar-me para a direita, para a esquerda, com uma única ideia no coração: precisava ficar ali, como um seixo num rio, simplesmente pousada no fundo do leito e escorrendo, a água escorrendo por cima de mim, a água turva ou clara, espumosa, calma ou revolta, eu era uma pedrinha.

Agora meu trabalho dava satisfação e eu recebia muitos elogios pelo meu bechamel, na sala de jantar com móveis de mogno maciço solidamente plantados no chão, imóveis. Não a elogie demais, dizia a senhora ao esposo, da próxima vez ela vai caprichar menos, você verá. Mas ela estava enganada, pois eu queria passar tranquilamente a minha pequena trégua ali, em Belle-Feuille, e não estava lá para contrariar ninguém. Às vezes, no meio daquela ordem, daquela serenidade exangue, uma súbita tristeza me invadia e eu tinha sede de uma gargalhada, e o pequeno lampião de Rainha Sem Nome me chamava, me fazia falta. E naqueles dias eu me punha a cantar, enquanto fazia meu trabalho, e meu coração se afrouxava, pois atrás de uma dor há outra dor, estas eram as palavras da minha avó. E eu via desenhar-se na sombra o sorriso de Rainha Sem Nome, o cavalo não deve te conduzir, minha filha, é você que deve conduzir o cavalo, e aquele sorriso me dava coragem e eu fazia meu serviço cantando, e quando eu cantava cortava minha dor, cortava minha dor a machadadas, e minha dor caía na canção, e eu conduzia meu cavalo.

Desde que entrei no ritmo de Belle-Feuille, a sra. Desaragne me entregava à sua cozinha, aos cuidados de sua casa com toda a confiança. Raramente tínhamos oportunidade de trocar algumas palavras. Entretanto, todas as terças-feiras à tarde ela presidia pessoalmente à engomagem das camisas do patrão. Ela me advertia, então, com um sorriso enlevado, aturdido... seu patrão é tão delicado, goma demais lhe corta a pele, com goma de menos o tecido não tem frescor, gruda na pele, por isso preciso estar de olho, sabe, para ficar no ponto certo. Eu já estava habituada à tática, à cantilena, pegava essas palavras e me sentava nelas com todo o peso, palavras de branco, nada mais do que isso. Ouvindo-a assim, eu ia aos poucos acrescentando água à pasta, que eu fazia escorrer entre meus dedos, para que ela mesma visse, avaliasse, julgasse a dosagem de amido. Essa operação era feita nos fundos da casa, numa varanda que dava para o sol poente. Na frente da casa, o sol batia com toda a força nas buganvílias, mas do nosso lado fazia sombra, batia o vento leste. Eu misturava a pasta e a senhora sorria tranquilamente, com ar indiferente, e depois, sem me olhar, dizia como em sonho, para si mesma... diga uma coisa, minha menina, estou muito contente em vê-la tão alegre, cantando e rindo, saltitando, mas diga, mesmo assim: o que você sabe, exatamente?

Eu misturava o amido cuidadosamente, mantendo-me alerta, pronta para me esquivar, para escapar através das malhas da nassa que ela tecia com sua insinuação, eu era uma pedra no fundo da água e me calava.

— ... Ah — ela continuava, com o tom e o ar de quem olha o céu e diz: vai fazer bom tempo —, ah, você sabe exatamente quem são vocês, os negros daqui?... vocês comem, bebem, se fazem de maus, e depois dormem... e pronto. Mas por acaso sabem do que escaparam?... neste momento seriam selvagens e bárbaros, correndo pelo mato, dançando nus e saboreando os indivíduos ensopados... trazemos vocês para cá e como vocês vivem?... na lama, no vício, em bacanais... Quantas pauladas teu homem te dá?... e todas essas mulheres carregando no ventre filhos sem pai?... eu preferiria morrer, mas vocês, é disso que vocês gostam: gosto estranho, se espojam na lama e dão risada.

Eu escapulia através dessas palavras como se nadasse na água mais clara que existe, sentindo na nuca, nas panturrilhas, nos braços o ventinho leste que os refrescava e me congratulando por ser na terra uma negrinha irredutível, um tambor de duas faces, como dizia *man* Cia, eu dava a face de cima para que ela se divertisse, a patroa, para que ela a esmurrasse, e eu mesma por baixo permanecia intacta, e mais intacta impossível.

Depois de um tempo de silêncio ela recomeçava, mas dessa vez com um leve tom de irritação:

— ... Veja você mesma como é, estou falando e você não responde, guarda a língua no bolso... diga honestamente, sinceramente, acha que isso são maneiras?... O que fazer, senhor, o que fazer com gente assim, com quem você fala e é como se estivesse cantando!

Então eu levantava a cabeça e, batendo o amido no fundo da minha cabaça, olhava para a sra. Desaragne um pouco por baixo, mas vendo-a inteira, transparente e miúda, com seus olhos que tinham classificado, ordenado e previsto tudo, no fundo de suas pupilas sem vida, e dizia baixinho, com ar espantado:

— Senhora, dizem que alguns gostam da luz, outros da lama, é assim que o mundo gira... não sei nada de tudo isso, sou uma negrinha azul de tão preta e lavo, passo, faço bechamel, e só isso...

A sra. Desaragne suspirava satisfeita e, em tom de arrependimento, mas sincera, acredito, sacudia os cabelos amarelos bem perto de mim e dizia:

— Ah, vocês, nunca vou entendê-los...

Ela então verificava a consistência do amido e ia embora, com a cabeça um pouco jogada para trás e varrendo as costas com seus longos cabelos soltos, como para me dizer: onde estão teus cabelos, negra, para te acariciarem as costas... E depois ela abria a grande porta envidraçada, voltava-se pela última vez, sacudia de novo os cabelos... vamos, Télumée, ela dizia, acrescente azul, pode começar a engomar... e ela se dissipava, ligeira, puxando as sandálias, como barquinhos na água.

Eu mergulhava as camisas cautelosamente na água azulada, densa, já cantando, já montada na sela, conduzindo meu cavalo.

5

Aos domingos, quando havia recepção, era um único e mesmo desfile de conversíveis, um dia de cumprimentos, de beija-mãos e reverências, de roçar com as unhas os copos de *baccarat*, entremeados de frases nostálgicas sobre os tempos antigos, em que cada coisa estava em seu lugar e o negro em sua posição. Os convivas pareciam à espreita da menor falha no serviço. Se um prato não era pousado com toda a delicadeza exigida, se um copo não chegava pelo lado certo, viam nisso uma espécie de confirmação de suas ideias sobre o negro e exclamavam, regozijando-se ruidosamente, dando-nos tapinhas no braço com indulgência... não chore, minha filha, não chore... não é nada, nada mais do que tudo isso, e veja que você está se aprimorando, vendo as coisas bonitas do mundo, servindo à mesa, conhecendo panos de prato e guardanapos, e como poderia saber, coitada, como, hein?... No meio de tudo isso, eu ia e vinha, salteava crepes, envolvia-os em geleia, batia sorvetes de creme, de chocolate, de maracujá e coco, sorvetes vermelhos, sorvetes verdes, azuis, amarelos, sorvetes amargos e doces, sorvetes, até eu mesma virar sorvete. E eu servia e retirava, sorria para cada um, manobrava, esboçava um passo para a direita, para a esquerda, só pensando em me preservar, em me manter intacta diante das falas dos brancos, dos gestos, dos trejeitos incompreensíveis. E, ao longo daquelas tardes inteiras em Belle-Feuille, assim, esgueirando-me entre os convidados, eu batia no meu coração um tambor excepcional, dançava, cantava todas as vozes, todos os chamados, a posse, a submissão, a dominação, o desespero, o desprezo, a vontade de ir lançar meu corpo do alto da montanha, enquanto Fond-Zombi dormia em mim como no fundo de um grande lago...

Quando não havia recepção, e se os humores da sra. Desaragne fossem favoráveis, ela me dava folga por todo o domingo à tarde. Mas os humores da sra. Desaragne eram imprevisíveis, ela funcionava pelo cheiro do tempo, e nunca dava para saber o que ela tinha cheirado. Às vezes, ao voltar da missa ela suspirava, falava de um abismo escancarado sob seus passos, do mal que aumentava sem cessar no mundo todo. Télumée, dizia ela, com a cabeça pendente, como que pesada demais para o pescoço, Télumée, minha filha, hoje você precisa ficar... preciso de sua voz para as vésperas da reparação e nós as diremos ao ar livre, no pátio, pois duas vozes agradam mais a Deus do que apenas uma. Outras vezes, a missa a revigorava e ela descia do carro com agilidade, o ar distante, misterioso, sorridente, as sobrancelhas levemente erguidas sobre um surpreendente olhar de menina. Então eu passava água de cacau nos cabelos, untava minhas tranças, punha meu vestido de chita e me despedia da sra. Desaragne. No último instante, ela sempre parecia um pouco contrariada, secretamente pesarosa por me ver ir embora... francamente, Télumée, o que você vai fazer no tal Fond-Zombi?... buscar um ventre de mãe solteira?... aprender a jogar uma fruta-pão na água salgada?... não sei como dizer, mas tente me entender, minha filha: é aqui e em nenhum outro lugar que se fazem molhos bechamel...

102

Mas a aleia de hibiscos e depois a estrada já me levavam para longe de Belle-Feuille, um vento se apoderava das palavras da sra. Desaragne e as deixava na montanha Balata, no alto dos mognos, onde ressoavam para os pássaros, para as formigas das árvores, para Deus, para ninguém.

Todos os domingos os habitantes de Fond-Zombi saíam da toca para ir à igreja de La Ramée, equilibrando seu quinhão de miséria sobre a ponte oscilante da Outra Margem. Invadiam a aldeia com alma nova, alma de domingo, sem nenhum vestígio de farpas, de suor ou de canaviais. Brincavam, flanavam, recebiam as notícias do mundo, de uniões, falecimentos, afogamentos no mar, amores famosos na vizinhança e riam, riam, era de jurar que não conheciam nada mais da vida além de risos e prazeres. Depois da missa afundavam nos lugarejos das vizinhanças, em busca de parentes, amigos, colegas de canavial, à procura de todos os que, no domingo, queriam esquecer sua alma da semana, pois naquele dia gostavam de se achar homens respeitáveis.

Quando eu conseguia avistar Fond-Zombi, ao pé da cajazeira que dominava a última encosta, era uma hora esmagadora e tudo parecia silencioso, adormecido. Ao menor sopro de ar, frutos maduros se espatifavam no chão, um cheiro acre me invadia, uma felicidade tranquila, e eu não sentia força para deixar aquela sombra. Contemplava o lugarejo de norte a sul, de leste a oeste. Vendo-o assim, Fond-Zombi não parecia exatamente o meu, chapas dos telhados haviam se enferrujado, aqui e ali algumas sebes tinham sido aparadas, e o domingo lhe conferia como que uma aura de mistério. No meio daquele torpor, de repente se elevava ao longe uma voz estridente: olha ela, ela chegou. Estava dado o alarme.

Pouco depois, Élie surgia ao pé da colina, seguido a pouca distância por um pequeno grupo de crianças, de mulheres grávidas, que não podiam descer até a aldeia, e daqueles solitários que viam o mundo todo da soleira de suas choupanas, Adriana, o negro Filao e alguns outros. Élie se precipitava para se antecipar ao grupo, chegava suado, projetando de longe uma espécie de olhar longo e amargo, que se fechava um pouco, se abrandava enquanto vinha ao meu encontro, como que para me dar provas de sua paciência infinita. Sentava-se, aspirava-me um pouco, em silêncio, por fim dizendo espantado:

— Apesar dos cajás, você está cheirando a canela.

— Você também – eu murmurava –, está cheirando a canela...

Então ele arregaçava uma manga da camisa, encostava o braço no meu e constatava divertido:

— Temos a mesma cor, não é de admirar que tenhamos o mesmo cheiro...

Mas o grupo me tirava dele e já me apertavam, me erguiam, me olhavam de todos os ângulos, considerando a pessoa importante que eu me tornara... como você está, como você está, querida, tuas tranças cresceram mais ainda... lavou-as com água de cacau?... que belo bambu ao vento você está se tornando e que boa flauta vai dar, quem tocar tua música terá muita sorte, não é verdade, Élie?... mas antes você concorda em tocar para nós uma musiquinha de Belle-Feuille, querida?... pois também estávamos à tua espera, à nossa maneira...

Élie afastava-se do grupo e me olhava de longe, contentando-se, de vez em quando, em me fazer um sinalzinho com a cabeça, em esboçar um gesto com a mão, como quando se cumprimenta alguém na outra margem do rio. Assim escoltada, eu chegava à nossa choupana, onde Rainha Sem Nome me recebia na cadeira de balanço, toda encurvada, encarquilhada por uma alegria que lhe dava uma fisionomia apagada, sem nenhuma vida. Mas seus olhos cintilavam levemente e pareciam destacar-se do rosto, para me tocar, me interrogar, me dizer o que tinha sido dela nos últimos tempos. E a cada vez as pessoas se calavam diante dos olhos de Rainha Sem Nome, e alguém dizia timidamente:

— Ah, Rainha, você não morrerá nunca. O que pode acontecer agora, e que pena a morte é para você: pena de beija-flor ou pena de pavão?

E a Rainha abafava ainda mais o fogo de seu olhar e, balançando-se com indiferença, emitia tranquilamente, como se constata um fato que todos conhecem, apenas um pequeno lembrete:

— Não pedi nada, mas estou vendo que, com todas essas alegrias, não morrerei nunca.

Fazia-se então certo rebuliço, e as pessoas se instalavam, os vestidos farfalhavam de tão engomados, uma leve fumaça se elevava dos cachimbos: a tarde de domingo acabava de começar.

— E agora – dizia minha avó –, agora que estamos entre nós, conte alguma coisa daqueles brancos de Galba…

Cabiam cinco ou seis pessoas dentro de casa, umas sentadas na cama, outras no chão, encostadas na parede. Mas um número pelo menos igual ficava no quintal, de orelhas levantadas, e, logo que minha avó pronunciava essas palavras, cabeças se erguiam no vão da porta, olhares ansiosos mergulhavam sobre mim, sorvendo de antemão minhas palavras. As pessoas queriam saber como era a vida em Belle-Feuille, por trás de todas aquelas muralhas de verdor, como era o interior da casa, como se comia, falava, bebia, como era a rotina do dia a dia e, sobretudo, para eles:

o que é importante na vida, e pelo menos gostam de viver?... Essa era a pergunta fundamental que agitava as almas atormentadas de Fond-Zombi. Eu hesitava um pouco em responder, pois já falara nos domingos anteriores, e na verdade Belle-Feuille inteira cabia num dedal. Minha confusão era evidente para todos, e alguém se inclinava para mim, com os olhos incandescentes... calma, tome fôlego, querida... Então os olhares se voltavam para mim e, diante de tal insistência, punha-me a falar-lhes de Galba, do visível e do invisível, e sem querer uma outra Belle-Feuille me saía da boca, de modo que eles não podiam deixar de ver nela um oceano, com suas ondas e rebentações, ao passo que eu só queria mostrar um pouco de espuma. Em desespero de causa, eu sempre terminava com as palavras com que a sra. Desaragne se despedira de mim havia pouco, a história do bechamel. Os que a conheciam riam, mas, se houvesse na assistência alguém que vinha pela primeira vez, imediatamente a pessoa dizia interessada:

— Já que é tão bom, explique como se prepara isso, para nossas próprias entranhas...

— Étienne, meu negro – minha avó lhe dizia baixinho –, vou te dizer, amigo, não há nada de bom no molho bechamel. Experimentei em outros tempos e posso garantir: não há nada de bom no bechamel. Télumée – ela continuava, voltando-se para mim –, Télumée, flamboaiã querido, quando teu coração pedir bechamel, é só cozinhar duas fatias de fruta-pão com sal grosso, na lenha, no fundo do quintal, e nesse dia não queira saber se eles fizeram bechamel.

E, para dar sabor a suas palavras, minha avó soltava do fundo da garganta um belo riso de negra livre e eu voltava a me tornar uma pessoa humana, não uma fazedora de bechamel. E minha alma se reanimava e flutuava sobre todos os rostos, e eu pensava que os outros rios podiam se contorcer, mudar de leito, de curso, o que eu desejava era uma vidinha em surdina e sem molhos, aqui em Fond-Zombi, sob um mesmo teto e um mesmo homem e rodeada de rostos cujas menores alterações me seriam perceptíveis, como as ondulações na água. As pessoas riam com a Rainha, abandonando os brancos ao seu bechamel, e rindo voltavam a si mesmas, a suas almas de pombos-torcazes à espreita e manobrando com a tristeza...

Muitas fisionomias mudavam, de um domingo para outro, mas havia três que eu encontrava regularmente, em todas as minhas incursões em Fond-Zombi, e por isso preciso nomeá-los: Amboise, Filao e Adriana. Amboise era o negro cor de cobre que tinha livrado Élie do canavial. Lá no alto, em seus andaimes, tomaram-se de amizade um pelo outro e Amboise passava todos os domingos na choupana da minha avó, encostado numa parede, equilibrando-se num pé só, taciturno, quase sem rir, abrindo a boca só para responder a perguntas sobre a vida dos brancos da França, por onde arrastara o corpo por cerca de sete anos. Suas opiniões sobre os brancos da França nos desconcertavam. Considerava-os nem mais nem menos do que bexigas estouradas erigidas em faróis, só isso. Filao era um velho negro dos canaviais, rosto de noz-moscada gasta, estriado, com olhos que se moviam devagar, olhar enviesado, incerto, sempre criando um sonho. Falava sempre bem baixinho, talvez temendo que o fio de seu devaneio se rompesse se o ouvissem bem, de modo que todos os olhares seguiam seus lábios quando ele abria a boca para dizer, como sempre... sabem de uma coisa, meus amigos? Tenho uma grande novidade para contar... pois bem, imaginem que um pequeno lagarto verde como eu, que corre sem teto de déu em déu, imaginem que ontem...

Adriana era uma negra gorda beirando os 50 anos, de braços ainda ligeiramente rechonchudos, tranças brancas e amarelas, um pouco esverdeadas aqui e ali, pálpebras pesadas eternamente caídas sobre olhos brancos, para não ver o mundo, para não ser vista por ele...? Fazia parte da coorte de destroços, de errantes, de perdidos que se arrastavam de casa em casa, em busca de um desatino. Quando abria a boca, suas pálpebras se levantavam a contragosto e, rolando os olhos brancos, ela pronunciava palavras estranhas, que pareciam vir de outro lugar, não se sabia qual... meus cordeiros extraviados, dizia, meus principezinhos encrespados das trevas, e depois ela redesenhava sua vida no ar, de um jeito suave, inocente, sabendo que ninguém ousaria contradizê-la, nem levantar suas penas para revelar sua carne:

— Ah – dizia ela com voz feliz, encantada, com uma espécie de sorriso leve que lhe caía bem –, ah, quando vocês virem embranquecer os cabelos de uma mulher, podem deixá-los embranquecer, pois temos razão em nos sacrificar pelos filhos. Como eu, tenho seis filhas, se eu quisesse poderia hoje mesmo abrir uma loja com tudo o que elas me mandam de Pointe-à-Pitre. Se eu abrisse meu armário para lhes mostrar as pilhas de toalhas novas, vestidos pregueados e tudo o mais, sem contar as ninharias, açúcar, arroz, bacalhau, que nem menciono, então finalmente vocês compreenderiam minha posição na terra. Estão me vendo esfarrapada, com uma choupana a céu aberto, poderiam achar que estou em apuros, mas estão enganados, meus amigos, passem um dia na minha casa, abrirei meu armário para vocês, talvez...

— ... Verdade – dizia logo minha avó, apoiando-a com voz firme –, vemos gente de vestido rasgado, que dorme e acorda em choupanas decrépitas, mas quem sabe o que essas pessoas têm no armário, quem sabe...?

E, vindo em auxílio de Rainha Sem Nome, o velho Filao dizia com voz flautada:

— Uma pessoa fala e um anjo a ouve no céu.

— Ah, a fala – ouvia-se –, que coisa boa...

— Sim, e que tarde doce, mas já está quase acabando – declarava Adriana, levantando-se pesadamente da cadeira... – e, se alguém não está satisfeito, que levante o dedo e nos diga o que seu coração ainda deseja... Negros, meus irmãos, se fosse para escutar vocês, suas palavras nunca teriam fim... pensem nos namorados, em que momento ficarão a sós se ficarmos aqui, como um enxame de vespas, zumbindo em seus ouvidos?... palavras são palavras e o amor é o amor...

E, voltando-se uma última vez para mim, acrescentava maliciosa:

— Você agora está no ponto certo, Télumée, como uma fruta-pão amadurecida... verde demais irrita os dentes, madura demais fica sem gosto; volte para nós, minha filha, não espere que um vento te solte da árvore, te espatife no chão... tente soltar-se você mesma, agora que está no ponto...

Na mesma hora a choupana se esvaziava, o quintal também, e uma brisa leve chegava até nós, descendo da montanha. Rainha Sem Nome fingia uma ocupação e também desaparecia. Ficávamos sozinhos. Fazia-se um intenso silêncio e aspirávamos o perfume que, no fim da tarde, a sangue-de-drago exala de suas entranhas. Lá fora, as pessoas tinham voltado de suas visitas e, de casa em casa, as conversas chegavam ao auge. O povoado vibrava, vibrava como um imenso parlatório. No lusco-fusco, as lanternas dos pirilampos cintilavam debilmente, depois se avivavam, resplandeciam, à medida que a noite avançava. Os lampiões se acendiam, as últimas risadas se apagavam. Era o fim do domingo.

Élie estava terminando seu aprendizado e recebia metade em dinheiro, metade em tábuas para construir nossa futura choupana. Ao anoitecer, na penumbra, ele me falava com tanta precisão dessa choupana que eu entrava nela, percorria a varanda, me sentava numa das três cadeiras dispostas em torno da mesinha redonda, apoiava os cotovelos numa toalha bordada. Ele queria que fosse eu que subisse para fincar no telhado um ramalhete vermelho. Ele iria me dar a notícia com uma serenata noturna, na casa dos Desaragne. Estávamos na beirada da cama e seus olhos faiscavam na penumbra, me examinavam com doçura e precaução, um pouco de viés, pelo canto das pálpebras, me parecia, como se temesse trair seu ressentimento. Eu o acariciava, aconchegava-me a ele e seus olhos de infelicidade se tranquilizavam, enquanto murmurava com voz queixosa:

— Mas será mesmo esse teu lugar, lá, com teus 16 anos nos dois seios, sacudindo os colchões dos brancos?...

— Não tente bancar o espertinho, senhor serrador, assim que nossa casa estiver pronta, virei ocupá-la, como uma vela ocupa uma capela.

— Eu te deixo saltitar, minha cabritinha, tua corda é comprida e está em minhas mãos, mas um dia vou encurtá-la, bem rente ao teu pescoço...

— Corda longa ou muito curta, quando o cabrito quer escapar, é só...

— Não – Élie me interrompia, rindo –, estou de olho no animal e, se ele der um passo, eu o abato.

Uma touceira de bambu estalava ao vento do anoitecer e lá no alto, na floresta, os animais começavam a gritar, livres do calor do dia.

— Pronto, sou um novo homem – ele dizia.

Ao voltar, minha avó nos preparava o jantar em silêncio, e comíamos sob a proteção de sua calma, de sua alegria tranquila, lá fora, sentados nas pedras, em meio à paz da noite. E todas as vezes, ao sair, Élie tocava numa das vigas da choupana e dizia... olha só como é dura a cabeça de Télumée. Quando eu acordava, no dia seguinte de manhã, leves vapores sopravam sobre Fond-Zombi e o silêncio e o orvalho cobriam o povoado. Na mesma hora eu enveredava pelo caminho de Belle-Feuille, meus olhos tomados pela visão da minha futura casa. Mais tarde, de manhãzinha, quando eu transpunha o portal dos Desaragne, a visão ainda me perseguia e eu me sentava no gramado, as pernas esticadas na grama fresca, para saborear uma última vez as chapas novas da cobertura da minha choupana, que brilhavam sob o alegre sol matinal, o ramalhete vermelho no telhado, a mesa e a toalha bordada...

Nesse momento, a voz da sra. Desaragne se alçava às minhas costas:

— Você me assustou, minha filha... é só isso que você tem para fazer tão cedo, sentar-se no gramado?... decididamente, esse Fond-Zombi não te faz bem nenhum.

E, enquanto eu meneava a cabeça espantada, ainda perdida no meu sonho de glória, ela acrescentava:

— Vamos, mexa-se, minha filha, o sol já vai alto.

6

Uma folha cai e a floresta inteira estremece. Tudo começou para mim com um riso que se apoderava de mim em qualquer lugar, a qualquer hora do dia, sem que eu pudesse explicar sua origem. Quando meu espírito me inquietava, eu o enganava com a ideia de que estava rindo para minha avó, para Élie, para Adriana ou para alguma outra pessoa que pudesse precisar do meu riso naquele momento. Mas as pessoas e empregados domésticos ligados a Belle-Feuille sabiam melhor do que eu o sentido daquele riso, tinham-no ouvido em outras bocas e de repente veio o assédio, a revoada de cumprimentos que me fez voejar tão alto que perdi o fôlego. Um me prometia a cidade e outro o campo. Se você morresse agora, diziam eles, o bom Deus não te receberia assim, te mandaria de volta à terra para que tua juventude brilhasse; ah, isso no céu não se aceita, uma moça que não brilha por homem nenhum. Entretanto, o Natal se aproximava, reinava uma grande atividade, em Belle-Feuille havia recepções e visitas, uma atrás da outra, e os domingos iam e vinham sem que eu pudesse tomar o caminho de Fond-Zombi. Meu riso subia a notas mais agudas e os próprios convidados o percebiam, diziam à sra. Desaragne, enquanto eu servia o ponche:

— Você tem a arte, minha prima, de cercar-se de belos objetos… afinal, como os descobre?…

— Não se fie nas aparências – dizia a sra. Desaragne com frieza –, negro é negro, e desde que a música do açoite se afastou de seus ouvidos eles se tomam por civilizados...

— Ah, eu não iria tão longe quanto você, cara Aurore, e voltaremos a falar nisso mais tarde, depois que a raça clarear. Enquanto isso, para servir o ponche como ela não tem igual, e o prazer é duplo, do paladar e dos olhos...

Um dia, agachada na bacia da cisterna, lavando panos de cozinha, senti uma coceira na nuca. Na hora de enxaguar, a curiosidade venceu e me virei, e vi o sr. Desaragne, imóvel, no meio do quintal, me contemplando com seus olhos cinzentos, meio esverdeados, misteriosamente cínicos. Embora tivesse ombros largos, ele tinha uma desenvoltura natural e, como um pássaro, parecia apoiar-se no ar para existir. Entretanto, naquele instante, ele oscilava levemente sobre as pernas. Por fim suspirou, virou-se devagar e se foi, arrastando a perna, enquanto eu pensava em meu íntimo... viu só, sua boba, agora está descobrindo as manias dos brancos... mas logo outra ideia recobriu essa e à noite, ao me deitar, eu tinha esquecido completamente o imprevisto na cisterna. O ar estava pesado, não havia estrelas no céu, nenhuma esperança de chuva. Bateram à porta. O cocheiro às vezes vinha me pedir uma infusão de anona, nas noites em que a senhora tinha suas insônias. Levantei-me, abri e, para minha grande surpresa, o sr. Desaragne entrou tranquilamente, fechou a porta atrás de si, encostando-se na parede. Trazia na mão um vestido de seda e jogou-o para mim, sorrindo, como se a coisa tivesse sido combinada entre nós. Depois, aproximando-se de mim, pousou as mãos debaixo da minha saia, murmurou com voz fanhosa... parece que está sem calcinha, minha filha. A miséria é surpreendente, é um carrapato que pula na pessoa e suga todo o seu sangue. Na minha idade, alertada sobre muitas coisas, eu me acreditava protegida desses assédios, mas, por mais que se viva, não se sabe da vida mais do que da morte. Deixei-me ficar entre os braços do sr. Desaragne e, quando ele começou a se despir com uma mão, murmurei baixinho... tenho uma navalha aqui e, se não tivesse, minhas unhas bastariam... O sr. Desaragne não parecia ter me ouvido e, como continuava sua empreitada, continuei no mesmo tom calmo e frio... Sr. Desaragne, juro sobre a cabeça do bom Deus, o senhor não poderá mais entrar no quarto das criadinhas, pois não terá mais com o quê... Ele riu, fiz um gesto com as unhas e recuou com ar esgazeado, de repente compreendendo o sentido das minhas palavras. Um sorrisinho inquieto pairava em seu rosto.

— Você é a maior depravada da terra – ele sussurrava com o mesmo sorrisinho inquieto nas feições que se enrijeciam, tornavam-se lívidas ao clarão da vela –, então um vestido não te basta?... quer uma corrente de ouro, um par de argolas?... escuta, preciso de uma negrinha que cante na vida e mais viva do que um raio, preciso de uma negrinha azul de tão preta, é disso que eu gosto...

Agora seu olhar me evitava, percorria com nostalgia a miséria do meu cubículo, objeto por objeto, o estrado que me servia de cama, o banquinho, o pedaço de espelho pendurado num prego, o avental, a trouxa de roupa pendurada numa corda, e era como se fosse eu mesma espalhada por todo o cômodo, eu mesma de quem ele esperava eu não sabia o quê, com um sorriso triste nos lábios. Uma tempestade caíra em cima do sr. Desaragne, erguendo as penas brancas, e eu tinha visto sua carne. Estava parada no lugar, indiferente ao meu peito descoberto, à minha saia erguida até o meio da perna. Havia uma fria embriaguez dentro da minha cabeça e lhe respondi tranquila, sem pensar:

— Os patos e as galinhas se parecem, mas as duas espécies não se movem juntas na água.

Seus olhos tornaram-se muito claros e ele ergueu os ombros, abriu os dedos como se um punhado de areia escorresse entre eles e, voltando a seu chagrém de rei, foi-se pela noite, andando de costas, sempre me olhando, com um sorriso curioso no fundo dos olhos cinzentos.

Na qualidade de criada doméstica, eu dormia num cubículo contíguo à cocheira, com uma abertura do tamanho de uma mão, munida de uma janela minúscula, que à noite eu erguia, para não morrer de calor. Aquela abertura dava para as terras dos meus patrões, e, por cima das altas folhas de cana, pairavam ao longe os clarões das choupanas dos negros da casa, encostadas umas nas outras. O Natal estava muito próximo e, deitada na minha enxerga, eu ouvia os cânticos subindo das choupanas até as estrelas, como que para suplicar ao amor que descesse, finalmente, para se desprender do céu. De vez em quando, trazidos por um sopro de vento, também me chegava o rufar dos tambores e eu dizia a mim mesma que até o coração do diabo deve doer, ao ver todo aquele monte de miséria e a esperteza do negro em forjar felicidade, apesar de tudo. Lá havia trégua, nas pequenas choupanas escondidas pelos canaviais, havia desafogo para o negro e ele se tornava mais esperto ainda, eu me dizia, fazendo todos aqueles passes de mágica no ar, dançando e batendo tambor ao mesmo tempo, sendo vento e vela ao mesmo tempo. A luta com a sra. Desaragne estava longe, e eu não vira nela minha vitória de negra nem minha vitória de mulher. Era apenas uma das pequenas correntezas que fariam estremecer minha água, antes que eu me afogasse no oceano. Mas uma tristeza me vinha agora, à noite, à medida que passavam os domingos em Belle-Feuille, e a visão do ramalhete vermelho que eu colocaria em cima da minha choupana se dissipava, se esfiapava com os dias. Pensei que meu xodó tinha me esquecido e um sonho me atormentava todas as noites, um sonho estranho cujo sentido eu não conseguia decifrar, apesar de todos os meus esforços. Era inverno e eu servia como empregada doméstica numa cidade francesa, que eu enxergava um pouco através dos relatos de Amboise. A neve caía sem parar sobre a cidade e eu não me surpreendia, parecia-me algo muito natural. Os brancos tinham olhos curiosos, eram espécies de rachaduras de espelhos sem lustro, onde nada se refletia, mas eles eram surpreendentemente gentis e a patroa me perguntava com frequência como eu suportava o clima. Eu dizia que achava muito bom, e ela ria sem acreditar. Aquele riso me rasgava ao meio, e um dia, quando ela começara de novo a rir assim, eu lhe disse tranquilamente: vou lhe provar que não sinto frio, e, dizendo isso, me despia e saía nua pela neve. Ela me olhava, com ar estupefato, por trás das cortinas da cozinha. Eu sentia meus músculos enrijecerem até se transformarem em gelo, e eu caía, morta.

Uma noite em que o pesadelo me mantinha acordada, de olhos arregalados na minha enxerga, minha inquietude aumentou, pois me parecia estar ouvindo uma canção e até acreditei reconhecer a voz de Élie. Havia algum tempo os mosquitos assediavam meu cubículo, atraídos pelo chiqueiro que tinham acabado de instalar bem atrás. Acho que meu caso está ficando sério, disse a mim mesma, e quem vai acreditar que os mosquitos me deixaram louca a ponto de ouvir canções?... E então me lembrei de uma promessa que Élie me fizera, parecia-me que já havia uma eternidade, uma serenata que ele viria fazer quando a choupana estivesse pronta, só à espera de meu ramalhete vermelho. Os cães da casa latiram e a voz se calou. Porém, um pouco mais tarde, elevou-se de novo na noite, dessa vez a uma distância maior, do outro lado da estrada, como se tivesse se colocado fora do alcance dos cães da casa. No entanto, apesar do esforço de Élie para atravessar a densa escuridão, ou talvez por causa dela, por causa daquelas súbitas elevações agudas, uma grande melancolia emanava das palavras da canção:

Por que viver Odilo
Para nadar
E sempre de bruços
Sem nunca
Sem nunca
Virar-se de costas
Por um instante

Quando abri os olhos, ao amanhecer, o céu estava muito baixo e as nuvens pareciam barcos em perigo balançando ao vento. Um grande silêncio pairava no ar e ainda havia manchas de sombra sobre os objetos do meu cubículo. Fui tomada por uma vontade de bater asas e de espaço. O sol se vai ao anoitecer e nos deixa nossas dores, e não se levanta mais depressa quando estamos alegres. Esgueirei-me para fora, para a claridade nascente, até a bacia da cisterna, onde deixei correr água na boca, nos ombros e nos braços, nos meus olhos inchados de lágrimas e que eu sentia do tamanho de ovos de pomba. Depois levei a pequena bacia de água até meu quarto, esmaguei nela algumas folhas de patchuli e me sentei para fazer a higiene matinal. Minhas economias estavam escondidas debaixo de uma tábua do estrado: três moedas de 5 francos, três meses ininterruptos, sem um domingo para bater asas e deixar meu corpo descansar.

Desamarrei minha trouxa do cordão, enfiei nela as três grandes moedas de prata e, de trouxa na cabeça, me dirigi para a casa grande. A sra. Desaragne já estava em pé de guerra, na sala, com seu caderninho na mão. Aproximei-me dela e disse:

— Os mosquitos me picaram demais esta noite, preciso de um pequeno descanso.

Ela teve um sobressalto, depois, olhando-me atentamente, sorriu receosa, como se faz para as pessoas possuídas pela loucura:

— É verdade – disse constrangida, com um leve tremor na voz –, esta noite os mosquitos estiveram terríveis. Volte para casa, minha filha, volte o mais depressa possível, sem se demorar pelo caminho.

Uma brisa apoderou-se de mim e me vi na estrada, longe da casa de colunas e buganvílias, os dois seios livres. Agora o sol deixara a montanha e se encontrava na beirada do céu, logo atrás da frota de nuvens em perigo. Eu tinha chorado tanto aquela noite que uma seda cor-de-rosa flutuava entre meus olhos e o céu, a estrada, os canaviais dos arredores, os morros ao longe que passavam de um verde para outro, cada vez mais pálidos, cada vez mais suaves, e bem ao fundo do horizonte a montanha do Túmulo dos Bravos, Balata Bel Bois, que ainda se confundia com as nuvens. Minhas pernas tomaram o caminho de Fond-Zombi, mas meus olhos não abandonavam a montanha, esforçando-se para reconhecer os altos de Bois Riant, onde meu xodó serrava suas tábuas. Eu ria comigo mesma, pensando que, se uma mulher ama um homem, ela vê uma savana e afirma: é uma mula. Existem o ar, a água, o céu, a terra em que andamos, e o amor. É o que nos faz viver. E, quando um homem não te dá barriga cheia de comer, se ele te dá um coração cheio de amor, é o que basta para viver. É o que eu sempre tinha ouvido à minha volta, e era o que eu acreditava. E agora, a caminho de Fond-Zombi, eu era uma mulher livre com meus dois seios e, a cada passo, sentia os olhos de Élie encontrando os meus, seus passos dentro dos meus, e as pessoas que eu cumprimentava achavam que estivesse sozinha, ao passo que ele já estava em mim, naquele caminho. Quando cheguei à ponte da Outra Margem, as nuvens em perigo tinham sumido e o sol lançava chamas ofuscantes e vermelhas no céu inteiramente verde. Havia de um lado a estrada que levava a Fond-Zombi, argilosa, gretada, cheia de cepos e calhaus, e do outro uma trilha que enveredava direto pela floresta. Fui invadida por uma hesitação, sentia-me mais vaporosa do que a espuma de uma torrente. E depois disse a mim mesma que, por mais que o rio cante e faça seus meandros, ele necessariamente desce até o mar e se afoga. Deixando então o caminho de Fond-Zombi, enveredei pela trilha que leva a Bois Riant, como que atraída pela presença do meu negro suado, naqueles andaimes de bichinho de cinco dedos e dois olhos. Na confusão de meu coração, eu pressentia obscuramente que na clareira lá em cima havia uma armadilha, mas ela me cegava, me atraía a despeito da minha vontade. E, enquanto eu me precipitava, corria agora através de montículos e charcos lamacentos, todas as coisas se tornavam ofuscantes, banhadas pela luz que descia de Bois Riant. Eu caminhava como num sonho, em meio ao cheiro de plantas em decomposição. Um rio corria ao pé do monte onde ficava o andaime de Élie e de seu amigo Amboise. Desci a ribanceira escorregadia afastando algumas folhas, molhei uma última vez meus olhos, que havia alguns instantes voltaram a chorar, sem eu saber por quê. A água estagnava em alguns lugares, em torno de pedras esverdeadas, mas adiante ela voltava a seu curso, corria de novo, clara, transparente. Debruçada sobre minha imagem, eu pensava que Deus me pusera na terra sem me perguntar se eu queria ser mulher nem de que cor preferia ser. Não era culpa minha se ele tinha me dado uma cor azul de tão preta, um rosto que não resplandecia de beleza. No entanto, eu estava bem contente com tudo isso e talvez, se me fosse dado escolher, agora, nesse instante exato, escolheria essa mesma pele azulada, esse mesmo rosto sem beleza resplandecente.

Mais acima, entre os troncos dos mognos, avistei o andaime dos serradores. Élie estava na plataforma e o negro Amboise, no chão, com as pernas abertas, enquanto a lâmina denteada subia e descia na nuvem de serragem. Sentei-me à distância e contemplei os dois homens suados, Amboise, grande árvore seca e nodosa que já tinha lançado seus frutos, e meu Élie de tronco fino, articulações indecisas do menino que eu encontrara, alguns anos antes, à beira do rio. Um longo instante se passou nessa alegria. As tábuas caíram, e, voltando-se tranquilamente para mim, Élie sorriu, com um brilho receoso nos olhos.

— Não é certo — ele disse por fim com uma voz que se forçava a ser jovial —, não é certo ficar olhando as pessoas pelas costas, senhorita Télumée Lougandor. Sabe que senti teu cheiro imediatamente na brisa?

Ouvindo essas palavras, o homem Amboise virou para mim o rosto de negro cor de cobre, de rugas profundas e olhos inquietos, penetrantes, que se demoraram sobre minha silhueta e depois se desviaram, como que tomados por um estranho constrangimento. Eu tivera a impressão, por um breve instante, de que aquele olhar descera até o fundo de minhas entranhas. Mas o homem Amboise já fingia indiferença.

— Ora essa — ele disse para Élie com voz arrastada —, então tem gente que sente os cheiros na brisa...

E, pegando de passagem sua camisa, o negro cor de cobre tomou o caminho pelo qual eu viera, desceu a ribanceira sem fazer barulho, desapareceu.

— Estou aqui te bebendo com os olhos – disse Élie – e nem te cumprimentei...

— Cabe a você falar, não sou eu o homem...

— Você quer que eu fale, Télumée, mas bem sabe tudo o que me vai no coração...

— Só a faca sabe o que vai no coração da abóbora.

— Por que está falando de faca e abóbora?... Prefiro que fale daquela velinha que se acendia e se apagava, ontem à noite, no quarto de Belle-Feuille...

Gracejando assim, Élie se aproximava de mim e, chegando à minha altura, me abraçava, lembrei-me de já ter visto aquele brilho receoso em seus olhos, em outros tempos, debaixo do flamboaiã da escola, enquanto ele me falava da floresta inculta e de caminhos que traziam o risco de levar à perda, um dia...

— Ah – murmurou num suspiro –, eu que te via num belo lençol de renda, engomado e passado, e aqui estamos nós emprestando a cama dos mangustos e dos ratos-do-campo.

— Então vamos esperar os lençóis de renda.

Uma imensa gargalhada que saía de toda a floresta apossou-se de nós, enquanto nossas duas pipas partiam para vaguear no céu.

Ao abrir os olhos, a primeira coisa que ouvi foi o barulho da torrente na ravina. Minha cabeça repousava suavemente num pequeno leito de folhas, bem ao pé de um mogno, cujas raízes salientes me rodeavam como as bordas de uma cama. Élie estava sentado numa dessas raízes e me contemplava sem sorrir, com o cenho franzido

122

de quem cuidava. Seu rosto me pareceu a proa de um navio, capaz de cortar o vento, de barrar os ataques da vida, e achei-o de uma beleza extrema. Estava de braços cruzados, como na escola, e seus pés descalços arranhavam suavemente o chão. Vendo-me acordada, ele disse com cerimônia:

— Levante-se e ande diante dos meus olhos.

E eu, depois de alguns passos sob seu olhar:

— Dizem que dá para perceber essas coisas... como está meu andar, mudou?...

— Nem mais nem menos do que um andar de mulher.

— Então estamos na mesma... — eu disse, rindo.

— Então você se transformou numa mulher — respondeu Élie com ar grave —, e uma mulher fiel, e estou te olhando, e vendo que é como uma bela fruta-pão madura, no ponto, balançando ao vento. Mas será que vai se soltar da árvore e cair... e rolar...?

— Tudo depende do vento, há alguns que fazem cair e outros que consolidam as amarras, que fortalecem...

— Belas palavras para uma frutinha-pão madura!...

Élie me deu a mão e descemos para Fond-Zombi, antes avistando o alto dos morros, depois a copa das árvores, o telhado enferrujado das choupanas e, por fim, a poeira da estrada. O sol poente pousava e pairava bem ao nível do mar, era como se não conseguisse deixar a terra, abandonar o povoado. A escuridão se aproximava e um vento ameno soprava do mar, em breves rajadas. Élie não abandonara seu ar grave, as duas rugas continuavam marcando sua testa e eu me sentia impotente, não sabendo como lhe dar força e segurança. Entretanto, quando me apareceu a pequena choupana nova, à beira do caminho, não longe da choupana de Rainha Sem Nome e bem debaixo da ameixeira, como eu desejara, um bem-estar me invadiu e me senti ardente como um forno a carvão, capaz de aquecer o céu inteiro. Minha avó estava em sua cadeira de balanço, sonhando com as quimeras da vida. Não pareceu surpresa ao nos ver chegar assim na escuridão, de mãos dadas. Simplesmente parou de balançar e deu um sorriso estranho, como se quisesse tranquilizar a menina que estava diante de sua choupana, vacilante, perdida entre o céu e a terra.

— Você está sem trabalho e ri desse jeito? – ela disse finalmente.

— Com certeza não vou ficar muito tempo sem fazer nada – eu disse com ar misterioso.

Ouvindo isso, Élie franziu o cenho e, voltando-se para mim, deteve-me com olhar severo, distante, como que para me fazer lembrar a seriedade do momento e me pedir que assumisse minha alma de honra e minha alma de respeito. Depois, satisfeito com minha contenção, voltou-se para Rainha Sem Nome e disse:

— Rainha, hoje estou diante de você como homem.

Minha avó levantou-se da cadeira de balanço e, num tom de extrema seriedade, cujo toque de ironia escapou a Élie:

— Considere, meu filho, que pus tímpanos novos nos ouvidos, para te ouvir como se ouve um velho de 100 anos.

— Pois bem – retomou Élie –, como estamos agora entre adultos, não colocarei no fundo da garganta nenhum seixo que amorteça o som de minhas palavras. Assim confessarei, Rainha, que estou neste momento mergulhado num banho muito desconfortável, ora fervente, ora gelado, e o que todo homem deseja é um banhozinho morno. Você entende, conheço Télumée, encontro-a na mata, encontro-a nos campos e no fundo dos rios, mas não é assim que desejo encontrá-la. Construí com esse propósito um teto, a fim de vê-la debaixo dele dedicar-se a nossas coisas. Mas não sei se chegará o dia em que lhe cingirei o dedo com ouro. Não sei, Rainha Sem Nome, eu mesmo não sei de nada, mas quando me casar minha choupana já não será um campo sem inhame, quiabo, ervilha-torta, tudo vai brotar nele, desde uma cama até uma varanda para barrar o vento. Não sou um tubérculo de gladíolo, portanto não posso prometer que sairei vermelho ou amarelo da terra. Amanhã nossa água pode se tornar vinagre ou vinho doce, mas, se for vinagre, não me maldiga, deixe suas maldições dormirem tranquilamente no oco da sumaúma, pois, diga lá, não é um espetáculo comum, aqui em Fond-Zombi, a metamorfose de um homem em diabo?

Seria o dia certo para essas palavras, era esse o pensamento de Élie, só seu pensamento, ou um sinal que os espíritos lhe enviavam... eu estava congelada, queria perguntar a ele, saber, mas cabia à minha avó me representar. E eu via o olhar da velha viajar, chegar a um lugar que eu não conhecia, depois voltar, reaproximar-se de nós, quase roçando nosso corpo, nossos cabelos, para finalmente pousar na minha fronte, na de Élie, um depois do outro. Depois, sorrindo para Élie, com um belo sorriso tranquilo, ela respondeu:

— Não a assuste, meu negro, não perturbe sem razão a paz das pombas. Mas, já que franqueza se paga com franqueza, aqui vai: nós, os Lougandor, não somos galos de raça, somos galos *guinmes*, galos de briga. Conhecemos as arenas, a multidão, a luta, a morte. Conhecemos as vitórias e os olhos vazados. Tudo isso nunca nos impediu de viver, sem contar nem com a felicidade nem com a infelicidade para existir, como as folhas dos tamarineiros que se fecham à noite e se abrem de dia.

— E, se o dia nunca se abre, o que acontece com os Lougandor? – perguntou Élie.

— Quando sabem que já não pode haver dia, os Lougandor se deitam e depois morrem – disse minha avó com voz serena. E, voltando-se para mim, prosseguiu com a mesma voz calma: — Ondule como uma casuarina, resplandeça como um flamboaiã e dê estalos e gemidos como um bambu, mas encontre seu andar de mulher e mude de passo com valentia, minha linda; e, quando estalar como o bambu, quando suspirar de cansaço e dissabor, lastime e se desespere só para si mesma e nunca se esqueça de que há uma mulher contente por viver, na terra, em algum lugar.

Por fim, com um arzinho sossegado, puxou Élie para si e, beijando-o docemente, murmurou em tom de segredo:

— Se você naufragar, meu negro, ela afundará com você...

Então se fez silêncio, minha avó fechou os olhos, Élie manteve-se imóvel, encolhido em seus pensamentos, e a mim só chegavam os ruídos e sussurros das vizinhas, que agora se amontoavam em torno da choupana, esticavam as orelhas a distância, ávidas por uma palavra, por menor que fosse. Apertei forte a mão de Élie e olhei para ele, e todas as apreensões se transformaram num delicado turbilhão de fumaça que se dissolveu no ar. Advertido pelo rumor público, o pai Abel irrompeu com as mãos estendidas para nós, com os olhinhos amarelos faiscando de malícia. Sob o ardor da emoção, seu rosto geralmente tão preto tinha adquirido um espantoso matiz cor de vinho. E suas faces pareciam ter sido escavadas de repente, as rugas formando talhos abertos, em carne viva, como os que se fazem nos peixes. Sem nos conceder um olhar, aproximou-se de Rainha Sem Nome e lhe disse com voz enrouquecida, sussurrada:

— Ah, quantas tristezas, quantos grilhões e tristezas...

E, com uma risadinha feliz, prosseguiu:

— Senhor, que multidão de infelizes desfila sobre a terra, e, só para dar um exemplo, tomemos Rainha Sem Nome e vejamos que desgraça se abate hoje sobre ela: meu boteco à sua direita, a casa de Télumée à sua esquerda. Ah, quantos grilhões e quantas tristezas...

E, dizendo isso, ele deu uma estranha risadinha infantil, cheia de inocência, enquanto Rainha Sem Nome observava em tom glacial:

— Pai Abel, todos sabem que nesse caso você é o único lesado...

Mas, já não podendo se conter, minha avó soltou, por sua vez, uma risada jovial, que se elevou com força no ar levando todos nós a segui-la, de modo que todos aqueles risos velhos e jovens fizeram-se um só, saindo de uma só garganta humana. Lá, do outro lado da estrada, os curiosos riam por instinto, sem compreender. Nas alturas do céu, uma claridade rosada ainda se estendia, hesitava, mas a sombra já se acumulava em torno das árvores e, de um momento para outro, o crepúsculo cairia sobre Fond--Zombi. Minha avó pegou um belo cesto redondo que continha um moedor de café, utensílios de cozinha, um tacho, um litro de querosene e uns trapos para nosso leito. Estava tudo pronto, esperava-nos desde a véspera. Ela pôs nas mãos de Élie um lampião de vidro bojudo e todo o cortejo se foi, Rainha Sem Nome à frente, com o cesto na cabeça, Élie segurando o lampião aceso, eu carregando minha trouxa e pai Abel todo espevitado fechando a fila, lançando à brisa suas frases incompreensíveis. A choupana tinha 4 metros por 5 e era construída sobre pedras, como a de Rainha Sem Nome. Uma escada estava apoiada no telhado. Pai Abel entrou e voltou trazendo um ramalhete vermelho, que ele me entregou zombando em tom de brincadeira. Subi ligeira pela escada, amarrei o ramalhete num caibro e os aplausos ressoaram, vindos da multidão que se mantinha a distância, para não atrapalhar nossa intimidade. Rainha Sem Nome agachou-se ao lado de três pedras dispostas para servir de fogão, não longe da ameixeira, a alguns metros da casa. Acendeu o fogo, tirou três espigas de milho do corpete e assou-as. Cozidas as espigas, debulhou-as inteiras, deu-nos o milho para comer e, quanto ao resto, despejou metade num bolso de Élie, metade no meu corpete, entre meus seios, desejando-nos tantas moedas de dinheiro quantos eram os grãos de milho. Depois, cumpridas todas as coisas, ela pronunciou com a voz alterada pela emoção:

— Agora que há fogo e alimento, vocês podem tomar posse de sua morada.

Quando Rainha Sem Nome foi embora, nos sentamos na entrada da nossa casa e contemplamos o crepúsculo que agora descia sobre o povoado, a montanha, o mar ao longe, fundindo todas as coisas visíveis numa mesma bruma rosa e azul, salvo as luzinhas amarelas das choupanas, rente ao chão, e a cintilação prateada das estrelas acima de nós. As pessoas de Fond-Zombi preparavam ativamente o Natal e canções arrastavam-se ao longe, ondas de acordeão rolavam de choupana em choupana, de morro em morro, até os confins da mata. Cânticos elevavam-se por instantes e o vento trazia cheiros de groselhas que ferviam aos borbotões nas panelas, para servir na noite de Natal. E eu dizia a mim mesma que, com aqueles cheiros nas narinas, as mulheres sentem-se mais mulheres, o coração dos homens se põe a dançar e as crianças já nem têm vontade de crescer. Depois de um longo tempo, dispus o pacote de trapos no chão e nos deitamos em cima deles, um encostado no outro, como dois ladrões, em silêncio, e vimos o povoado afundar-se pouco a pouco, desaparecer lentamente na noite, na cadência de um navio engolido pela bruma.

7

No dia seguinte, acordei com a impressão de seguir meu destino de negra, de já não ser estrangeira na terra. Não se ouvia nenhum som de voz humana, nenhum latido de cachorro, havia claridade no alto da montanha, mas um oceano de sombra cercava o povoado, perdido no meio de tudo, como uma ilha. Olhei para Fond-Zombi em relação à minha choupana, para minha choupana em relação a Fond-Zombi e me senti em meu lugar exato na existência. Comecei então a fazer meu café, a cuidar das minhas pequenas tarefas com gestos lentos e precisos, como se fizesse um século que eu me ocupasse daquela maneira, naquele mesmo lugar, àquela mesma hora.

A brisa do mar se levantou e um vapor luminoso se espalhou por Fond-Zombi. As portas das choupanas batiam ao longe e o pai Abel apareceu diante de sua venda, batendo palmas assim que me viu. Élie apareceu, pegou o café que eu lhe estendia e começou a beber aos golinhos, sem tirar os olhos de mim nem por um instante. Com um chapéu disforme na cabeça, jogado para trás, com sua roupa de trabalho e calado, olhava-me com ar de intensa curiosidade, com os olhos dançando como ondulações ao vento forte. Sentado numa pedra grande, pousou a xícara vazia entre os pés e disse à xícara, com os olhos sonhadores, cheios de solicitude, como se contemplasse um ser vivo... você é bonita de noite, bonita de dia e agora está na minha choupana, depois de tudo isso do que o bom Deus quer que eu morra?... por fim, coçando a carapinha com ar constrangido, suspirou fundo e resmungou, contente sem estar:

— Está pronto tudo o que deve estar, de modo que desta vez minhas reprimendas me servirão de guloseima na floresta.

Pegou a marmita quentinha e eu me preparava para vê-lo partir, para acompanhá-lo longamente com os olhos, para o lado do rio. Mas ele não saía do lugar, e de repente jorrou de suas entranhas, da própria medula de seus ossos, um riso forte como tromba-d'água na quaresma, que enche de repente todo o espaço ao redor de nossos corpos. O riso alcançou o capim à nossa volta, as folhas da ameixeira, que também elas farfalhavam, enquanto pela segunda vez naquela manhã eu me sentia no meu lugar exato na existência. As quimeras, os terrores e as dúvidas da véspera estavam longe, Élie me olhou com satisfação, orgulho, baixou o chapéu por cima dos olhos, como se não quisesse ver nada além de mim, naquele dia, e se foi com passo tranquilo rumo à grande floresta.

Eu começava meu primeiro dia de mulher com andar claudicante, inquieto, apreendendo os comentários, o ruído, os risos das comadres à minha passagem. No entanto, um pouco mais tarde, descendo para lavar roupa na beira do rio, fiquei surpresa ao ver que as mulheres me olhavam com muita naturalidade, dizendo simplesmente... de vez em quando, é bom que uma de nós tenha um teto novo e carícias, para que se confie no sol.

— Ah, então vocês vão me espionar durante a noite?... – eu lhes disse, rindo.

E depois a novidade se dissipou na correnteza, nos gestos, nos risos das lavadeiras, e tudo foi como se elas sempre tivessem sabido, no fundo do cérebro, que meu destino era viver num galho, em Fond-Zombi, debaixo da asa de Élie.

À tarde, o ar se imobilizava de repente, os telhados de chapa esquentavam e eu buscava a sombra da nossa amei-xeira, e então me parecia sentir alguma coisa sutil, nova, que se tecia ao meu redor, ao redor da choupana ainda en-cimada por seu ramalhete vermelho. Um dia, debaixo da árvore do nosso quintal, abri-me com Rainha Sem Nome a respeito da impressão que eu tinha. Minha avó não res-pondeu na hora, ela me perscrutava, seu olhar penetrando em mim como um medidor de óleo. No fim do exame, deu-me um beijo na testa, massageou-me levemente as costas e disse:

— Está muito bem, e eu gosto de ouvir perguntas como essa que está me fazendo, pois é...

E, pegando um galho seco, começou a desenhar uma forma a seus pés, na terra solta. Parecia a rede de uma teia de aranha cujos fios se cruzavam em casinhas minúsculas e irrisórias. Em volta, ela traçava agora sinais que lembra-vam árvores, e finalmente, mostrando-me sua obra com um gesto amplo da mão, afirmou... isso é Fond-Zombi.

Espantei-me e ela explicou com voz tranquila:

— Veja, as casas não são nada sem os fios que ligam umas às outras, e o que você sente à tarde debaixo da sua árvore é apenas o fio, o que o povoado tece e lança até você, sua casa – e, apontando uma das grandes árvores, bem à margem de seu desenho, ela fez um gesto vago e sussurrou, com a voz subitamente entrecortada... — Nós morávamos por aqui, Jérémie e eu.

Finalmente, ela baixou devagarinho as pálpebras so-bre os olhos tomados de melancolia e, com um balanço monótono e incansável da cabeça, pareceu aportar em outro tempo, em outro mundo, em outra luz. Deixei-a, tomando todo o cuidado para não pisotear algum graveto morto, alguma folha seca que pudesse acordá-la.

A partir de então, pensando no fio que pairava perto de nossa ameixeira, passei a andar pela rua em Fond-Zombi com naturalidade e aprumo, apesar da recente condição de estabelecer moradia. Uma certa curiosidade girava à minha volta e muitos faziam troça... estabelecida como, Télumée, e em que sentido?... Não havia o costume de perguntas imoderadas, de confissões diretas, as pessoas de Fond-Zombi limitavam-se a visitas breves nas quais o único indício eram o timbre de uma voz, a sonoridade de uma risada e a desenvoltura de um andar. Algumas comadres chegaram a ir ter com Rainha Sem Nome, para descobrir se ela tinha emagrecido debaixo das saias ou, ao contrário, engordado. Mas ficaram decepcionadas e a manobra mostrou-se inútil, pois Rainha Sem Nome mostrou-se inalterada, rigorosamente igual a si mesma. Fond-Zombi talvez ainda estivesse na expectativa, se os amigos de Élie não tivessem decidido descobrir o mistério, para saber de uma vez por todas se havia motivo para se regozijar, ou para se lamentar, para se sentirem fortalecidos ou enfraquecidos quando seus pensamentos viessem pousar sobre nós. Uma noite, postaram-se diante da venda do pai Abel e, quando Élie voltava da floresta, com riso nos olhos e dentes ao vento, uma voz o interpelou:

— Está se tornando mercadoria rara, amigo, junte-se a nós esta noite, mostre se tem estima por nós...

— Nós existimos, caro Élie, existimos como qualquer pessoa, entre conosco no boteco do pai Abel e vamos tomar um trago, como em outros tempos...

— Ora, vamos lá, um dedo de rum nunca é de recusar — acrescentou um terceiro num tom irreplicável —,
é como se um doente recusasse um caldo...

Do fundo do quintal de Rainha Sem Nome, onde eu
me postara, ouvi a risada de Élie, uma risada despreocu-
pada de jogador satisfeito, enquanto sua voz murmurava
constrangida:

— Amigos, embora um negro sempre esteja doente,
não veem que estou em plena saúde e sem precisar de
caldo?

— Deixa o caldo de lado, não é o mais grave.

— Na verdade, o ruim é que, pertencendo à raça dos
homens, está acostumando Télumée muito mal, muito
mal, a achar que ela detém o controle da tua vontade.
Você já nem é capaz de chegar em casa na hora que te
convém, na hora que te dá na cabeça. Um homem não
faz isso, diabo, como você vai domar a fera?...

Élie estava vestido com sua roupa velha de sempre,
gasta até o último fio, mas parecia protegido por alguma
força invisível, encouraçado, transbordando de segurança, fora de alcance de tudo o que os outros se permitissem lhe dizer. Levantou o chapéu e passeou sobre a
assistência um sorriso determinado, inocente, inatacável.

— Vocês ainda não sabem, meus negros — ele disse —,
que numa raça sempre se encontram traidores para fazer
o jogo do campo inimigo?...

O discurso desenvolto, provocador, aquele ar de iluminado eram sinais irrefutáveis de negro bem-aventurado. Agora todos o fixavam com expressões incrédulas,
cheias de ternura, e havia no ar um silêncio muito particular, o anúncio de um evento. Cada um parecia sopesar
a vida, pôr na balança a miséria do negro, sua loucura e
sua tristeza congênitas e depois o contentamento misterioso que às vezes dão ao olhar a natureza, o mar, as

árvores, um homem feliz. E, perdidas nessas reflexões, as pessoas meneavam a cabeça, pigarreavam longamente, ham, ham, erguiam os ombros parecendo dizer... mas, afinal, o que posso saber de tudo isso?...

— É que a vida é tão surpreendente – lançou uma voz pensativa.

— É, não é brincadeira, apesar de tudo um negro é alguma coisa na terra.

Desde o início da cena, Amboise, o companheiro de Élie, mantinha-se à parte do grupo, acompanhando tudo com olhar indulgente. Hesitou por um momento e de repente:

— Como as palavras de vocês me enchem de satisfação – ele disse –, mas há uma coisa que precisam saber, minha gente: é que esse homem, que estão vendo com a cara banhada em felicidade, com os olhos empoados de insolência, esse homem tem em casa tudo o que convém como bebida, licor forte e rum perfumado... por isso ele nos olha sem nos ver, e se cala.

Todos os olhos convergiram para Élie, à espera de uma palavra, de uma frase, de uma aprovação, e por um breve momento meu xodó se cobriu da vergonha, do mal-estar que os favorecidos às vezes têm, e depois ele resfolegou e disse:

— Como vocês sabem, meus negros, não é bom plantar qualquer semente em qualquer terreno, e não é conveniente dizer qualquer coisa a quaisquer ouvidos. Na verdade, há muita coisa de que o homem não deveria falar. Só afirmo, caros amigos aqui presentes: não há nada mais perfumado do que o rum da minha casa.

Mal havia terminado essa frase, Élie já não prestava atenção nos que o cercavam, acarinhavam, bendiziam, já navegava em seus pensamentos, em seus devaneios de bem-aventurado. De repente, tomou a estrada, vacilante como um sonâmbulo, e logo desapareceu na penumbra. Diante da venda, à luz de um lampião portátil que o pai Abel acabava de pendurar, as pessoas pareciam ter sido visitadas e transfiguradas pelo Espírito Santo em pessoa. As mulheres, que até então se mantinham caladas, agora estremeciam, seus olhos brilhavam de espanto, e uma delas disse de repente:

— Eu bem sabia que nada está perdido na terra, para uma mulher...

— ... É por isso, então, que pomos filhos no mundo – replicou uma outra, com timidez – ... a vida é mesmo, mesmo surpreendente...

Levantando a cabeça, vi que havia um céu sem lua, em que cintilavam raras estrelas, sentia-se que naquela noite estavam muito próximas, calorosas, acolhedoras, tão palpáveis e reconfortantes quanto os lumes de um povoado vizinho.

Nos dias seguintes, minha pequena choupana não se esvaziou. Tranquila e fresca no meio da savana, com seu ramalhete de rosas murchas no telhado, parecia atrair as mulheres como capela solitária. Precisavam entrar nela, visitá-la, aquecê-la com sua presença e deixar nem que fosse um punhado de guajurus ou de ervilhas. Na maioria das vezes, nem tinham vontade de falar, tocavam no meu vestido com um leve suspiro de satisfação e depois me olhavam, sorrindo, com uma confiança absoluta, como se estivessem na nave lateral da nossa igreja, sob a compreensão de seu santo preferido, aquele que iluminava as trevas de sua alma, que as devolvia à vida com esperança. Faziam-me alguns vagos elogios a propósito do que eu representava, aqui, em Fond-Zombi, e deixavam-me com um passo aéreo de bailarina, como se tudo, a vida, a morte e até andar na rua, não fosse para elas, dali em diante, mais do que um balé a ser executado da maneira mais bela possível. E então se espalhou por Fond-Zombi inteiro, e até para dentro da água clara de seus rios, o rumor de que a sorte caíra em meu corpo e em meus ossos, e que meu rosto se havia transfigurado. Minha avó ria e, quando lhe perguntavam como fazer para ter uma velhice tão afortunada, ela respondia com uma vozinha rouca e trêmula... eu não sabia o que tinha semeado nem o que ia colher... e as pessoas replicavam, com certa ironia... bem-aventurado, mãezinha, bem-aventurado aquele que navega na incerteza, que não sabe nem o que semeou nem o que vai colher...

O pai Abel perdera aquela expressão taciturna de velho que não sabe o que está fazendo ali, atrás de um balcão. Nele havia agora uma espécie de segurança, uma alegria que não enganava nenhum de seus clientes. Brincavam com ele a propósito de suas rugas que pareciam ter se transformado em finos arabescos, puramente ornamentais, e havia até quem se aconselhasse com ele para tê-los também.

— Ah, como consegue, pai Abel, quem diria que algum dia o veríamos assim, iniciando essa nova juventude nesta terra?

O velho ficava pensativo, seguia com dedo de artista, sulco por sulco, rugas tão cheias de veleidades, e refletia com espanto sobre o que estava acontecendo com ele. Agora parecia subitamente ávido por saber tudo, estava a par de tudo o que se passava em Fond-Zombi e já não se via nele aquele ar indiferente, às vezes até desatencioso, quando um cortador de cana gesticulava diante de seu balcão. Ao contrário, arregalava olhos vivos e bisbilhoteiros de gambá à espreita e por tudo o que dissessem ele tinha um interesse prodigioso, gritava, aprovava e desaprovava, juntava-se ao coro e clamava "que peias, que grilhões" para exaltar o narrador e dar destaque ao relato do dia. Descobriu-se que os ouvidos do pai Abel se tinham destapado, que os problemas dos negros podiam engolfar-se neles, fazê-los vibrar, e ocorreu que sua venda se tornou indispensável, justamente o lugar aonde as pessoas iam para orientar, comentar, decompor e embelezar a vida. Um pequeno anexo lateral acrescentou-se à venda e, para distingui-lo da sala do fundo, foi batizado de "boteco novo". Às vezes o pai Abel ficava sobrecarregado e seus dois braços franzinos e verdes já não bastavam para retalhar bacalhau e rum no balcão, absinto e vermute nos dois botecos. Então ele me dava um grito longo de sua praça forte... Télumée, Télumée Ôôô... e eu acudia e me precipitava no meio da algazarra, mergulhava numa explosão de vozes, gritos e cantos que vibravam com uma força estranha, submergiam todas as coisas, me tragavam, me enfeitiçavam, me entorpeciam e me arrebentavam o cérebro, abrindo-me com seu estrondo para perspectivas infinitas, para modos de ver que me eram desconhecidos algumas semanas antes, quando ainda não tinha encontrado meu lugar exato na terra, e era aqui mesmo, no atoleiro de Fond-Zombi. Com os olhos meio arregalados, eu ia e vinha ligeira na sala do fundo, cujo piso mal arrimado emitia uma vibração, um tremor sob meus passos de moça polpuda, e às vezes o pai Abel não conseguia deixar de me dizer... qualquer dia desses, minha venda vai cair por culpa do seu modo de andar, Télumée, vai cair das quatro pedras, paf... E os homens riam de pensar que meus passos lançariam ao chão a venda de pai Abel. E eu mesma ria tanto que era obrigada a me sentar. E, quando voltava a me levantar, quando meus olhos se abriam novamente para o mundo, era um pouco como se meu riso continuasse nos ouvidos daqueles que o tinham escutado. E os homens ainda jovens me olhavam sérios e diziam, com a solenidade impressa no rosto, que eu era uma negrinha de riso e canção, de riso e rastro. E nesses momentos eu tinha a firme convicção de que tudo podia mudar, de que ainda nada acontecera de verdade desde o começo do mundo. E voltava à minha choupana, para nela, enquanto isso, levar minha vida de mulher bem-aventurada. Mas não era assim todos os dias, e certas vezes, olhando-me no espelho, vinha-me um medo, uma sensação desagradável, a ideia de que eu continuava sendo a mesma negra de tranças rebeldes, de pele de carvão e olhos errantes, empregada em Belle-Feuille e que não escaparia à vingança do céu. E já não sabia onde ficar, debaixo da ameixeira, na floresta, à beira da água, diante da ideia de decepcionar tanto, mas tanto, aqui. Mas logo o pai Abel conjurava meus desatinos... Télumée, Télumée, Ôôô, e o mundo ressurgia, e as vozes já me assediavam, me rodeavam, abriam-me os olhos e os ouvidos e eu me repreendia severamente... então, Télumée, você ainda não andou, ainda não correu de perder o fôlego, ainda não mostrou os artelhos ornados de bolhas e já quer se lamentar?... e assim eu chegava toda radiante e servia o absinto, lavava os copos, continha minhas infernalidades. E os homens gritavam ao me ver... ah, mulher, não há vida enquanto você não nos serve...

E, vindo em meu socorro lá do balcão, o pai Abel se entregava a uma de suas cóleras simuladas:

— Ora, deixem essa mulher viver, deixem, ela é uma mulher e vocês são búfalos, bufem, meus negros, cabriolem, mas deixem-na viver.

Foi uma das mais belas épocas da minha vida, época em que Fond-Zombi se distendeu, floresceu e resplandeceu. Um pequeno sopro de prosperidade pairava sobre o povoado, os campos de cana se ampliavam, novos campos se desbravavam, as bananeiras se curvavam sob o peso de seus frutos e, vindos de Basse-Terre, os distribuidores compravam colheitas no pé. O desemprego saíra de moda, as mulheres fecundavam baunilha com agulhas e as beneficiadoras ronronavam tranquilamente. Nunca havia tábuas suficientes para satisfazer às encomendas e Fond-Zombi crescia e se embelezava das persianas às portas, com cozinhas de *résolu*[3], com varandas de *adégonde*[4] em que as pessoas se sentavam, tomavam a fresca, conversavam sobre lua e estrelas, dançavam e empurravam o tempo. Na floresta, em companhia de seu negro cor de cobre, Élie serrava incansavelmente e, ao anoitecer, juntas de bois exaustos traziam feixes de acoma, de jatobá e de mogno, toras de *adégonde* que se evaporavam assim que chegavam. Élie distribuía tudo isso cantando como um melro na goiabeira, sempre a mesma canção:

Uma jornada de trabalho, senhor Durancinée
Uma jornada de trabalho
Que longa jornada, senhor Durancinée
Que bela jornada
Uma jornada de trabalho, senhor Durancinée.

---

3 Literalmente "resoluto". Árvore típica das Antilhas, cuja madeira é muito usada em marcenaria e carpintaria. Nome científico, *Chimarrhis cymosa*; nome crioulo, *rézoli*. Não há nome popular registrado em português.

4 Árvore de madeira muito utilizada em Guadalupe na construção de choupanas, sobretudo em pilares e pisos. Em inglês, *adegond wood*. Nome científico: *Maytenus elliptica* (ant.), recentemente renomeada como *Monteverdia tetragona*. Não há nome comum registrado em português.

Não havia nada que fosse bonito demais, nada que fosse caro demais para nossa choupana, e sobre nossa cama de ferro agora flutuava a colcha dos meus sonhos, com babados e flores da França, tão estranhas para meus olhos, e as pessoas diziam que eram heliotropos, aquelas mesmas com que se perfuma atrás das orelhas. Eu cuidava de Élie como uma mãe cuida do filho, suas roupas estavam sempre remendadas e passadas, dobradas numa cômoda, e, quando lhe servia comida, eu não passava direto com a concha de latão para o prato dele, apresentava-lhe o alimento numa travessa. O dia todo, enquanto meu xodó estava na mata, eu não parava, cuidava do meu quintal, das minhas galinhas, da minha roupa e das minhas panelas e, no sábado, junto com Rainha Sem Nome, confeccionava flores de fruta-pão cristalizadas e patês de caranguejo, que deixávamos na venda do pai Abel. Todas as manhãs, depois de fazer a faxina da minha casa, eu tomava uma pequena distância pelo caminho e de repente me virava, pelo prazer de vê-la, erguida sobre suas quatro pedras, uma pequena choupana bem do nosso tamanho, longínqua, imóvel, misteriosa e familiar, como uma tartaruga adormecida ao sol. Depois da limpeza da manhã, minha ocupação favorita era lavar a roupa. Detestava lavar no tacho, em volta da minha casa, desperdiçar água dos meus jarros, e eu descia até o rio para lavar qualquer roupinha suja, por menor que fosse. Gostava de enxaguar a roupa com muita água e, quando abria uma peça na correnteza, parecia-me estar vendo descer e ir embora com a sujeira o cansaço do meu homem e, com o suor de meus vestidos, uma boa parte das minhas ideias extravagantes. Gostava particularmente da mata da Outra Margem, por causa de suas palmeiras, entre as quais cresciam bananeiras selvagens e canas-do-brejo. O lugar me mistificava um pouco, como se, num tempo passado e distante, tivesse sido habitado por homens capazes de se deleitar com os rios, as árvores e o céu, e às vezes eu tinha a impressão de que talvez eu também pudesse, algum dia, lançar para uma das árvores daquele mato o olhar que ela esperava. Um dia, eu estava batendo roupa no meio da correnteza quando chegou Laetitia, aquela que atazanávamos, quando menina, a propósito de Élie. Ela caminhava pela margem com seu andar arrastado e soberano, deslizando sobre a terra, as pedras e as folhas como uma cobra em passeio. Já não era a pequena Laetitia dos grandes caminhos. Num instante, a luz do mato se fez vacilante e meu coração se apertou ao vê-la tão bonita acima da água, olhando-me da rocha em que tinha sentado como num trono. Com sua pele espessa e transparente, arroxeada por não sei que seiva colorida, ela me fez lembrar um nenúfar na lagoa. Observou-me longamente, sem sair do lugar e depois, cansada de me ver lavar roupa, quebrou uma cana-do-brejo da margem, descascou-a com o facão, sugou-a e me disse:

— É isso que você é para Élie, minha enguia-do-mar, uma suculenta cana-do-brejo para ele sugar, mas será que sempre terá suco para satisfazê-lo?... Não é que eu tenha inveja do teu sabor, mas vou te dizer: dançar cedo demais não é dançar... um conselho, então, não comemore ainda.

Provavelmente ela esperava uma resposta, esperava na sua rocha, e vendo que não vinha nada foi embora, pois, quando finalmente levantei a cabeça, Laetitia tinha sumido. Havia o rio, as árvores, o céu, se não fosse aquela luz sulfúrea e mórbida do sol, eu teria acreditado que fora a manifestação de um dos meus caprichos de mulher bem-aventurada. Mas a partir de então aquelas palavras me assombraram como profecias, passaram a sussurrar na brisa do mar, na brisa da terra, e, quando o rio cantava, eram as palavras de Laetitia que ele repetia.

Cansada de guerra, fui ter com Rainha Sem Nome e perguntei que sinais nos fazem reconhecer que a felicidade vai embora. Ela murmurou que jamais acontecera na terra, pelo menos que ela soubesse, que uma só mulher arrebatasse toda a felicidade do mundo no vão de seu corpete, e que era preciso os humanos poderem morrer lamentando a perda da vida. E disse também:

— Nós, os Lougandor, não tememos a felicidade mais do que a infelicidade, o que significa que você tem o dever de se alegrar hoje sem apreensão nem contenção. Fond-Zombi inteiro te olha e vê que você se assemelha a um jovem coqueiro no céu. Fond-Zombi inteiro sabe que está assistindo à sua primeira floração, então faça o que deve, ou seja, lance-nos seu bálsamo, minha filha...

Entretanto, as palavras de Laetitia insinuavam-se através da brisa do mar, da brisa da terra, da canção da água, e minha alma já não tinha repouso. Meus ossos estavam cheios de chumbo e meu sangue, de fel, e eu me tornara só desconfiança com respeito a Élie. Espreitava seus gestos, as menores alterações de sua fisionomia a fim de detectar a traição, o fastio ou a indiferença, mas em vão. No fim, seu riso acabou por me parecer a coisa mais suspeita, mais dissimulada. Minha comida tornava-se rançosa, a água que eu engolia tinha gosto de amargor, e às vezes ele me parecia esconder tal baixeza, tal artifício em seu riso aberto de menino que eu me desprezava por dormir ao lado daquele homem, via-me como nada e menos do que nada. Não tendo provas, não podia me abrir com ninguém sobre minha vergonha, e, quando insinuava o assunto, deixando escapar oportunamente uma palavra, uma alusão, Élie logo se deliciava, me provocando abertamente. Num fim de tarde, achei que tinha chegado a hora da verdade. Estava claro, Élie voltava da mata seguido por uma junta de bois que vinha puxando tábuas e eu estava atrás da minha ameixeira, espiando, quando Laetitia o abordou no meio da rua. Puseram-se a andar lado a lado tranquilamente, e meu coração se apertou diante da ideia de que eles já nem esperavam pela cumplicidade da noite. Laetitia falava em voz alta como se desejasse que a terra inteira ouvisse...

— Está avisado – ela disse –, quando cansar das canas-do-brejo, lembre-se de que existem canas-campeche e pode bem ser que eu seja uma...

Estavam agora bem perto da ameixeira, e, lançando um olhar inquieto na direção da nossa choupana, na sombra, Élie respondeu num sussurro:

— Mercadoria oferecida se desvaloriza, senhora vendedora, por essa razão sou louco pelas canas-do-brejo... – e, dando uma risadinha enigmática, acrescentou: — Ah, lá em cima na minha floresta não ouço coisas tão engraçadas...

Naquele momento Laetitia me avistou e, quando saí da sombra, disse com voz negligente:

— Télumée, minha amiga, onde está escrito que o homem é feito para uma mulher só?

Com quatro tranças no cabelo, que lhe caíam pelas costas, sua pele a revestia como um manto de seda e eu a achava esplêndida...

— Laetitia, Laetitia, você é muito bonita, de fato, mas tem a beleza de um nenúfar de água infecta.

— ... um nenúfar de água infecta, talvez – ela disse sorrindo –, só que, por mais que você seja uma flor de coqueiro encarapitada em céu aberto, quando vier a brisa, você vai cair.

— Vamos esperar a brisa, meu nenúfar, vamos esperar que ela se levante.

— Você é quem sabe – ela disse, erguendo os ombros, e com uma gargalhada foi-se embora com andar deslizante, sinuoso e desenvolto, arrastando seus longos artelhos no chão a cada passo.

Um clarão se demorava no céu, transformava-se lentamente, como se o sol não conseguisse abandonar Fond--Zombi. Vi-me de novo sob o olhar de Élie, com a alma vazia e leve, um balizeiro-vermelho ereto, e disse a meu coração… ah, Télumée, você queria se lastimar, minha enguia-do-mar, mas sua hora de aflição ainda não soou. Sem esperar mais, meu homem já tirava as tábuas da atrelagem e as arranjava em volta da nossa choupana, cantando:

Télumée, que bela criança
Uma criança, uma cana-do-brejo, senhoras
Uma cana-do-brejo ao vento
Ela verga e se ergue
Ela se ergue e verga
É preciso vê-la vergada, senhoras
Só vê-la vergada, senhoras

8

Na perfeição de minha ascensão, em sua rapidez e sua repercussão, havia algo inquietante, e ter obtido ao mesmo tempo as três coroas com que apenas sonhamos no fim de uma longa vida me deixava perplexa. O amor, a confiança do outro e essa espécie de glória que segue cada mulher na felicidade eram presentes importantes demais para permanecerem sem perigo aos olhos de Deus. Assim, acontecia-me estremecer de terror à sombra da minha ameixeira, tentando saber o minuto exato em que o Senhor se desgostaria com minhas coroas. Mas a cada vez surgia uma pequena brisa, brincava com minha saia e minhas mangas, com minhas tranças, e eu me sentia capaz de continuar assim até o fim dos tempos, e era como se já estivesse preservada, empoada, exposta feliz no meu leito de morte.

Desde o anoitecer em que Rainha Sem Nome me acompanhara àquela choupana, eu havia assado algumas espigas de milho para justificar minha presença sob o teto de Élie, parecia-me ter mergulhado num mundo novo e era como se nunca tivesse vivido, nunca antes tivesse sabido viver. Quando Élie me olhava, só então eu existia e sentia de fato que, se algum dia ele viesse a se afastar de mim, eu voltaria a desfalecer no nada. Eu o vigiava como um marinheiro vigia o vento na calmaria, sabendo que nem todos os navios chegam a bom porto. O sentimento que eu tinha por ele repercutia em todas as criaturas que passavam sob meus olhos, e maravilhavam-me o domínio e a habilidade com que o homem cumpre seu destino, por mais mutável, imprevisível, descomedido que seja. A vida girava, sóis e luas sumiam e renasciam no céu, e a persistência de minha alegria me arrastava para fora do tempo. Entretanto, havia as crianças mortas, os velhos que sobreviviam a elas, e havia a amizade traída, as navalhadas, os maus se fortalecendo em sua maldade e as mulheres de roupas tecidas de abandono, de miséria, e todo o resto. E às vezes um longo espinho penetrava lentamente no meu coração, e eu tinha vontade de ser como aquela árvore chamada *résolu* e sobre a qual dizem que o globo inteiro pode se apoiar com todas as suas calamidades.

Num fim de tarde, eu estava passeando em frente à minha casa, conforme costumava fazer, e uma comadre me seguiu com os olhos com tanta insistência que lhe perguntei... mãezinha, sente tanto amor por minha pessoa a ponto de esquecer seus olhos em mim dessa maneira?... e a mulher respondeu na mesma hora, como se esperasse minha pergunta e estivesse preparada para ela... quem não ama as libélulas, e você é uma libélula e nem sabe; soube iluminar sua própria alma e por isso brilha para todos os olhos...

— Mãezinha, se acredita que eu seja uma libélula, pode até ser que eu me transforme numa...

Com essas palavras, continuei meu passeio, dizendo a mim mesma que, se era tão visível, decerto estava próximo o tempo em que cada segundo me pareceria um ano inteiro. A sombra tomava o vilarejo e o sol desaparecia no horizonte. Um cheiro pesado se elevava no ar e por cima da montanha erguia-se uma meia-lua triste e sem brilho. Um pouco mais tarde, encontrei Rainha Sem Nome em sua cadeira de balanço. À sua volta, no capim, aqui e ali, sapos pareciam à procura de um orvalho que não cairia. Instalei-me numa pedra e a Rainha disse sem me olhar:

— A brisa não vai se levantar, está tão cansada quanto eu... será que vai se levantar à noite? Talvez, mas todo mundo estará deitado e ninguém a aproveitará...

— É quaresma para os zumbis, não para os homens – eu disse para diverti-la.

— E por que se preocupa com os homens – disse ela com uma risadinha –, muitos são zumbis e essa quaresma lhes convém perfeitamente; mas o que me surpreende é você distinguir tão bem a invernada da quaresma... está de volta à terra, então?

Foi minha vez de dar risada e, com essa troca de amabilidades, contei-lhe as palavras da comadre, falei-lhe dos meus temores. Naquele instante, eu olhava para Rainha Sem Nome com inveja, queria já ter vivido e estar no anoitecer dos meus dias, e de repente perguntei:

— O que é natural para o homem, afinal, a felicidade ou a infelicidade?

— Depende – ela me disse.

— Então como fazer para suportar... – continuei debilmente.

— Minha filha, você se sentirá como um defunto, sua carne será carne morta e você já não sentirá as facadas, e depois renascerá, pois se a vida não fosse bela, no fundo, a terra estaria despovoada. É preciso acreditar que alguma coisa subsiste depois da maior das infelicidades, pois os homens não querem morrer antes de seu tempo. Quanto a você, florzinha de coco, não se preocupe com tudo isso, sua função agora é brilhar, então brilhe, e no dia em que o infortúnio disser aqui estou, pelo menos você terá brilhado.

Tínhamos conhecido muitas quaresmas, mas a cada vez, depois de um período letárgico – em que não se pronunciava nenhuma palavra envenenada, Fond-Zombi e seus habitantes conjuravam a seca, o desemprego, o desânimo –, as canas voltavam a enverdecer, nós retomávamos nosso lugar na órbita do mundo e a terra girava. Dessa vez, no entanto, tudo parecia diferente, era o início da estação e os homens já aparentavam estar no fim das forças, exaustos de não fazer nada... E apenas alguns negros diziam a si mesmos, rindo... o que mais se pode fazer, e quem pode impedir o riso daquele que vai morrer?...

Naquele ano, a desgraça de Fond-Zombi começou por uma invernada que surpreendeu todo mundo. Trombas-d'água se abateram sobre o povoado, transformando os caminhos em torrentes lamacentas que carregavam para o mar todo o excesso da terra. Os frutos esvaíam-se antes de amadurecer e os negrinhos tinham uma tossinha seca dolorida. Vamos esperar acalmar, diziam, esquecendo que má invernada é melhor do que boa quaresma. E a quaresma chegou, tórrida, estupefaciente, sufocando porcos e devastando galinheiros, enquanto as folhas das bananeiras tornavam-se hachuras do vento, farrapos murchos que estriavam em sinal de debandada. Fond-Zombi estava com um aspecto desértico, e no ar o mal parecia a única coisa palpável, que as pessoas fixavam embasbacadas por tardes a fio. As mulheres andavam pela rua com uma celeridade desconcertante e mal se conseguia vislumbrar sua magreza, a tristeza de seus olhos. Elas deslizavam como sombras e, ao se cruzarem, dirigiam-se um cumprimento evasivo que significava dizer, uma para a outra... é preciso deter o mal pelo nosso silêncio, e, aliás, desde quando a miséria é treta?...

Já no início, antes de os porcos morrerem, antes de o gogo vir inchar a língua das galinhas, antes mesmo da conversa com a comadre, que marcou o auge da minha ascensão, eu soube que se aproximava a hora do meu precipício. Élie parecia achar que o sol desbotara, perdera seu brilho, e via-se em seu olhar que tão cedo aquele homem não conheceria o deslumbramento. Já não se construía nenhuma choupana em Fond-Zombi, eram apenas pardieiros, choças de papelão, de chapas remendadas, e todas as tábuas à venda acumulavam-se em torno da casa, amontoavam-se como madeira encalhada na areia. Élie continuava subindo até a floresta, sozinho, por pura obstinação, mas já não cantava ao arranjar seus feixes de jatobá e de mogno. Depois de uma talagada de rum, perambulava pelo quintal, examinando minuciosamente cada tábua, e então estendia os braços inúteis na sombra, apalpava os músculos, circunspecto, o corpo inclinado para a direita, para a esquerda, como se não aguentasse carregar o peso de sua carcaça. Num anoitecer em que ele parecia mais triste do que de costume, comecei a cantarolar uma pequena beguine para lembrar-lhe os bons tempos. Mas ele me olhou com ar tão escandalizado que parei na mesma hora, enquanto ele parecia querer me dizer: você não percebe, minha pobre mulher, que a hora das canções terminou... No dia seguinte, quando lhe estendi a velha marmita para levar à floresta, ele a arrancou das minhas mãos com violência e a jogou no chão, gritando:

— Por acaso você está vendo um único pilar de choupana apontando nas redondezas para se permitir me entregar uma marmita?...

O estupor me paralisou, eu não conseguia tirar os olhos da comida espalhada no chão, por onde já corriam formiguinhas. Quando olhei de novo para ele, Élie, com ar sombrio, coçava o couro cabeludo revirando os olhos desvairados para o céu, para as pilhas de tábuas ao redor, para as árvores ao longe, como se não soubesse quem ou o que atacar para despejar seu rancor...

— Ah, ah – grunhiu baixinho –, o que sempre temi está chegando, já não moramos em terra firme, Télumée, estamos em alto-mar e nas correntes, e me pergunto se vou me afogar assim, com a primeira pancada...

— ... Pois eu me pergunto que peixe vai querer te devorar, com essa pele coriácea que você tem – eu disse num tonzinho desprendido, tranquilizador.

— Você acha que é coriácea, porém não tenha tanta certeza...

Dando-me as costas, ele saiu lentamente rumo ao povoado, à procura dos desiludidos que então se reuniam para beber, discutir, ocasionalmente brigar, jogar suas economias nos dados, deixando as horas se desmancharem sob aquelas mesmas varandas de *adégonde* em que, pouco tempo antes, se falava de estrelas e do sentido da vida.

A partir daquele dia, ele passou a maior parte do tempo entre as almas perturbadas e mortificadas dos negros desempregados, e, quando voltava, cambaleando, não queria comer nada, cuspia uma saliva escura e resmungava... há muito tempo... eu serrava... mas agora encontrei amigos que gostam de mim, então não tem nenhuma importância... Algumas vezes, quando voltava dessas reuniões, vinha completamente transformado e lançava sobre todas as coisas um olhar misterioso, deliberado, como se detivesse o derradeiro segredo das existências. Eu invejava aqueles olhos de ave de rapina que sobrevoa a vida, cobiçava, também eu, ter o segredo que se difundia nas varandas desde que Fond-Zombi deixara seu lugar na órbita do mundo. Uma tarde, desejando adquirir o mesmo olhar que meu Élie, decidi ir a uma dessas reuniões. Naquele dia, a tropa dos desocupados estava do outro lado do povoado, na varanda da sra. Brindosier, pessoa já de idade, coroada de tranças brancas, mas que gostava de preservar o mal sobre a terra. De cócoras, ela se mantinha um pouco a distância debaixo de um flamboaiã e, com os olhos fixos na cena, admirava o grupo de infernais obstinados que xingavam, gritavam e brigavam em sua bela varanda. De vez em quando, ela se levantava, se debruçava na balaustrada...

— A cada ano fica pior – suspirava –, os homens decaem mais e nem por isso morrem... – e seus belos olhos castanhos salpicados de pontos dourados enchiam-se de ingenuidade.

Insinuando-me no meio do público, que permanecia do lado de fora, encostado na balaustrada, escondi o rosto por trás de uma daquelas pranchas lisas que Élie trouxera da mata alguns anos antes. Primeiro notei, do outro lado da varanda, aquele negrão cor de cobre, Amboise, que sobrevoava a multidão com olhar contemplativo. Depois reparei no tumulto contínuo que reinava lá dentro, entrecortado por clamores roucos do jogo de dados, provocações incessantes, gratuitas. Naquele momento, dois homens se engalfinhavam um com o outro, com ar resignado e feroz. Élie os incitava e cantava músicas de bêbado, com o rosto encovado e os olhos vermelhos, as veias das têmporas inchadas de fúria e impotência. De repente, deu uma risada insana e a luta cessou, como que se tornando inadequada para dissimular a confusão das mentes e dos corações.

— Está fazendo um calor infernal – ele disse ofegante –, e eu estou morrendo de frio...

Depois, agarrando uma garrafa de rum, bebeu até perder o fôlego, parou para pronunciar algumas palavras, que pontuou com um longo jato de saliva escura, como que para mostrar que a própria fala era para ele apenas amargor e desgosto.

— Quem de vocês é capaz de me responder, de me dizer exatamente o que nos persegue, pois somos perseguidos, não é?

Amboise saiu da multidão e murmurou com voz distante, como se falasse com o vento, com as árvores, com as rochas:

— Amigo, nada persegue o negro a não ser seu próprio coração...

Uma imensa decepção espalhou-se por todas as fisionomias, e Élie gritou cheio de fúria:

— Não me venha falar de coração do negro quando se trata de meus dois braços e de minha vocação de serrador de tábuas nesta terra... na verdade, Amboise, você acha que armazenou toda a sabedoria da terra, mas não passa de uma acoma caída no meio da madeira podre!...

Amboise examinou longamente o rosto do amigo, irmão das florestas:

— Infelizmente – ele disse por fim – o coração do negro é uma terra árida que nenhuma água vai melhorar, um cemitério que jamais se farta de cadáveres...

E, atravessando a multidão até mim, puxou-me com mão firme enquanto as brigas recomeçavam atrás de nós, no tumulto da varanda de *adégonde*. Atravessamos o povoado em silêncio e ele me deixou assim que avistamos minha choupana...

— Com certeza você encontrou o que procurava – ele disse, e desapareceu.

Naquela noite Élie voltou mais tarde do que de costume e, me puxando da cama, começou a me bater com fúria, sem dizer uma palavra. Aquele instante marca meu fim, e a partir de então a vergonha e o escárnio foram meus anjos e meus guardiães. Élie voltava no meio da noite e, assumindo ares de superioridade... sou uma estrela cadente, negra, faço o que bem entendo e por

152

isso você vai se levantar, esquentar minha comida num piscar de olhos. Eu não gritava quando ele me batia, só preocupada em manter os braços em cruz para preservar meus olhos e minhas têmporas. Mas essa atitude multiplicava sua fúria e ele me espancava com toda a força, repetindo... seis pés de terra para você, cadeia para mim, minha enguia-do-mar. Minha pele cobriu-se de manchas azuis e roxas e logo não havia um retalho da minha carne que fosse apresentável. Comecei então a fugir da luz do dia, pois a miséria de uma mulher não é uma turmalina que ela goste de fazer cintilar ao sol. No fim do dia, ao cair da noite, eu sempre esgueirava minha pele arroxeada pelas trevas e me arrastava até a casa de Rainha Sem Nome. Ela me fazia deitar, acendia uma vela das dores, aquecia nas palmas da mão o óleo de rícino com que me massageava suavemente:

— É uma abominação – ela suspirava, friccionando-me os membros –, melhor te mandar embora do que te machucar assim; mas são coisas que nunca ficam impunes e tenho certeza de que ele encontrará o que merece...

Seu tom de oráculo me fazia estremecer.

— Não o amaldiçoe, vovó, o homem está se afogando e, se você o amaldiçoar, ele não terá escapatória.

Mas ela erguia os ombros e, balançando tristemente a cabeça:

— Não preciso amaldiçoá-lo, mulher, ele está se encarregando disso sozinho.

Um dia, quando já não acreditávamos que fosse acontecer, Deus fez chover e a terra foi inundada, as raízes se recuperaram e, com elas, a esperança dos humanos. Logo as folhas de bananeira se abriam como pás de moinho e os campos de cana ondulavam cantando sob a carícia do vento. Aos poucos todas as varandas se esvaziaram de seus "infernais". De olhos arregalados, as pessoas se olhavam em silêncio, com uma ponta de admiração mútua, e agora iam pelas ruas com a leveza de barcos sem lastro. Em torno da nossa choupana, as tábuas tinham desbotado e serviam de ninho para os cupins, apodreciam sob a chuva. Élie nunca mais tomou o caminho de suas florestas. Era um homem acabrunhado, incomodado com seu corpo, sua alma, sua respiração. As pessoas o olhavam constrangidas e ele ficou só, sem nenhum amigo, com aquele buraco no peito onde tudo vinha se acabar. Comprou um cavalo com nosso último dinheiro e pôs-se a fugir de Fond-Zombi, assombrando as regiões à volta, semeando confusão e lançando suas conhecidas provocações. Chegava a rédeas soltas a Carbet, Valbadiane ou La Roncière, instalava-se num boteco, emborcava um copo cheio de rum e de repente gritava para todos... há algum homem entre vocês? É contar até três que eu o faço voltar ao ventre da mãe dele... Desse modo, recebeu o título definitivo de Perseguido e o próprio pai Abel dizia: eu assumo a cabeça de Élie, seus membros e até a flauta de caniço que ele tem entre as pernas, mas não assumo seu coração... ah, o abismo dos perseguidos está nele e, na sua condição, ele passará pelas 32 comunas de Guadalupe e seus vilarejos e logo a terra inteira lhe parecerá pequena demais para conter seu corpo!...

Quando voltava desses circuitos, Élie me chamava de nuvem negra e jurava que me faria desaparecer. E depois tinha violências estranhas, crueldades refinadas que dizia serem seus caprichos, suas pequenas alegrias. Alguns dias ele chorava, esgazeado, vinha ter comigo de boca aberta, como que para me falar de trégua, de coisas antigas que podiam voltar. Mas nada saía de seus lábios, só olhava para o céu com resignação, retomava a estrada depois de algum tempo. Uma noite em que Rainha Sem Nome me friccionava com óleo, eu perguntei:

— Vovó, será que ele não sente que eu o amo?

— No ponto em que está, minha filha, seu amor não lhe serve de nada e, se a terra inteira o amasse, também não lhe serviria de nada. É pena, se pelo menos os homens fossem capazes de amar não com a metade do coração, mas com o órgão inteiro que o Senhor nos deu, ninguém mereceria morrer... mas você está vendo, ninguém é imortal e é assim que a terra caminha...

Mas o cansaço se tornou extremo e me senti farta de viver, enfastiada e repleta de infelicidade. Élie agora me batia sem uma palavra, sem um olhar. Uma noite, afundei no nada. Ouvia e não ouvia, via e não via, e o vento que passava por mim encontrava outro vento. Quando se cansava de me bater, Élie sentava-se numa cadeira, a cabeça entre as mãos, e se engenhava em maquinar ideias, espécies de barricadas, de fossos que o separavam irremediavelmente de mim, de si mesmo, da terra inteira. Ficava assim durante horas, em imobilidade total, com a única preocupação de opor a cada amargura da vida um pensamento mais turbulento e mais perverso ainda, sem que jamais a disputa lhe fosse favorável. Ele ia embora, voltava, partia de novo e já não me olhava. Eu ficava sentada à sombra da minha ameixeira, inexistente e abatida, e às vezes adormecia debaixo da árvore sonhando com uma bolha que me enchia a carne e me fazia subir ao céu. As pessoas que passavam me consideravam quase como a aparição de um fantasma. Tomavam comigo as precauções que se tem com um espírito encarnado, e as conversas, ao se aproximarem da minha choupana, fundiam-se num murmúrio prudente, indistinto. Crianças ou adultos, todos pareciam ter medo de me assustar e de provocar meu sumiço. Apenas alguns cães vadios ladravam, e seus próprios latidos só faziam corroborar a multidão, dar crédito à ideia de que eu me transformara em zumbi que os cães reconheciam.

Agora eu ouvia e não ouvia, via e não via, e o vento que passava por mim encontrava outro vento.

9

A mulher que riu é a mesma que vai chorar, e por isso já se sabe, pela maneira como uma mulher é feliz, qual será sua postura diante da adversidade. Em outros tempos eu gostara desse dito de Rainha Sem Nome, mas hoje ele me assustava, sob a minha ameixeira, e sobretudo me dilacerava a alma, pois eu via claramente que não sabia sofrer. Na época da minha ascensão, eu soubera mostrar como ser feliz, e eis que ao meu primeiro fardo eu sucumbia. No entanto, eu sabia, só é de lamentar quem não encheu o jarro de sua vida na estação das chuvas, e acaso meu jarro não se enchera em todos aqueles anos com Élie?... Enquanto eu me dizia isso, não me vinha nenhum consolo e eu arregalava os olhos para mim mesma, o sol se punha e a noite caía, o mesmo sol se levantava no dia seguinte e eu via agora que já não havia nenhum fio que ligasse minha choupana às outras choupanas. Então me deitava no chão e me esforçava para dissolver minha carne, enchia-me de bolhas e de repente me sentia leve, uma perna me abandonava, depois um braço, minha cabeça e meu corpo inteiro se dissipavam no ar e eu pairava, sobrevoava Fond-Zombi tão do alto que o povoado me parecia um simples grão de pólen no espaço. Mas raras vezes eu chegava a tal felicidade e dificilmente conseguia contemplar com serenidade minha vida saqueada, dificilmente ela passava diante de meus olhos à maneira de um sonho anódino e importante, mistério doloroso que me estarrecia, me escapava... Na verdade, eu mantinha a esperança de que Élie voltasse para mim, de que sua alma lamacenta se decantasse... acontece as águas lamacentas correrem com majestade e, quando elas decantam, nada é mais claro e mais profundo, e era esse momento que eu esperava, esse homem que eu espreitava.

Agora Élie dizia a quem quisesse ouvir, em tom de indulgência... Télumée é uma ventania e, se ela corteja as nuvens, o que posso fazer? Ele aplicava escrupulosamente sua máxima, agora voltando para casa apenas para cortar o capim do quintal, que às vezes chegava à altura de um homem. Se eu estivesse no capim a devanear, ele me afastava as pernas com a ponta do alfange e desbastava o lugar em silêncio, sem um olhar para mim. Apressava-se, punha fogo no capim verde e ia embora como tinha vindo, com o belo rosto iluminado por um sorriso impreciso, constrangido. Eu poderia me transformar em peixe espumoso ou cão sem patas, sem que o menor interesse transparecesse em seus olhos, era como se eu já estivesse apodrecendo debaixo da terra, e dizia dentro de mim mesma... é assim que se engana o mundo, acham que estou viva e estou morta. Eu já não sabia onde ele morava, em que gamela ele comia nem que mãos lavavam e passavam suas roupas. Ele deixara o rum pelo absinto, que colocava entre ele e o resto do mundo um véu da mesma cor, turva, movediça e incerta no qual ele se movia. Uma noite, saltando do cavalo, ele se precipitou para dentro da nossa choupana, desabou à mesa e, segurando a cabeça entre as duas mãos, fechou os olhos. Acendi o pequeno lampião cor-de-rosa que Rainha Sem Nome nos dera e, à sua luz, vi que Élie estava esverdeado e que gotas de suor pingavam-lhe do rosto. Uma onda de ternura me submergiu, era como se o estivesse vendo no meio da Bacia Azul, menino, pescando nossos lagostins, e, aproximando-me para enxugá-lo, eu disse... você mudou de cor, meu negro, será que está doente?

Erguendo a cabeça, abriu para mim olhos que eu não conhecia nele, seriam olhos de outro homem ou de um diabo?... nebulosos, tristes e frios, iluminados apenas por um brilho de desprezo:

— Teus seios são pesados – ele disse lentamente, com o canto dos lábios –, teus seios são pesados e teu ventre é profundo, mas você ainda não sabe o que significa ser uma mulher na terra, ainda não sabe, estou dizendo.

E, com essas palavras sibilinas, Élie levantou-se bruscamente, baixou o chapéu sobre os olhos e sumiu na escuridão...

Assim que ouvia o galope do cavalo, minha avó corria para minha casa para ver se tinha acontecido alguma coisa, depois me ungia os membros, massageava, se fosse o caso, os lugares atingidos pelos punhos ou pés de Élie, massageava-me a testa, para o coração e a esperança, e banhava-me os cabelos com água de ervas maceradas para me fazer recuperar cheiro e cor aos olhos de meu homem. Graças a ela eu comia, bebia, ela até fazia as compras para minha casa, pois eu não suportava os olhares e cochichos das pessoas na rua... está bem agora, a acoma caída. Desde sempre, quando a desgraça atinge a acoma e ela cai, se abate na poeira, os que invejavam seu esplendor exclamam: era madeira podre... e por isso agora eu já não saía da minha choupana, agarrando-me a ela como o "caranguejo envergonhado" à sua carapaça. Depois que Rainha Sem Nome me lavava, me dava de comer e beber, ficávamos longas horas nos olhando em silêncio, e eu lhe pousava um dedo nos lábios quando ela pronunciava o nome de Élie, pois seu coração transbordava de amargor. Eu não queria, não queria ouvi-la dizer que eu montara num cavalo louco, um negro mal implantado no ventre da mãe e que estava se desmontando peça por peça, membro por membro. Então, quando via seus lábios tremerem, eu encostava um dedo em seus lábios e ficávamos assim, olhando as horas, carregando nosso fardo em silêncio. Eu mantinha a esperança, dizia a mim mesma que nunca se viu a terra saciada de água, que chegaria um dia em que Élie voltaria a ter sede de mim: era só esperar, manter-me pronta para retomar a vida no próprio instante em que ela tinha parado. Mas naquela noite, depois das palavras misteriosas pronunciadas por Élie, de repente meu coração se encheu de desespero e perguntei a Rainha Sem Nome:

— Mas, afinal, o que estou buscando, vovó, o quê?...

Minha avó pousou um olhar atento num ponto do espaço, depois em outro, finalmente na minha pessoa inteira, e, fixando-me com seus belos olhos cansados, que pareciam ter varrido a superfície das coisas visíveis e invisíveis, e terem eles próprios conhecido em seu tempo o medo, o horror e o desespero, ela murmurou em tom muito suave:

— Há o caldo e a espuma do caldo, e assim é o homem, espuma e caldo ao mesmo tempo... mas é só a espuma do caldo que persegue Élie, só a espuma, e ela não se esgotará amanhã, não... por isso estou te dizendo, se não fugir enquanto ainda é tempo, ela vai te submergir... Télumée, meu copinho de cristal, assim como agora estou desembaraçando seu cabelo, suplico que você desembarace sua vida da vida dele, pois não está dito que uma mulher deve carregar o inferno na terra, onde isso está dito, onde? Ouça, virá um dia em que você voltará a pôr seu vestido de vida, e todo mundo verá que teu gosto não mudou... já há um homem que vem me falar de você na minha choupana, um homem bom que está definitivamente maravilhado por você... Você o conhece, eu o conheço e posso dizer que ele te ama como um homem sensato ama uma terra fértil, uma terra que o alimenta e o suporta até depois da morte... sabe, às vezes as costas morrem pelo ombro e o ombro não fica sabendo; e hoje quero que você saiba o nome desse homem e vou te dizer...

Surpresa, aproximei-me de Rainha Sem Nome e, pousando-lhe de través um dedo nos lábios:

— Vovó – murmurei –, por favor, pare de pronunciar palavras como essas: acha que estou amarrada ao sofrimento e que ficaria ao lado de Élie se conseguisse agir de maneira diferente?... onde você já viu um mamute como eu, mãezinha, onde?

Rainha Sem Nome sorriu e seus olhos tornaram-se muito claros, como se, pela primeira vez, ela estivesse enxergando bem no fundo da minha água e até o menor dos seixos pousados no leito, e, erguendo as sobrancelhas finas e arqueadas...

— Minha filha, você tem um homem tumultuado que dorme nos braços das trevas, mas, quem sabe?... talvez você tenha razão em dizer: as águas lamacentas às vezes correm majestosas e, quando se decantam, não há nada mais claro e mais profundo. Ontem subi para encontrar *man* Cia na floresta, ela me disse que um espírito mau foi enviado contra tua choupana, levando desolação. Para começar, o espírito entrou no corpo de Élie, e por isso os sangues desse homem estão se combatendo e desmontando-o peça por peça. *Man* Cia mandou te dizer que ela não dorme em sua floresta e, como Élie se desmontou peça por peça, assim ela vai voltar a montá-lo. A primeira coisa é desencantar a choupana em que você está, para que o espírito não tenha nenhuma influência sobre você.

A partir de amanhã vou até lá para começar a defumar umas ervas que ela me deu, para que esse espírito volte rápido para seu senhor. Você bem sabe, Télumée, o mal tem muito poder na terra, o que germina do coração do homem basta aos ombros do homem, não é preciso que os maus espíritos ainda acrescentem suas extravagâncias...

No dia seguinte, na primeira hora, minha avó se muniu de recipientes de coco e, dispondo-os em torno da minha choupana, queimou dentro deles incenso, benjoim, raízes de vetiver e folhas mágicas que produziam uma bela fumaça verde, que se dissipava lentamente no ar e logo envolveu minha choupana com um halo protetor. Enquanto ela fazia isso, voltei-me na direção do círculo vermelho de *man* Cia e pareceu-me ver Élie voltar a se montar peça por peça, conforme ela previra. Ah, eu dizia a mim mesma, sorrindo no coração, ele vai ter de admitir que uma negra não é uma nuvem e que não há vento violento suficiente para dissipar o que quer que seja. E então, pela primeira vez em muito tempo, eu pegava meu pente e penteava meus cabelos encarapinhados, lavava-os, untava-os com óleo, voltava aos cuidados com meu corpo e minha casa, que no mesmo dia voltou a ter a aparência de outros tempos. Mas, no fim da tarde, avisado por não se sabe quem, Élie chegou espumando de raiva e chutando as cascas de coco fumegantes, berrou que não queria ver nenhuma feiticeira ao redor de sua casa; doravante, armadilhas seriam montadas por toda a savana e ai de quem a pisasse. Depois desse alerta, virou-se para mim e gritou com ar de escárnio:

— Você continua se achando a menina da Bacia Azul, mas, se ainda não sabe, quero avisar que é uma mulher adulta de seios pesados debaixo do vestido... e logo vou te mostrar o que significa na terra a palavra *mulher* e você vai rolar e gritar, como uma mulher rola e grita quando se sabe lidar com ela... Você tenta escapar de mim, negra fugitiva sem paradeiro, escala os ares e desce, mas não evitará o homem que sou e nenhum cabelo branco vai me amedrontar...

Um grupo se formara à beira da estrada e Élie lançava suas palavras se esgoelando, com voz tão forte que dava para ouvir da venda do pai Abel; de vez em quando, ele também olhava furtivamente, esperando um sinal qualquer do entorno, uma marca de admiração ou de desprezo. Mas, vendo que era esse seu desejo, as pessoas lhe viraram as costas e ficamos sozinhos, no meio daquele espaço estranho, ainda percorrido por pequenas volutas esverdeadas. Então Élie apontou para mim curiosamente e começou a rir, dizendo:... um peixe magro emborcado num prato, isso que você é... e, enquanto eu me encolhia de pavor, ele veio até mim de punho erguido, decidido a me estraçalhar como um mamão caído do pé...

— Para onde foram teus gritos e tuas lágrimas, espírito dos grandes caminhos, negra sonhadora, onde estão teus gritos?...

A partir de então, ele não deixava passar um dia sem me ver, sem vir me dizer o que significa uma mulher na terra. Eu o via chegar de longe, seu belo rosto cheio de uma calma que ia se desfazendo à medida que se aproximava da choupana. E de repente sua boca se crispava, suas narinas tremiam, uma espécie de ira fria o penetrava enquanto ele se jogava em cima de mim com todas as forças, espumando de fúria... você quer fugir de mim, meu belo corvo, acha que vou te deixar voar pelos ares, mas você não vai cortejar as nuvens, pois eu estou aqui e muito aqui, posso garantir: o ventre da minha mãe me expulsou, mas não voltará a se abrir para mim. Cada vez, depois que ele ia embora, quando terminava de me espalhar o corpo e a alma pelo chão, eu ia me deitar no capim e, de olhos fechados, me esforçava para mergulhar Fond-Zombi e eu mesma no fundo da memória. Mas os caminhos do céu estavam fechados para mim, já não podia ter os ares como refúgio e, por mais que eu baixasse as pálpebras, permanecia embaixo com minhas lembranças, remexendo cinzas apagadas, resfriadas, com a sensação amarga de que estava enganada, a certeza de que eu precisava fazer muitas descobertas antes de saber o que significava exatamente isto: ser uma mulher na terra.

Assim se passavam os dias para mim, acumulando novas vergonhas, medos inconfessáveis, enquanto minhas próprias lembranças me deixavam pouco a pouco, perdiam-se na bruma. Todas as belas palavras, todas as coisas que eu acreditara compreender tinham chegado a outra pessoa que não eu, uma carne viva e não aquela carne morta indiferente à faca, uma mulher que tivera o gosto de se pentear, de se vestir e de ver as criaturas da terra vivendo.

Mas os dissabores do homem nunca embaçaram o brilho do sol, e os dias rivalizavam em esplendor nessa época em que o ano terminava. Era época do Advento e as canções se arrastavam, se perdiam, voltavam de uma casa para outra, de um morro para outro, até os confins das florestas. Espinhosa e deserta, ao longo do ano todo, a alma dos negros se iluminava, e, quando se cruzavam na rua, as pessoas se olhavam maliciosamente, algumas chegando a dizer na cara...

— Acaso o rabo do porco selvagem não se mostra quando o animal é caçado?

E a resposta tradicional disparava:

— Ele se mostra, realmente, meu negro, e o que somos nós nesse Fond-Zombi a não ser um bando de porcos selvagens na hora da matança?

E eles sorriam ingenuamente um para o outro, satisfeitos com a definição. E continuavam seu caminho pensativos, com passo lento, indolente e digno, que julgavam adequado aos últimos dias de dezembro.

A alguns dias da festa, as pessoas puseram-se a passar repetidamente diante da minha choupana, sem dizer uma palavra, simplesmente para me provar que não podia haver ruptura na trama e que, por mais que eu quisesse voar e virar ventania, eu tinha dois pés e duas mãos como elas. E agora, quando passavam diante do meu quintal, pareciam sentir prazer em rir mais alto ainda, algumas chegando a cantar canções alegres, cânticos de libertação, com tal entusiasmo que eu duvidava de que estivessem cantando apenas para si mesmas. Assim as pessoas iam e vinham diante da minha choupana, e de vez em quando uma mulher se desgarrava de um grupo, erguia para o céu braços suplicantes e modulava com voz aguda... nasci, nasci para mudar nosso destino... e, ao ouvi-la, eu tinha a sensação estranha de que ela me lançava um fio no ar, um fio muito leve na direção da minha choupana, e então me vinha um sorriso. Entretanto, o capim do meu quintal crescia, cobria-me inteiramente e eu me sentia como um jardim abandonado, entregue a suas farpas e seus espinhos.

Um dia, na véspera do Natal, houve uma grande agitação do outro lado da estrada e ouvi cânticos, risos leves, ruído de mato pisado. De repente, aquelas vozes humanas, aqueles risos, aquelas energias misteriosas e aparentemente sem propósito alcançaram minha choupana, minha savana, a ameixeira sob a qual eu estava sentada. Erguendo-me um pouco, vi Adriana, Ismène e outras comadres instalarem-se no meio-fio da estrada, em frente do meu quintal. Acocoradas em círculo, bem eretas, como se estivessem dentro de uma casa, olhavam na minha direção sem dizerem nada, como que para me habituarem à sua presença. Assim se passou um tempo, depois começaram a conversar entre elas, com naturalidade e doçura, dirigindo-se ao ar e ao vento, e as primeiras palavras que ouvi foram... Ismène, depois da missa da meia-noite só queremos rum colorido... vê lá se o teu xarope vai ser do bom, sua danadinha.

Adriana estava sentada direto no capim, com os braços roliços estendidos sobre o joelho. As mulheres à sua volta tinham se juntado como pintinhos em torno da mãe. De repente, o volume escuro de sua cabeça virou-se para mim e Adriana pronunciou com voz lenta, destacando bem as palavras:

— Sabem da novidade, amigas, Rainha Sem Nome está doente e logo vamos ouvir os sinos dobrarem por ela...

Houve um silêncio, e uma voz se elevou em tom de censura.

— Rainha Sem Nome pediu que não disséssemos nada...

— Ora, minha cara – disse outra voz –, não está vendo que a pessoa não consegue ouvir nem entender?... e até me pergunto se algum dia ela vai voltar como antes, em carne e osso...

— É, tem razão, alguma coisa a está impedindo de tocar no chão, e ela ainda pode continuar por muito tempo navegando no ar, sem nunca pôr o pé em nenhum continente.

— Você embarca numa bela jangada e depois de algum tempo a pintura se acaba, o mastro e a vela também, e o barco faz água, e é sempre assim, por quê, por que será...?

— No entanto, ela tinha um rosto bem marcado, os dentes da frente separados, feições que atraíam a sorte, por assim dizer, e eu achava que pelo menos por uma vez tudo daria certo, que haveria uma vida de mulher leve e clara como algodão branco aqui em Fond-Zombi... ah, ainda há de chegar o dia em que Deus vai passar sua corda pelos quatro cantos de Fond-Zombi para soltá-lo da maior altura do céu até as profundezas do oceano... e o sal é que vai purificar e dissolver tudo isso, essa abominação constante...

Nesse momento, Adriana se levantou com dificuldade e vi sua silhueta se desenhar em meio ao capim, à luz desvanecente do dia, que dava à sua massa compacta de carne uma aparência de granito. E, erguendo as pálpebras como que a contragosto, ela disse com voz pensativa, marcada de nostalgia...

— Por acaso sabemos o que transportamos nas veias, nós, negros de Guadalupe?... a maldição necessária para ser senhor e a necessária para ser escravo... É verdade, tem razão, Ismène, alguma coisa impede aquela negrinha de tocar no chão, e ela é capaz de continuar muito tempo navegando assim, muito tempo... Entretanto, eu, Adriana, bato no peito e lhes digo: essa mulher vai aterrissar.

— Ela vai aterrissar — Ismène logo afirmou com voz cândida —, ela vai aterrissar, vai aterrissar...

Depois, dirigindo-se diretamente a mim, do outro lado da estrada, a boa Adriana lançou com voz vibrante, como um grito:

— Télumée, terrinha querida, fique aí no teu capim, não precisa responder hoje; mas só uma coisa eu queria te dizer, neste dia de Natal, você vai aterrissar.

Dizendo isso, Adriana se virou na direção da venda do pai Abel e as outras mulheres, levantando-se também, desamarrotando as saias que farfalhavam, começaram a tagarelar à sua volta e se dispersaram pelo povoado. Fiquei ali no capim alto, debaixo da pequena jaula de vegetação formada ao redor da minha ameixeira. A noite se aproximava e, em algum lugar ao longe, cantos se elevaram, vozes acres ainda suplicavam... nasci para salvar nosso destino... e eu pensei naquele amontoado de dor que eu oferecia a Rainha Sem Nome e na quantidade de saias engomadas que ela devia vestir para que não transparecesse nem sua magreza nem seu pesar.

Adriana, parecia-me, tinha dito alguma coisa sobre minha avó, mas o quê?... já não me recordava e só uma vaga angústia me invadia diante dessa lembrança. De vez em quando, os cantos se calavam e um acordeão tomava seu lugar, e os sons descosturados e melancólicos enchiam-me de compaixão. Então perguntava a mim mesma o que eu viera buscar na terra, o que estava fazendo debaixo daquela ameixeira. Era isto: eu fora à caça, perdera o cão e a cutia, uma das metades da minha alma "desmoronara" e a outra se aviltara. Agora a lua tinha aparecido e sua claridade serena, cintilante, empalidecia e matava a beleza das estrelas. Via-se todo o campo como em pleno dia, mas o frescor e o mistério da noite subiam por todo lado e no capim brilhante, ali, à beira da estrada, as sombras das árvores dançavam ao vento. Uma grande silhueta de duas cabeças apareceu naquele luar. Vindo da venda do pai Abel, a silhueta avançava na minha direção como um espírito, deslizando lentamente, sem tocar o chão. Agora ela chegava ao capim do meu quintal e, enquanto ela se aproximava assim, fechei os olhos amedrontada. De repente, houve um rumor de vozes humanas e o rosto enigmático de Laetitia surgiu em meio ao mato, no alto de um pescoço comprido, esticado como o de um ganso selvagem. Laetitia inclinava-se para mim e seu braço agarrava a cintura de Élie, enquanto ela murmurava com voz afável, lânguida:

— Que coragem tem essa mulherzinha e como ela sabe suportar a miséria...

— O que está fazendo na minha casa, Laetitia?

— Na sua casa? – ela disse negligente.

— Élie, Élie, afinal o que ela está fazendo na minha casa?

— Você não queria entender – disse Élie em tom aborrecido, com os olhos perdidos num sonho –, eu não disse e repeti para procurar um buraco para se enfiar, meu pobre caranguejinho sem pinças?... por que ficou nessa choupana como se tivesse uma corda amarrada no tornozelo?... Eu te espicaçava cada dia mais, e você não ia embora...

— ... Por quê? – Laetitia replicou com voz ácida.

— É uma negrinha sonhadora – disse então Élie num tom estranho, em que a crueldade e a doçura se misturavam –, ela não queria entender, mas talvez esta noite ela fique sabendo o que significa ser uma mulher na terra.

E de repente, tomado por uma irritação cada vez maior:

— Você ainda está aí, seu caranguejo sem cabeça?... não tem um buraco na terra para ir se esconder?... mas vai ter de sumir dessa choupana, andando de costas, mancando ou voando, desapareça... já... já...

Laetitia ouvia essas palavras de olhos semicerrados, como quando se ouve uma música celeste; então ela chegou mais perto de mim e disse com ar compadecido:

— Você está vendo que tem de ir embora, agora... – e depois acrescentou baixinho, sorrindo – ... mas, se quiser ficar mesmo assim, nós te daremos uma coberta para você dormir ao pé da cama, só que tem uma coisa: trate de encher as orelhas de algodão porque à noite eu grito alto – ela terminou, estirando seu belo corpo de violão diante dos meus olhos.

Élie a abraçou apertado, os dois se puseram a rir e logo já tinham se esquecido de mim.

Entrei correndo na minha choupana, acendi uma vela e comecei a juntar minhas coisas na toalha de Rainha

Sem Nome, depressa, pois via que precisava tirar meu cheiro daquele lugar o mais rápido possível. Ao longe, no povoado, eu ouvia o zumbido das vozes dos negros, e depois se elevou uma música de acordeão que me fez levar as mãos ao peito, pois me partia o coração. No entanto, eu precisava conseguir enxergar tudo aquilo como se estivesse acontecendo com outra pessoa. Essa ideia me consolou e pus minha trouxa na cabeça, saí de minha choupana com andar tranquilo. Mas no último instante, a despeito de mim mesma, não pude deixar de dizer a Laetitia:

— Então, na verdade você não gosta de nada na terra, a não ser do meu lugar e da minha casa...?

Laetitia pareceu sinceramente surpresa:

— Florzinha de coqueiro – ela disse ressentida –, em que lugar os sinos soaram por você?... sua casa, mas que casa?... você não está na sua casa aqui nem em outro lugar, você já não sabia que o único lugar de uma negra, na terra, é o cemitério?...

Ela sorriu com tristeza e me lembrei da menina dos grandes caminhos, a filha de todo mundo que conhecia todos os chãos de Fond-Zombi; mas de repente fui tomada por um terror pânico e comecei a correr, atravessei o capim alto e cheguei à estrada, sempre correndo, como que perseguida por um espírito sob a luz da lua, que agora mudava de aspecto, adquirindo tons avermelhados, se inflando e se debatendo no céu, como um polvo cercado. Depois, ao chegar à ponte da Outra Margem, me senti cansada e me sentei num montículo de terra, encostada no pilar da ponte, e chorei.

O sol jamais se cansa de levantar, mas o homem se cansa de se encontrar de novo sob o sol. Não tenho lembrança dos dias que se seguiram. Soube mais tarde que me viram sentada numa pedra, na manhã seguinte, no quintal dos fundos de Rainha Sem Nome, num estupor total. Fiquei ali várias semanas, sem sair do lugar, sem distinguir o dia da noite. Rainha Sem Nome me dava de comer e me fazia entrar quando anoitecia, como se protegesse um pintinho dos mangustos. Quando falavam comigo, eu continuava muda, e diziam que a fala se tornara para mim a coisa mais estranha do mundo. Passaram-se assim três semanas. Para não fraquejar na minha frente, pela primeira vez Rainha Sem Nome ia para a rua mostrar seu pesar... minha criança, minha criança, a cabeça dela se foi, se foi...

Um dia, aproximando-se de mim sem dizer uma palavra, de repente ela tirou uma agulha do corpete e me espetou o braço.

— Está vendo, você não é um espírito – disse ela –, pois está sangrando...

E depois, erguendo os braços para o céu, desdobrando com dificuldade seus velhos ossos, voltou para sua choupana. Na hora da picada, inclinado para mim, o rosto de Rainha Sem Nome me parecera achatado, esmagado, sem boca, nem nariz, nem orelhas, uma espécie de coto informe do qual só se destacavam seus belos olhos, que pareciam existir independentemente de todo o resto. Um pouco mais tarde, minha avó me ouviu cantar a plenos pulmões, em pé na minha pedra, um canto tão alto que parecia querer encobrir uma voz que cantava ao mesmo tempo que eu, a voz de uma pessoa cuja canção eu me recusava a ouvir. Sempre cantando daquela maneira, saí correndo pelo caminho do rio e me joguei na água, mergulhei e voltei a mergulhar algumas vezes. Finalmente, voltei toda molhada para casa, vesti roupas secas e disse à minha avó... Rainha, Rainha, quem disse que não há nada para mim na terra, quem disse essa tolice?... agora mesmo larguei minha tristeza no fundo do rio e ela está descendo seu curso, vai envolver outro coração que não é o meu... fale-me da vida, minha avó, fale-me disso...

10

O que me restabeleceu definitivamente foram todas as visitas, todas as atenções e os pequenos presentes com que me honraram quando minha cabeça voltou do lugar para onde fora. A loucura é uma doença contagiosa, também minha cura era a de todos, e minha vitória, a prova de que o negro tem sete fígados e não se desarma assim, ao primeiro alerta. As pessoas vinham à casa de Rainha Sem Nome, enchiam a choupana com suas conversas, me traziam frutas, ervas aromáticas, incenso por ter escapado das garras do mal. E depois me olhavam com seus olhos franzidos, como se eu fosse alguém que tivesse saído de longe, de muito longe... ah, diziam gravemente, vejam só essa criatura valente, negra de sete fígados, quatro seios, dois umbigos... muito bem, muito bem, mulher, mantenha-se firme e não vá comprar nenhuma tesoura para lhe enfiar no coração, porque aquele homem não vale uma tesoura. Eu ria, aquiescia sem dizer nada, e todas aquelas palavras, aquelas risadas, aqueles sinais de atenção contribuíam para me fazer montar de novo na sela e tomar nas mãos as rédeas do meu cavalo.

Às vezes me vinham pensamentos antigos, espalhavam-se como turbilhões de poeira que se elevam da estrada depois de um tropel de cavalos selvagens. Então minha avó tentava produzir vento para mim, dizia que logo sairíamos daqui, pois o ar de Fond-Zombi não convinha aos meus pulmões. Desde a minha volta, era como se de repente ela tivesse criado um par de asas, como se pudesse, enfim, levantar voo. Ela ainda estava um pouco cansada de todas aquelas emoções, e era preciso colocá-la na cadeira de balanço, pois já não conseguia se sentar sozinha. Mas seus olhos faiscavam, maravilhados de antemão com todas as coisas bonitas que nos esperavam... ah, ela dizia, com as faces avivadas de excitação, ah, lugares não faltam em Guadalupe, e assim que eu me recuperar colocaremos nossa choupana na carroça e a instalaremos no morro La Folie, nas terras do sr. Boissanville... eu o conheci, em outros tempos, ele não nos recusará um pedaço de terreno, e, quando teus inhames e tuas ervilhas crescerem, você será uma mulher e meia sobre a terra...

Assim, ao longo de seus últimos dias, minha avó produzia vento para inflar minhas velas, permitir que eu retomasse minha viagem pela água. E, ao ouvi-la, eu me tornava a vítima de sua miragem, e eis que eu acrescentava uma varandinha à nossa futura choupana, pelo prazer de ver a Rainha balançar-se à fresca em sua cadeira, apenas bebendo o vento. E, com o passar dos dias, esquecia-me de que era uma acoma caída, voltava a sentir a beleza de minhas duas pernas de mulher e andava. No início Rainha Sem Nome gostava de gracejar... Télumée, você está andando encurvada, mas apesar de tudo está andando... e depois deixou de sorrir e me fez notar que eu assumira meu andar de mulher... andar de mulher que sofreu, ela acabou dizendo.

— E como se reconhece — perguntei — o andar de uma mulher que sofreu?

E minha avó respondeu suspirando:

— ...Por um porte muito especial, incomparável, que

acompanha a pessoa que um dia disse a si mesma: ajudei bastante os homens a sofrer, agora preciso ajudá-los a viver.

Rainha Sem Nome sempre dizia que no dia em que ela se deitasse seria para morrer. Eu a seguia nesses projetos de futuro, fingindo acreditá-la invulnerável, no entanto ela decaía e a vela que fizera brilhar para nós estava a ponto de se apagar.

Num rosto que se reduzia, os olhos de repente tinham crescido, como que para captar até as menores nuances das coisas e dos seres que chegavam a ela, uma galinha, a sombra de um bambu que se dobra ao vento, um chuvisco transparente em pleno sol. Quando nos olhava, tínhamos a impressão de receber um pedacinho de sua ciência, um pedaço sem amargor e sem ódio, auréola de uma certa alegria que nos seguia bem depois de nos afastarmos dela. Um dia, encontrei-a muito fraca em sua cama e toda envergonhada por não conseguir se levantar. Nos últimos tempos haviam-se formado escaras em seu corpo, e queixou-se delas. Acomodei-a, e, depois de me fazer girar e voltear diante dela, para me contemplar, tal como fizera naquele primeiro dia em que me levara de L'Abandonnée, pediu um creme de dictamno aromatizado com baunilha. Enquanto eu lidava com as panelas, soprava o carvão, esmagava os flocos de dictamno, o crepúsculo pousou como uma carícia entre as casas e as árvores, no esplendor habitual do entardecer de Fond-Zombi. Espalhados no brancor do travesseiro, úmidos de suor, os cabelos da minha avó contornavam sua testa enrugada, e seus reflexos de água pálida, esverdeada, a cingiam como um diadema de cristal. Entretanto, havia no fundo de seus olhos um ar de profunda argúcia, um alívio sem limites, uma alegria que a tornavam muito viva, mais viva do que nunca, talvez, exatamente como no tempo de sua plena juventude. Depois que minha avó comeu o creme, pousei sua cabeça nos meus joelhos, e ela me falou do equilíbrio da natureza e dos astros, da permanência do céu e das estrelas, e do sofrimento, que afinal é apenas uma maneira de existir como qualquer outra. A janela do cômodo estava escancarada e da nossa cama víamos o céu e a ponta da montanha, ainda na luz do entardecer, que parecia aumentar tudo, nos desvendando uma árvore, uma haste de bambu em sua eternidade. Voltando-se para mim, minha avó murmurou num sopro... Télumée, minha brasinha, se está me vendo tão satisfeita, não pense que me alegro realmente com a morte, não... preciso fazer uma confissão: há três meses Jérémie está do meu lado, ele não me deixa nem de dia nem de noite... veja, sabendo que meu tempo ia chegar, ele não aguentou e veio para junto de Toussine...

— Onde ele está agora, está neste cômodo?

— ... Está sentado junto do meu travesseiro e de vez em quando me acaricia os cabelos, me afaga, e, quando sinto muito calor, me sopra seu hálito...

Eu sentia a presença do insólito, da morte próxima, mas, por mais que arregalasse os olhos no escuro, não via nada de incomum. Enquanto conversávamos assim, na mais completa felicidade, sem pensar em nada além da alegria de estarmos juntas, de repente a noite caiu e envolveu a desordem da terra. Então minha avó se pôs a respirar muito calmamente e, depois de dar vários suspiros de bem-estar...

— Está vendo – ela disse –, vou reencontrar meu descanso ao lado de Jérémie, ele disse que me arranjou um belo lugar e vou-me embora para ocupá-lo... quanto a você, minha criança, não deve mais ficar em Fond-Zombi, é preciso que seus olhos não vejam mais aquele homem e aquela choupana... assim, seu coração poderá se curar e talvez sua árvore da fortuna volte a florir.

— Devo então abandonar meu navio e deixá-lo afundar sozinho, vovó?

— Ah, Télumée Lougandor, não vá achar que seu destino é manter o fogo do inferno... evite que isso se inscreva no livro da sua vida, pois é uma coisa pela qual os humanos, o céu, as árvores têm horror...

Prometi que abandonaria a poeira de Fond-Zombi e ficamos um longo tempo sem dizer nada, ela na companhia de Jérémie, eu procurando meu coração de mulher, no escuro. Fora, as estrelas pareciam dançar em torno da lua, e era como se a beleza e a própria vida se tivessem refugiado nos astros. O céu parecia animado, percorrido por ondas, eflúvios, e sentia-se que era um território que excluía os homens, mas cuja simples existência era suficiente para tranquilizá-los. De repente, apoiando-se nos cotovelos, minha avó pareceu cheia de ímpeto e se pôs a me falar de sua juventude, de sua mãezinha, a negra Minerve, que era uma grande esperta, ela disse... sim, afirmo que aquela mulher era uma provocadora, e pelo seguinte... Na época, quando Jérémie começou a me cortejar, ele ia à nossa casa todas as tardes, entrava diretamente na cozinha e lá os dois cúmplices contavam todo tipo de coisas a meu respeito... mamãe nunca esteve tão radiante como naquela época, meu Jérémie entrava na cozinha dela e eles passavam tardes inteiras juntos... Jérémie contava que gostaria de viver comigo, dizia-lhe o que achava de mim e o que eu representava a seus olhos... e a pobre Minerve bebia suas palavras como mel, porque, ela lhe dizia, via que ele era um homem sensato, capaz de atribuir o justo valor às maravilhas do bom Deus... No entanto, havia uma coisa que eu detestava...

177

quando meu namorado ia embora, ela saía da cozinha e, abrindo uma saia ampla de bolinhas amarelas, a mulher me cantava:

Preciso de um marido pescador
Para pescar dourados para mim

Não sei se você sabe
Preciso de um marido pescador

Ô remo à frente me dá prazer
Ô remo atrás me faz morrer

Rainha Sem Nome tinha um fio de voz minúsculo, de uma leveza diáfana, que quase doía ao se ouvir, mas seu rosto resplandecia como nos tempos de antes, em que Minerve a atazanava com aquela canção. De repente, sua voz se rompeu e comecei a chorar sem saber por quê, com finas lágrimas que me escorriam silenciosas pelas faces.

Um fim de tarde, encontrei Rainha Sem Nome deitada e segurando o coração com as duas mãos, como quando se faz força para conter um cavalo desenfreado. Depois de um momento, sua respiração se acalmou e ela submergiu em pesada sonolência. Rastilhos de sombra vagueavam sobre o vilarejo e nuvens ameaçavam. No fundo do céu, uma estrela branca cintilava como uma conchinha nacarada numa praia de areia escura, e de repente, vendo a estrela, minha tristeza se aliviou. Minha avó abriu olhos espantados e, toda reanimada por seu sono breve, tentou sentar-se. Pareceu prestes a soltar um de seus gracejos, mas de repente caiu para trás e fez sinal para que eu me aproximasse, me aproximasse mais, um pouco mais, a tal ponto que colei a orelha à sua boca quando ela disse... hoje e amanhã haverá o mesmo sol e a mesma lua, porém não estarei mais... e, nesse exato momento, ela sorriu.

Meu coração bateu quando a vi sorrir e perguntei, sem eu querer, num tom carregado de censura:

— Então, minha avó, vai me deixar e está sorrindo...

Segurando meu rosto, ela pousou os lábios bem junto do pavilhão de minha orelha.

— Não é minha morte que me alegra tanto – ela disse –, mas o que virá depois dela... o tempo em que não nos deixaremos mais, meu copinho de cristal... já imaginou nossa vida, eu te seguindo por toda parte, invisível, sem que as pessoas nunca desconfiem de que estão diante de duas mulheres e não de uma só?... você consegue imaginar?...

A cada palavra o rosto de Rainha Sem Nome definhava e eu não sabia como lhe dizer que se calasse, e ela sussurrava ao meu ouvido, apontando para o chuvisco que caía devagarinho do céu... não são lágrimas, mas um leve vapor, pois uma alma humana deve sentir a perda da vida... e uma extrema doçura tomou conta de sua voz enquanto ela ainda murmurava... ouça, as pessoas te espiam, sempre contam com alguém para saber como viver... se você é feliz, todo mundo pode ser feliz, e, se você souber sofrer, os outros também saberão... a cada dia você deve se levantar e dizer a seu coração: sofri bastante, agora é preciso que eu viva, pois a luz do sol não deve ser desperdiçada, perder-se sem que haja nenhum olho para apreciá-la... e, se não agir assim, você não terá o direito de dizer: não é minha culpa, quando alguém procurar uma falésia para se jogar no mar...

Eu ouvia risos lá fora, vozes humanas, chuviscava levemente e eu não conseguia acreditar que Rainha Sem

Nome estivesse morrendo. Ela fechou os olhos, fez uma longa pausa e me pediu num sopro que pusesse água no fogo para ferver, pois fazia questão de preparar pessoalmente o corpo para a morte. Terminada a toalete, vesti-a com sua camisola cor-de-rosa, a melhor, dobrada e passada havia muito tempo, pois ela sempre quisera chegar ao além de cor-de-rosa. Enquanto a vestia, ela fez um sinal com a mão para me dizer que o tempo estava passando e fiquei perturbada, pois nunca imaginara que fosse possível morrer assim, com tanta suavidade. Depois de vestida, penteada, empoada, ela parecia realmente satisfeita consigo mesma e com a terra, seus olhos percorreram devagar o cômodo todo e ela disse... Télumée, a dor existe, e cada um deve carregar um pouco dela nos ombros... ah, agora que te vi sofrer, posso fechar meus dois olhos com tranquilidade, pois te deixo com teu aprumo sobre a terra... assim que o espelho já não embaçar, mande chamar *man* Cia, ela cuidará de tudo... principalmente não grite, pois, se o fizer por mim, o que fará a mãe que sobrevive ao filho?... e não vá ter medo de um cadáver... não vá ter medo...

Ainda mexia os lábios, tentava falar, mas sua língua se tornara pesada e ela não disse mais nada. Sua cabeça estava apoiada em meus joelhos e eu a acariciava. Depois de um momento, ela se acalmou e sua respiração foi enfraquecendo, enfraquecendo cada vez mais, e aos poucos suas mãos, seu peito pararam de se mover e eu soube que ela estava morta.

Enquanto eu varria, o crepúsculo invadia o céu e um chuvisco fraco, quase uma névoa, recobria a terra. Eu sempre ouvira dizer que uma boa alma nunca deixa a terra sem tristeza, e por isso caía aquele orvalho, um orvalho, e não um aguaceiro, não lágrimas, um simples orvalho. Havia pouco eu descera com uma tocha na mão para anunciar a morte de Rainha Sem Nome. Enquanto as coisas seguiam seu curso, eu me ocupava em arrumar a casa, limpá-la, perfumá-la, para que tudo estivesse em ordem quando as pessoas começassem a chegar. De vez em quando, eu olhava minha avó, mas sem receio, perguntando-me apenas se sua alma já deixara seu corpo, se ela não estava a meu lado. Vinham-me pensamentos calmos, estranhamente tranquilos, era como se uma força entrasse em mim, e a vida me pareceu uma coisa tão simples que eu custava a crer. Pela primeira vez, comecei a pensar na minha existência com Élie sem tentar selecionar, conservar o que era bom e deixar o resto de lado. Não havia duas partes distintas, elas se desenvolveram em uma única e mesma pessoa e tudo bem, e alegrou-me ser uma mulher na terra. Senti-me leve e decidida, confeccionei algumas tochas, acendi os lampiões e acolhi devidamente as pessoas que começavam a acorrer para homenagear Rainha Sem Nome. Traziam xícaras, copos, panelas, café torrado, legumes para a sopa do amanhecer, e cada um vinha se recolher e contemplar o rosto da minha avó. Ela parecia estar dormindo, um vago sorriso pairava-lhe nos lábios e, depois de fazer o sinal da cruz, lançar água benta nos quatro cantos do cômodo, as pessoas se perguntavam...

— O que será que a Rainha pode ter vislumbrado para estar com essa fisionomia, o que será?

Depois de uma breve troca de reflexões, algumas mulheres estenderam panos bordados de Vieux-Fort nos anteparos. As rezadeiras, com ar ocupado, instalavam-se de ambos os lados do leito mortuário, começavam a encher o recinto com litanias e *De profundis*. De vez em quando, uma delas se levantava da cadeira para dispor uma flor no anteparo e a reza recomeçava. Fora, no quintal, homens estendiam uma lona, instalavam mesas, tamboretes, banquinhos individuais, e algumas comadres picavam fino os legumes da sopa, tagarelando sem parar:

— Devem estar acontecendo coisas no ar, hoje... é Jérémie que deve estar contente esta noite, apesar de tudo, bom Deus, depois de tanta ausência...

Debaixo da lona, um homem estava sentado tranquilamente em seu tambor e outros conversavam, riam alto, bebiam à vontade, organizavam jogos. Havia dominós, dados e uma pedra que, num grupo, ia passando de um para o outro ao ritmo de um canto áspero e monótono:

Maldito maldito
Mesmo tua mãe sendo maldita
Reza uma prece por ela

E a pedra passava de mão em mão, cada vez mais depressa, cada um batendo-a no chão antes de passá-la para o vizinho. O ritmo se acelerava, o barulho de pedra crescia, quase já não se ouvia a melodia quando um homem se levantou e disse:

A Rainha morreu, senhores, será que ela viveu?
Não sabemos
E, se amanhã for minha vez, terei vivido?
Não sei
Vamos, vamos beber um pouco

Uma brisa de mar se levantara e nuvens claras invadiam as alturas da noite. Eu tinha me sentado num banco bem no meio daquela agitação e batia assiduamente uma pedra na madeira, para mim mesma, com batidinhas aplicadas, esforçando-me para esconder de todos os olhares quando me sentia perdida e dilacerada sem o pequeno farol da minha avó. Adriana surgiu e *man* Cia apareceu logo atrás dela, sem tocha, como frequentadora habitual da escuridão, trazendo cautelosamente debaixo do braço um pacote embrulhado em jornal. Lançou os olhos para todos os lados, franziu-os com uma vaga satisfação e então:

— É como se a Rainha estivesse viva e vigiando tudo com seus belos olhos brancos de negra — ela disse.

Atravessando as fileiras de bancos, ela cumprimentou todos à volta e dirigiu-se para o quarto da amiga. Acariciou-lhe os cabelos, olhou-a demoradamente, espantada... ah, aqui está você, e no entanto onde está agora?... um enigma, essa mulher... ela disse com ar sorridente.

Agora era noite escura, sem lua e sem estrelas, nenhuma luz em nenhum lugar, nossa choupana parecia a única do mundo, cercada de trevas. A chama das tochas oscilava para a direita e para a esquerda, ao vento da noite, e as fisionomias adquiriam aspectos imprecisos. Os preparativos tinham terminado, uma espécie de torpor pesava sobre os espíritos, estávamos sentados em círculo, no maior silêncio, e avaliávamos o peso dos mortos e o dos vivos, e a incerteza era grande. Eu estava entre *man* Cia e uma mulher com os olhos cobertos por um leucoma azulado, Ismène. Era muito miúda, tinha o rosto redondo, com covinhas, e sua pele muito preta se desbotara com a idade, de modo que às vezes ela parecia já não ter cor. Era uma negra contemplativa, que se demorava olhando as pessoas e, entretanto, sempre fechava os olhos quando dirigia a palavra a alguém, como se não fosse capaz de falar e ao mesmo tempo apreciar um rosto humano. Não gostava de abrir a boca, por isso todos nós ficamos admirados quando ela disse com voz hesitante, indagativa... ver tantas misérias, receber tantas cuspidas, tornar-se impotente e morrer... será que a vida na terra, então, convém de fato ao homem?

Man Cia acendeu seu velho cachimbo, baixou as pálpebras sobre seus belos olhos de veludo desgastado e disse tranquilamente:

— Bato no peito diante de Rainha Sem Nome e digo: há aqueles cuja vida não alegra ninguém e há aqueles cuja própria morte tranquiliza os humanos... eis uma bela pedra no seu quintal, não é, Rainha? — terminou ela, sorrindo para vovó.

— Como sua morte é bela — replicou a pequena Ismène, de olhos fechados e com sua eterna voz entre riso e lágrimas — ... e como lamento não a ter conhecido na época de sua juventude... eu falaria dela a vocês... se a tivesse conhecido...

Um frêmito percorreu os presentes e todos os olhares se voltaram para *man* Cia, que parecia escrutar o passado, deslumbrada, com a mão diante dos olhos, à guisa de viseira.

— ... É verdade — ela disse finalmente —, para conhecer bem a Rainha, é preciso tê-la visto em L'Abandonnée, no tempo de Jérémie... Ela tinha um corpo exemplar, duas pernas que eram duas flautas, o pescoço mais flexível do que a haste da erva-olha-o-sol... e sua pele, como explicar?... E, além disso, estava sempre piscando os olhos como que em pleno sol, e por isso dizia-se em L'Abandonnée: Toussine?... na verdade vai tornar-se um arco-íris e marcar o céu...

— Isso mesmo, isso mesmo, a Rainha — disse um homem, voltando-se para o leito da minha avó.

A sra. Brindosier estava sentada perto da porta, recuada, as mãos prudentemente pousadas na amplidão de seu ventre enquanto seus grandes olhos ingênuos fluíam sobre uns, sobre outros, passavam de rosto em rosto, esperavam a brecha. Considerando que chegara sua oportunidade, empertigou-se na cadeira e lançou com voz doce, insinuante:

— A desgraça, vejam vocês, é que os arcos-íris sucedem uns aos outros e não duram mais do que as estrelas cadentes... se soubéssemos que não voltaríamos a sair da cabaça, será que entraríamos nela?... Estou dizendo que a condenação de Deus recai sobre todas as criaturas e, no fim das contas, bondade ou maldade, para ele tanto faz... ele mata.

— Que história é essa de condenação? – disse *man* Cia com voz contrariada. — ... se Deus condena e mata, que mate... mas o que ele não pode impedir é que um negro lhe mostre quanto pesa na terra, a seus olhos, a alma de outro negro... Na verdade, Ismène, o homem não pertence mais à terra do que ao céu... não, o homem não é da terra... e por isso ele olha, procura outra região, e há os que voam à noite, enquanto os outros dormem...

Ismène estava radiante e, em sua emoção, pôs-se a falar com os olhos arregalados para todos, com sua curiosa voz hesitante, indagativa e que não tinha certeza de nada, a não ser de sua própria insignificância.

— Ah, *man* Cia, você já vislumbrou outra paragem durante seus voos noturnos?

— Ai de mim, pequena quimera, isso não posso dizer, mas, embora não sejamos quase nada na terra, posso afirmar uma coisa: por mais bonitos que sejam os sons, só os negros são músicos...

Então sentimos a alma de Rainha Sem Nome e cantamos, até de manhã, e dissemos o que foi a Rainha, evocamos até os mínimos acontecimentos de sua vida, e todos souberam exatamente seu peso na terra, aqui, em Fond--Zombi. E no dia seguinte, no enterro, logo depois da última pá de terra, todos pensamos que ela nos molharia

185

com seus lamentos, pois nuvens voavam muito baixo sobre o cemitério. Mas era apenas uma farsa, uma última peça que ela nos pregava, e foi cintilando num céu cor-de-rosa que, naquele dia, o sol se desvaneceu no mar, no fim do horizonte.

11

O homem não é uma nuvem ao vento que a morte dissipa e apaga de uma só vez. E se nós, negros dos fundos perdidos, veneramos nossos mortos durante nove dias, é para que a alma da pessoa morta não passe por nada bruscamente, para que se desprenda aos poucos de seu pedaço de terra, de sua cadeira, de sua árvore preferida, do rosto dos amigos, antes de ir contemplar a face oculta do sol. Assim, nós conversamos, cantamos e cochilamos nove dias e nove noites, até que a alma de Rainha Sem Nome se aliviasse do peso da terra e levantasse voo. No décimo dia, as pessoas levaram seus belos panos do Vieux-Fort, suas xícaras, seus pratos e seus bancos, a última festa de minha avó terminara, todas as vozes se calaram e fiquei sozinha no meio da luz indecisa da aurora, que surgia amarela nas alturas, atingindo retalhada o cimo das árvores. Eu me senti nua e encontrei uma voz, e era a de *man* Cia... Télumée, criatura, você precisa saber que não vou morrer como Rainha Sem Nome, com os olhos enfeitiçados pela luz do sol, pois na verdade sou uma cega que não vê nada dos esplendores da terra; entretanto, vou te dizer, quem te ama tem olhos para te ver mesmo que tenha o olhar apagado... Vamos subir às minhas florestas, mulher, que te aquecerão e acalmarão os pesares das que subsistem...

Assim, deixei Fond-Zombi para ir com *man* Cia à sua floresta, morar na choupana em que ela vivia com o espírito de seu marido falecido, o homem Wa. Ela cuidava um pouco das plantas, recebia os doentes em que aplicava fricções, os Perseguidos de quem tirava o feitiço, expulsava a má sorte. Vivendo a seu lado, eu mesma sentia tornar-me um espírito. Todas as manhãs, acordava encharcada de suor, decidida a deixar aquelas florestas para existir em meu corpo e meus seios de mulher. Ao fim de quatro semanas, desci para Fond-Zombi. Ao passar diante da ameixeira, vi a choupana de Élie deserta, o quintal tomado pelo capim, abandonado. O pai Abel não fez nenhuma alusão à partida do filho e se ofereceu para me acompanhar até Pointe-à-Pitre, para pedir um pedaço de terra ao sr. Boissanville, conforme Rainha Sem Nome me sugerira. Ele precisava ir à cidade para fazer compras e, diante do meu pouco entusiasmo, consentiu em me representar diante do proprietário. Voltei à choupana de Rainha Sem Nome, abri suas portas e janelas imediatamente e comecei a esfregar o piso com um ímpeto e um empenho que me fizeram sorrir. No dia seguinte, o homem Amboise apareceu à porta da minha choupana, com um belíssimo inhame *caplao* branco na mão. Eu esperava sua visita e, ao vê-lo em pé no vão da porta, de aparência muito digna, tendo no fundo dos olhos um pequeno brilho curioso de torcaz acossado, lembrei-me do que Rainha Sem Nome me dissera em seu leito de morte... não é de hoje que ele te ama, Télumée, e lembre-se apenas de que Amboise é uma rocha que não sai do lugar, que vai te esperar a vida toda. Aquele homem fora para mim como a sombra de Élie, na época em que os dois serravam tábuas na floresta.

E, enquanto ele se mantinha diante da porta, negro cor de cobre, alto, de olhos inquietos, rugas profundas, de nariz como dois tubos de órgão, eu sorria por dentro e me dizia que, em vez de inventarem o amor, teria sido melhor aquelas enormes carcaças de homens terem inventado a vida. Entretanto, o negro Amboise avançou um passo, depôs devagarinho o inhame nos meus braços e disse:

— Bom dia, Télumée, o que está fazendo da vida?

— Não estou fazendo nada, vejo-a se desvanecer.

— A galinhola ferida não fica à beira do caminho – ele disse.

— Aonde ela vai? – perguntei.

— Pois é, aonde ela vai? – ele disse, rindo.

Depois acrescentou, com ar grave, que de repente me emocionou:

— Eu só queria te dizer… mesmo no inferno, o diabo tem amigos.

Deu um risinho constrangido, virou as costas, desapareceu: eu só voltaria a vê-lo uma semana depois, no dia da mudança da minha choupana para o morro La Folie.

A equipe chegou ao amanhecer, com quatro bois atrelados puxando dois longos varões com rodas sobre os quais foi içada a choupana de Rainha Sem Nome, depois de esvaziada de tudo o que não aguentaria a viagem. Com uma chibatada, os bois se moveram, a choupana de Rainha Sem Nome se pôs a caminho e atravessou o povoado, seguida por todos os seus outros bens terrenos, a mesa, a cadeira de balanço, os dois cestos redondos cheios de pratos e panelas, tudo equilibrado na cabeça dos vizinhos que me acompanhavam. Depois da ponte da Outra Margem, o comboio tomou um atalho lamacento que subia direto para a montanha. No fim do dia, gritando, praguejando, calçando as rodas a cada pausa, os homens levaram a choupana até uma pequena plataforma de capim-cortante com mato pela frente, mato por trás, e algumas fumaças nas vizinhanças. Assim que a choupana foi colocada sobre quatro pedras, bebemos, nos divertimos, foi decretado que eu era uma sortuda, e, com aquela algazarra destinada a dissimular a tristeza, os negros de Fond-Zombi desceram correndo pela encosta do morro, abandonando-me à solidão e à noite. De repente, uma silhueta fez meia-volta e reconheci Amboise, e me veio uma emoção diante de sua alta estatura, seu rosto já sulcado cujos olhos não traziam amargor. Tomado por um profundo constrangimento, ele fez um gesto como que para apagar as rugas do rosto, seus cabelos grisalhos que o afastavam de mim. Depois sorriu e disse tranquilamente, sem que uma palavra saísse mais alta do que a outra:

— Télumée, você vestiu sua túnica de coragem e não teria cabimento eu não te sorrir. Mas o que será de você aqui, neste canto de terra que escapou da mão de Deus?

— Amboise, não sei o que me tornarei, se um flamboaiã, se uma mancenilheira venenosa, mas não há meio-termo, e esse morro falará para me dizer.

— Esse morro falará — disse Amboise.

Eu o vi ir embora e voltei sem medo às sombras desconhecidas do morro, pois a incerteza era minha aliada naquela noite.

No dia seguinte, depois de minha primeira noite de mulher livre, empurrei as duas folhas da porta e vi que o sol tinha a mesma cor que em Fond-Zombi e o deixei caminhar no céu, para queimar minha árvore da fortuna ou para fazê-lo cintilar, conforme o que ele decidisse. O lugar em que tinha instalado minha choupana era particularmente deserto e, quando eu olhava para o oriente, para além da ondulação verde dos canaviais, apareceram enormes troncos de balatas e de mognos, formando como que uma barreira intransponível que detinha o mundo, impedia-o de chegar até mim. Duas ou três choupanas de madeira e uma dezena de choças de taipa disseminavam-se nas encostas, na vizinhança imediata, no meio de pequenos grupos de acácias selvagens e de caimitos, de coqueiros altos cujas folhas agitavam o ar continuamente.

O morro La Folie era habitado por negros errantes, desajustados, rejeitados pelas 32 comunas da ilha e que lá levavam uma vida isenta de quaisquer regras, sem lembranças, sem espantos nem temores. A venda mais próxima ficava a 3 quilômetros, e, não conhecendo nenhum rosto, nenhum sorriso, o lugar me parecia irreal, assombrado: uma espécie de território de espíritos. Os moradores do morro La Folie denominavam a si mesmos confraria dos Deslocados. O vento da miséria os largara ali, naquela terra ingrata, mas eles se esforçavam para viver como todo mundo, para se safar bem ou mal, entre raios e tempestades, na eterna incerteza. Porém, mais para o alto da montanha, afundadas nos matagais profundos, viviam algumas almas francamente perdidas às quais fora dado outro nome: Extraviados. Estes não plantavam, não cortavam cana, não compravam nem vendiam, seus únicos recursos eram alguns lagostins, alguma caça, frutos silvestres que eles trocavam na venda por rum, tabaco e fósforos. Não gostavam de dinheiro e, se alguém lhes desse na mão uma moeda, eles a deixavam cair no chão, com ar aborrecido. Tinham fisionomia impassível, olhos impenetráveis, fortes, imortais. E uma força estranha irrompia em mim ao vê-los, uma brandura enlanguescia meus ossos e, sem saber por quê, eu me sentia semelhante a eles, rejeitada, irredutível.

O mais misterioso deles era um certo Tac-Tac, assim chamado por causa de seu *voum-tac*, a enorme flauta de bambu que ele carregava eternamente pendurada nos ombros. Era um negro velho, cor de terra queimada, de rosto meio chato no qual se abriam dois olhos perdidos, que se viravam para todos com surpresa e precaução, sempre maravilhados, admirados por verem animais e pessoas. Ele morava um pouco mais longe do que os outros, bem no cume da montanha, numa pequena choupana instalada numa árvore e à qual ele subia por uma escada de corda. Sua cabaninha, sua flauta de bambu, seu quintal no vão de uma clareira... ele descia a cada dois meses para comprar rum e não se devia visitá-lo no intervalo, o homem não gostava disso, não descerrava os dentes para nenhuma vivalma que se acercasse, não tinha tempo, ele dizia. Mas todas as manhãs, assim que o sol surgia no alto das árvores, quando chegavam até nós uivos de flauta, era Tac-Tac que levantava voo diante de seu imenso bambu, de olhos fechados, com as veias do pescoço tensas, era Tac-Tac que começava a falar, conforme ele dizia, todas as línguas da terra. E ele soprava com todo o corpo, por arrancadas, longa, breve, breve, longa, breve, longa, longa, longa, longa, longa, que atravessavam direto a abóbada da floresta para virem se engolfar em nosso peito, como frêmitos, soluços, amor, e isso nos erguia do chão, quando abríamos os olhos. E ele ficava de pé, de pé diante de sua longa flauta de bambu, e não havia como não o ouvir, pois entrava em nós: *voum-tac*, e voltava assim que abríamos os olhos, e era assim, não havia o que fazer, Tac-Tac levantava voo diante de seu bambu depois de despejar tudo o que havia dentro dele, tudo o que sentira naquela manhã...

Ao longo de toda a semana, virei e revirei meu pedaço de terra, arrancando e queimando as ervas daninhas, incendiando as árvores grandes que estivessem em pé, plantando na mesma hora no território tomado da floresta, plantando raízes, ervilha-torta, quiabo. E no domingo eu tomava o rumo do círculo vermelho de *man* Cia, que me chamava desde o amanhecer, lá na outra vertente do vale...

Em vez de tomar a estrada do morro, que me obrigava depois a subir por Fond-Zombi, eu seguia um atalho direto para a floresta de *man* Cia, por um caminho diagonal que se insinuava ao longo de encostas selvagens, margeava os canaviais de Galba, a refinaria e seus tanques de garapa, suas quatro gárgulas, sua chaminé branca dominando uma paisagem de canaviais pertencentes à Usina, de choupanas pertencentes à Usina e de negros dentro dessas choupanas, também eles pertencentes à Usina. Eu me apressava, por causa do cheiro de bagaço, de suor, atravessava o vau do rio e, uma vez na outra margem, era a sombra azul das florestas de *man* Cia. Eu nunca a encontrava na clareira, mas uma grande tina de barro me esperava diante de sua choupana, ao sol, cheia de uma água arroxeada por todo tipo de folhas mágicas, *paoca*, bálsamo comendador, rosa-de-noiva e poder-de--satã. Entrava no banho na mesma hora, lá deixava todos os meus cansaços da semana, tomando o cuidado de juntar as mãos em concha, como uma tigela, para despejar nove vezes seu conteúdo no meio da cabeça. Saía da tina, vestia uma calcinha e me punha ao sol, não deixando, de vez em quando, de dar uma rápida olhada à volta, para o caso de as moitas criarem olhos. Depois me vestia, me penteava diante de um espelho pendurado no tronco da mangueira, e de repente ouvia uma tossezinha seca às minhas costas e, sem virar a cabeça, eu dizia... é você, *man* Cia, chegou?... e ela fazia hem hem no fundo da garganta, e era isso mesmo, ela tinha chegado.

Logo, no maior silêncio, descascávamos grãos de café, desenterrávamos as raízes do dia, lançávamos algumas bananas cozidas para as galinhas. Meio-dia chegava depressa, pois eu gostava de trabalhar junto com ela, sob a luz de seus olhos. Nós nos instalávamos debaixo da mangueira, para um cardápio que era sempre o mesmo, arroz com feijão-vermelho, que cozinhava desde o amanhecer, com um eterno rabo de porco. Quando ela parecia estar longe, mastigando num sonho, eu dizia:

— Então, *man* Cia, vendo-a assim, parece que está agonizando?...

E ela, tranquilamente:

— Não estou agonizando, não, mas estou refletindo.

Depois ela tomava um copo de rum, de um só trago, e, estalando a língua de satisfação, dava uma risadinha, que lhe saía aos solavancos do fundo da garganta:

— Uma velha como eu, como você me azucrina... não respeita meus cabelos brancos?...

Ela balançava a cabeça, lançava sobre mim o raio doloroso e ofuscante de seu olhar de velha, e nos levantávamos, passeávamos na floresta, onde *man* Cia me iniciava nos segredos das plantas. Também me ensinava o corpo humano, seus nós e suas fraquezas, como o friccionar, eliminar indisposições e crispações, luxações. Aprendi a fazer partos de animais e pessoas, eliminar feitiços, fazer recair todos os malefícios sobre quem os provocara. Entretanto, todas as vezes que ela estava prestes a me revelar o segredo das metamorfoses, alguma coisa me detinha, me impedia de trocar minha forma de mulher de dois seios pela de animal ou de *soucougnan*[5] voador e ficávamos nisso. No final da tarde, nossas conversas adquiriam um certo tom, sempre o mesmo, desencantado

---

5 Na tradição crioula, feiticeiro ou, com mais frequência, feiticeira que fez pacto com o diabo. Despe-se da própria pele e se transforma numa grande ave preta, que pode ser avistada no céu ao cair da noite.

194

e misterioso. A claridade do dia nos penetrava, a luz chegava por ondas através da vegetação que o vento balançava, e nos olhávamos, espantadas com algumas palavras, alguns pensamentos que tínhamos tido juntas, e de repente *man* Cia se inclinava e me perguntava com aspereza, à queima-roupa... será que conseguiram nos quebrar, nos triturar, nos desarticular para sempre?... Ah, fomos mercadorias em leilão e hoje nos descobrimos com o coração partido... Sabe, ela acrescentava com um leve risinho alentador, o que sempre me atormentou na vida foi a escravidão, o tempo em que os barris de carne estragada tinham mais valor do que nós, por mais que eu reflita, não compreendo...

Ela sacudia a cabeça exaltada, e seus olhos faiscavam, pequenos jatos de saliva vinham-lhe à boca, como nas crianças cuja fala se precipita de repente, antes das lágrimas. Uma tristeza então velava a luz de seus olhos e ela pronunciava todo tipo de frases misteriosas, com aquela voz colérica e queixosa de criança que às vezes ela tinha, desde a morte de Rainha Sem Nome. Uma noite, na hora da minha partida, ela me deteve com um gesto da mão... Télumée, ela disse, não se impressione, não vá ficar abalada se, em vez de me encontrar como cristão, você me encontrar como cão...

— Por que fazer isso, *man* Cia, será que já viu demais como mulher?

— Já vi e revi como mulher, mas não é isso que me faria deixar a forma humana, só que estou cansada, sabe, cansada dos meus dois pés e minhas duas mãos... então prefiro andar como cão de uma vez...

Dei-lhe um beijo com o coração apertado e disse a mim mesma que a solidão já não valia nada para *man* Cia, desde que seu rosto adquiria aquelas expressões estranhas de criança...

No dia seguinte, eu estava em casa cavando um sulco de taiobas quando apareceu um grande cão preto, de rabo surpreendentemente pequeno para seu tamanho. Mas não estava com cabeça para cães e homens-cães, e continuei a escavar minha terra com tranquilidade. Terminado o sulco, deixo a enxada de lado e vejo de novo o cão bem à minha frente, olhando-me fixamente com a mesma curiosidade. Parei para também olhar para ele e seus olhos me impressionaram... marrons, de uma transparência especial, olhavam-me diretamente, sem piscar, como faziam os de *man* Cia. Um suor frio me escorria pelo pescoço e lhe perguntei com doçura... cão, ô cão, você só está de passagem ou está querendo me encontrar?... E, como o animal continuava imóvel, gritei... vai, vai... e, quebrando um galho da nespereira ao lado, bati nas costas dele. O animal deu um grito e desapareceu no mato.

Entrei na choupana, deitei-me na cama de Rainha Sem Nome, transpirando, tremendo e chorando. No domingo seguinte, uma força me empurrou para as florestas encantadas e encontrei a choupana vazia, as portas e janelas abertas ao vento, e o cão preto deitado ao pé da mangueira na qual estava pendurado meu espelhinho. *Man* Cia me esperava, com as patas da frente pousadas uma sobre a outra, e, ao me aproximar, reconheci suas curiosas unhas roxas, estriadas de comprido. Ela me olhava da maneira habitual, sem baixar seus olhos claros, transparentes, com pequenos clarões de ironia bem no fundo. Sentando-me no capim, acariciei minha velha amiga, chorando... o que quer de mim, *man* Cia, diga, o que quer de mim?... e por que transformar-se em cão, se vocês, cães, não têm fala?... por que abandonar nossas conversas?... Veja, veja como você me assusta, ficando aí como se não fosse uma pessoa humana, saída do ventre de uma mulher...

Enquanto eu falava, minha dor se acalmava, ia embora, e eu só me sentia um pouco triste, era como se não estivesse na terra, sob o frescor da nossa mangueira, mas num lugar solene em que o tempo tinha parado, em que a morte era desconhecida. *Man* Cia pôs-se a andar ao meu redor, a me lamber os pés, as mãos, com deleite, e eu já estava me habituando à sua nova forma e lhe dizia, sorrindo... já que você está assim, *man* Cia, então fique como é... domingo que vem eu volto e não vou esquecer de trazer seu chouriço...

Tive vontade de dar um dos nossos passeios habituais e *man* Cia me seguiu, saltitante, dando latidinhos felizes. Um pouco mais tarde, por volta das onze horas, voltei à casa dela e cozinhei um arroz com feijão, que comemos como em outros tempos, à sombra fresca da mangueira. E assim foi nos domingos seguintes. Eu chegava logo de manhãzinha, com um pedaço de chouriço com mandioca, e, estendendo para ela sua comida preferida num prato limpo, sempre lhe dizia... então, *man* Cia, está vendo, não te esqueci, mas, quanto a você, onde estão meu feijão-vermelho e meu arroz?... e ela pulava, me lambia longamente as mãos, me acompanhava aonde quer que eu fosse, com uma espécie de chamado velado e profundo nos belos olhos marrons, que fazia meu coração murchar. Eu falava com ela, contava os acontecimentos da semana, lhe dizia tudo o que não ousara dizer em outros tempos, quando me sentia uma menina que viera à terra por engano. Um domingo, ao subir para encontrá-la como sempre, com uma pequena peça de chouriço, não a achei no lugar habitual, debaixo da mangueira. Fui à sua casa, vasculhei o mato ao redor, afundei-me na floresta, chamei-a até muito tarde da noite. Ela tinha ido embora e nunca mais a vi. Aos poucos, os bichinhos invadiram sua choupana, que um belo dia desmoronou, devorada pelos embuás, pelos cupins...

12

Desde minha chegada ao morro La Folie, eu era amparada pela presença de Rainha Sem Nome, que fazia metade do trabalho de afundar a enxada, de segurar o facão, de carregar cada uma de minhas dificuldades, de modo que, graças a ela, eu era de fato uma negra tambor de dois corações. Pelo menos era isso que eu achava, até *man* Cia se transformar em cão e desaparecer. Então fiquei sabendo que a proteção dos mortos não substitui a voz dos vivos. O lamaçal estava sob meus pés, era hora de me tornar leve, hábil, alada, se eu não quisesse que a vida atolasse por culpa de uma só pessoa...

Todas os meus víveres tinham brotado, estariam maduros para a colheita seguinte e eu já me via carregando na cabeça um cesto cheio, descendo para o mercado de La Ramée. Enquanto isso, as raízes do quintal de *man* Cia me faziam falta, seu óleo, seu sal, seu querosene, a caixa de fósforos que ela recebia em troca de seus serviços de feiticeira e compartilhava comigo, todos os domingos. Se eu não quisesse morrer de fome antes da colheita, precisava voltar aos canaviais da Usina. Mas eu tinha mais medo da cana do que do diabo, alimentava-me de frutos silvestres que me amarelavam a pele e me provocavam fantasias estranhas, alucinações. Certa manhã, ao abrir as portas da minha choupana, vi uma cabaça de arroz a meus pés. Nos dias seguintes, foram malangas, uma garrafinha de óleo e até dois ou três pedaços de tamarindo cristalizado. Uma noite, eu estava postada atrás da minha choupana e vi uma silhueta atravessando a estrada furtivamente, com precauções de ladrão. Alguns instantes depois, o vulto reapareceu num raio de luar e reconheci o chapeuzinho-panamá de aba estreita da sra. Olympe...

Ela morava abaixo da minha choupana, num desnível do outro lado da estrada, e, quando ela não estava a portas fechadas, eu a avistava vagamente através de sua cerca viva multicolorida de arbustos *kawala*. Naquele dia, quando ela voltou do canavial, fui tomada por um bem--estar e, saindo da minha choupana, desci a ladeira que levava à sra. Olympe. Ela estava sentada num banquinho debaixo do caramanchão, o rosto sério e um pouco contraído, altivo, como que para já de início me alertar, avisar que não tinha minha idade, minha categoria, e que de modo nenhum eu deveria achar que era um objeto da mesma prateleira. Continuava estática, examinava-me de cima a baixo, parecia estudar cada passo meu à medida que me aproximava de seu banco. Mas essa artimanha, por mais desconcertante que fosse, era a tática de muitas comadres em Fond-Zombi, e, sem me deixar intimidar, apresentei-me a Olympe, declinei-lhe devidamente minha identidade, da mulher que me criara, disse enfim que viera me informar com ela sobre o canavial, pois eu deveria começar no dia seguinte...

Ela me olhou atentamente:

— Sei de todas as coisas, todas — ela disse num tom singular, e depois, mudando de ideia quase na mesma hora — ... não, não sei de todas as coisas.

Ela parecia ter me esquecido, olhava na direção do morro, depois da montanha, finalmente do mar, do qual uma faixa prateada se tornava visível no fim da tarde. De repente, levantou-se, entrou na choupana e voltou em um instante, trazendo um segundo banquinho. Convidando-me a sentar, disse-me com voz grave que se chamava Olympe e ofereceu-me que viesse buscar brasas ao amanhecer, para acender meu fogo... dava-as a todos, para ela era uma espécie de dever... insistiu. E, quando agradeci, dizendo que passaria a fazer como os outros, que também viria buscar suas brasas, o gelo entre nós começou a se quebrar devagarinho. Lançando sobre mim olhos arregalados de curiosidade, ela observou antes de tudo que era a primeira vez que eu me mudava, não era a primeira? Ao passo que ela saíra de muitos lugares, antes de encalhar aqui neste morro, no meio da confraria dos Deslocados... ah, não fora a calma do lugar que a havia seduzido, tampouco o frenesi dos negros, pois as duas coisas conviviam aqui como em todos os outros lugares; o que lhe agradava, no morro La Folie, era a qualidade do espetáculo... e as coisas se exibem, lançam chamas, tudo pronto para enfrentar os olhos de Jesus Cristo, ela concluiu com voz de admiração, rindo baixinho ao pensar no belo espetáculo que lhe ofereciam os negros do morro La Folie. E, inclinando-se para mim, falou-me de uns e de outros, de Tasie, aquela que nunca mandava recado, de Vitaline e Léonore, que moravam na mesma casa e amavam o mesmo homem, de todos os que lhe vinham à mente, fazendo-os brilhar a meus olhos até com o desvelo e a delicadeza, a minúcia de uma bordadeira que exibe sua mais bela obra. Enfim, toda radiante, ela apontou para a cortina de balatas e de mognos que cobria o cume da montanha... mas tudo isso não é nada, sussurrou, é lá em cima que está o mais perdido de nossos deslocados, o homem do *voum-tac*... ah, aquele de fato pode dizer que conhece todas as línguas da terra, as línguas tal como devem ser faladas, as línguas... pelo menos, quando pega sua flauta de bambu, não são palavras de cão mentiroso que ele lança no ar, são mesmo verdades que sobem ao céu, estou dizendo... E, sempre fixando os olhos na cortina de árvores para além dos canaviais, ela murmurou como que para si mesma... e você, menina, o que acha das palavras?...

Os olhos de Olympe iam do céu para meu rosto, das montanhas para meu rosto, de sua pequena sebe multicolorida para meu rosto, e finalmente ela disse, como em conclusão desse exame, que eu tinha razão de não considerar as palavras. Parecia satisfeita comigo e até afirmou que eu era bem jovem para estar estabelecida na confraria. Eu a olhava surpresa, esperando um sinal, algum esclarecimento para aquelas palavras misteriosas, mas não veio nada. Estava anoitecendo e eu já não distinguia muito bem seus traços. Agora ela era apenas uma silhueta qualquer, numa postura um pouco rígida, num banco, e talvez a penumbra é que me tenha dado coragem, de novo, de lhe perguntar como era o canavial...

Então Olympe se levantou, encheu um copo de rum até a boca e me disse em tom de desculpa... ah, o canavial... e depois tomou o copo, acendeu um cachimbo e ficou calada.

No dia seguinte, ainda noite escura, desci até a casa de Olympe, que me deu um pouco de brasa para acender meu fogo, como faria durante longos anos, até eu ir embora do morro La Folie. Então, depois de cada uma cozinhar sua marmita, tomamos em silêncio a estrada que descia rumo ao vale, rumo aos campos de cana da usina de açúcar. Avançávamos sob a luz evanescente das estrelas, seguidas e precedidas por trabalhadores que tomavam o mesmo caminho, num cortejo de fantasmas indistintos, esgazeados, em que por instantes luzia o raio de um facão, de uma argola cintilando na orelha de uma mulher à nossa frente, que ia com andar de sonâmbula, levando na cabeça um cesto onde seu filho ainda dormia. Muitas também iam com a filharada, que as seguia choramingando, às vezes duas ou três crianças agarradas à mesma saia e se deixando rebocar como peixes ao amanhecer, de olhos fechados e boca inchada de sono. Olympe seguia tranquilamente, com o facão apoiado de lado no ombro, como um fuzil, uma garrafa de rum na cabeça e as pernas completamente cobertas de trapos amarrados com cipós. Eu ia a seu lado, mas ligeiramente recuada, como que para marcar sua preeminência, e vendo os filhos dos canaviais perguntava a mim mesma onde estavam os meus, àquela hora… estavam no meu ventre, agarrados às minhas entranhas, e era lá que tinham de ficar, bem no fundo dos meus intestinos, até nova ordem, eu me dizia.

Embaixo, no fundo do vale, os campos de cana ondulavam sob a brisa e os cortadores se enfileiravam, para atacar a onda com um só movimento de cem facões, seguidos das amarradoras, que separavam as flechas, as palhas de forragem, os colmos cheios de suco que elas logo amarravam, reuniam em pilhas atrás de seus cortadores designados. Já, ao longo do campo, um trenzinho açucareiro corria carregado rumo às altas chaminés da Usina, que se erguiam ao longe, avermelhadas. As foices cortavam rente ao solo e as hastes caíam, as farpas rodopiavam, enfiavam-se por toda parte, no meu lombo, nas minhas costas, no meu nariz, nas minhas pernas, como cacos de vidro. A conselho de Olympe, eu tinha enfaixado bem as mãos, mas aquelas farpas infernais enfiavam-se no tecido, meus dedos comprimidos já não me obedeciam e logo tirei todas aquelas faixas, entrei direto na fogueira do canavial. Olympe avançava com seu facão como um homem e eu recolhia atrás dela, correndo encurvada, amarrando encurvada, selecionando e empilhando o mais depressa possível, para não ficar atrás das mulheres que trabalhavam sem uma queixa, ao meu redor, ansiosas para chegarem às vinte pilhas que constituem uma jornada, vinte pilhas de 25 feixes, dez mil golpes de facão, algumas moedas de zinco com as iniciais da Usina, bacalhau seco, melado da Usina, açúcar bruto da Usina ao preço obrigatório da Usina, trapaça, dois tostões por um. Aos poucos, eu ia ficando esperta e, alguns dias depois, já não amarrava canas, mas entrava com meu velho facão, no volteio das farpas e dos enxames de abelhas, dos zangãos que se levantavam com o sol, atraídos pelos vapores pesados e inebriantes do suco de cana fresco. Eu já ia no mesmo ritmo que Olympe, me revezava com os homens e logo fiquei sabendo que os punhos da mamãe Victoire, os que ela pusera na extremidade dos meus braços, eram de ferro. Chegávamos ao trabalho pelas quatro da manhã, mas era pelas nove horas que, no céu, o sol chegava à altura de cair em nós de fato, atravessar os chapéus de palha e as roupas, a pele humana. Então, no ardor do sol e das farpas, eu transpirava toda a água que minha mãe me depositara no corpo. E por fim compreendi o que é o negro: vento e vela ao mesmo tempo, tambor e dançarino ao mesmo tempo, driblador de primeira, esforçando-se por colher cestos cheios da doçura que cai do céu, aqui e ali, e a doçura que não cai sobre ele, ele a forja, e pelo menos é o que possui, se não tem nada. E, enxergando isso, comecei a beber rum aos golinhos, depois às talagadas, para ajudar o suor a escorrer, a me sair pelos poros. E dobrei uma folha de tabaco e enchi meu cachimbo com ela, e comecei a fumar como se tivesse nascido com aquilo no bico. E dizia a mim mesma, é aqui, é no meio das farpas de cana o lugar de um negro. Mas à noite, quando voltava ao morro La Folie, com o pano de saco em torno do ventre, as mãos e o rosto rachados, sentia-me invadida por uma tristeza leve, sorridente, e pensava então que vivendo assim, no meio da cana, me transformaria em animal e nem mesmo a mãe dos homens me reconheceria mais. Empurrava a porta da minha choupana, comia alguma coisa quente, acendia um toco de vela para a Rainha e rezava um pai-nosso, e lá estava eu na minha enxerga, fechando os olhos para tudo. Às vezes nem tirava a roupa, caía como uma pedra. E o dia amanhecia, e eu retomava meu caminho com o suor da véspera, as farpas da véspera, e chegava à terra da Usina e brandia meu facão, e alguém se punha a cantar e a dor de todos nós caía na canção, e era essa a vida nos canaviais. E de vez em quando eu parava, para repor as coisas no lugar, no meu espírito, e dizia a mim mesma, já sorridente, já mais serena... há um deus para cada coisa, um deus para o boi, um deus para o carreteiro... e depois repetia para meu corpo, tranquilamente: é aqui o lugar de um negro, aqui.

Agora, no domingo de manhã, eu descia à aldeia com todo o morro La Folie, rindo e desfilando até o anoitecer. Eu já estava na miséria, carregava meu jugo, puxava e relinchava, e queriam que eu sofresse por causa da miséria?... então eram risos no adro da igreja de La Ramée, eram pequenas pausas reconfortantes nos botecos das redondezas, enquanto as pessoas de Fond-Zombi encontradas por acaso olhavam espantadas para mim, suada e despenteada, escandalosa, no meio da minha confraria dos Deslocados, Olympe, Vitaline e Léonore e todas as outras, de quem eu não desgrudava. Quando os sinos soavam o fim da missa, Olympe nos atraía para o lado da igreja para apoquentar as boas almas e, gesticulando como uma diaba, insultando a honra e o respeito, ela gritava... a escravidão acabou: se gostarem de mim, não poderão me comprar... se me odiarem, não poderão me vender!... e as críticas choviam, cada um dizia o que achava de Olympe, que tumultuava uma missa como um vagalhão profundo tumultua o oceano. Às vezes uma vizinha, uma conhecida de Fond-Zombi fazia menção de se aproximar e depois virava o rosto, no último instante, com um ar de dor nas feições. Duas ou três vezes, também, surpreendi o olhar do negro Amboise pousado em mim, um olhar indefinível em que se mesclavam o escárnio, o receio e talvez a lembrança do que eu fora em outros tempos. Andava descalço, como eu, vestindo uma camisa e umas calças desbotadas, e nada o distinguia do velho negro cor de cobre que eu conhecera quando jovem. Mas agora eu via nele a aparência de um príncipe, o andar, o porte da cabeça, o nariz de dois tubos de órgão, o olhar sombrio e distante de um príncipe, de fato. E, quando seus olhos pousavam em mim, casualmente, eu me desviava com uma sensação de constrangimento, muito envergonhada em pensar que um negro tão bonito tivesse me amado. Num domingo, eu estava sentada num boteco da aldeia, no meio da confraria dos Deslocados, quando ouvi a voz de Amboise murmurando às minhas costas:

— Télumée, Télumée, o que está fazendo da vida?

Fui tomada por uma dor muito intensa e respondi com descaso, por cima do ombro, sem voltar a cabeça para que ele não visse meu novo rosto.

— Nada mesmo, Amboise, vejo-a fugir, fugir, só isso.

— Ouça – ele sussurrou –, vim para ter uma conversa séria... você continua sozinha... também?

— Sozinha na própria solidão, Amboise.

Depois de um momento de silêncio, a antiga voz voltou a falar atrás de mim, num sopro:

— Lembre-se do que eu disse... mesmo no inferno, o diabo tem amigos... E é simplesmente maneira de dizer, pois de nós dois, se um é diabo, esse sou eu...

— Muito obrigada, Amboise, muito obrigada pelo que você acaba de dizer... mas acontece que hoje sou uma mulher sem esperança e não sei quando ela voltará...

Eu tinha pronunciado essas palavras em voz muito baixa, temendo que os que bebiam à minha volta notassem o que se passava. Esperei um bom tempo e, como não ouvi nenhuma resposta, finalmente me virei para Amboise e vi uma cadeira vazia, uma bolsinha de fumo largada na mesa, ao lado de um copo de rum intocado. Perguntei-me então o que, em minhas palavras, fizera o homem Amboise fugir, e a profundidade da minha decadência me angustiou ao longo de toda aquela tarde, enquanto eu tomava um rum atrás do outro e dava meus escândalos, rindo e me exibindo como nunca. De volta ao morro La Folie, aleguei mal-estar e deixei o grupo meio bêbada, voltei para casa, baixei lentamente a trave que escorava a porta. E depois, deitada em minha enxerga, sumi do mundo para ir ter com minha avó, cheia de remorso ao pensar na linhagem de grandes negras que se extinguira com sua respiração. Meu veleiro encalhara na areia, e de onde surgiria o vento para fazê-lo voltar a navegar?...

No dia seguinte, eu estava bem ajuizada no meu lugar, na terra, no meio das farpas, quando ouvi subir ao céu a voz de Amboise, e fui tomada por uma amargura e meu corpo pesou. Depois a amargura se foi e só ficou a surpresa de ouvir aquela voz elevar-se do meio das canas, pois Amboise sempre dissera que seu suor não adubaria a terra dos brancos. Desejei vê-lo, mas não ousei me virar na direção da sua voz. Lá no alto, por cima da montanha, o sol estava em brasa e fazia um bom tempo que a ceifa tinha começado. Chegara a hora de lutar com o suor, o cansaço, a debandada das almas, e de repente Amboise lançou um *caladja*[6] arrebatador acima do bando:

Naquele tempo vivia uma mulher
Uma mulher que tinha uma casa
Atrás de sua casa uma Bacia azul
Bacia azul com molinete
Os pretendentes lá são muitos, muitos,
Mas devem banhar-se na Bacia
Banhar-se para a mulher
Quem a possuiu?

E o coro, de todos os lados, cortadores e amarradoras, cantava o refrão:

Aqueles jovens que lá se banhavam
Estão no estuário do rio, afogados.

Eu não abrira a boca, por causa da amargura que voltara havia um instante e que eu temia espalhar sem querer à minha volta, despejar sobre os ombros encurvados do canavial. Mas de repente, sem eu saber como, minha voz se soltou de mim e se elevou muito acima das outras, como nos velhos tempos, aguda, viva e alegre, e Amboise voltou-se para mim admirado, e meu rosto estava banhado em lágrimas. E o homem desviou o olhar na mesma hora e ouviu-se o canto até meio-dia. E houve uma pausa,

---

6 Em Guadalupe, canto dos trabalhadores dos canaviais, iniciado por um e depois acompanhado em coro pelos outros.

e os que moravam nas casas da Usina se foram, e ficaram os que tinham levado marmita. Escolhi a sombra de uma sumaúma, na margem da plantação, e o homem Amboise me seguiu sem dizer nada. Uma vez debaixo da sumaúma, recolhi os panos do meu vestido entre as coxas e sentei--me numa pedra achatada, com as pernas dobradas de lado. Apoiei um cotovelo no joelho, pousei a marmita na palma da mão e, com a outra, comecei a remexer o purê de malanga, com a ponta dos dedos, como cabe a uma mulher. Eu fingia ignorar Amboise e de vez em quando balançava levemente a cabeça, como que para afastar alguma coisa, um pensamento que voltava, mas eu não sabia qual. E eu fugia de mim mesma, e meus olhos buscavam o céu, examinavam a estrada. E Amboise viu meu tormento, temendo que fosse assim até minha morte. E havia silêncio entre nós, quando ele falou desta maneira:

— Télumée Lougandor, os negros suam tanto que as mulheres dos brancos se cansam só de ver o suor...

Na mesma hora veio-me a ideia de que o homem esperava me fazer rir com essas palavras, embora fossem pronunciadas com voz grave e marcada de tristeza. E aquilo me divertiu e me fez hesitar ao mesmo tempo, como havia pouco, no canavial, tinha me divertido e feito hesitar a voz daquele negro alto cor de cobre que visivelmente não conhecia seu lugar na terra. E, surpresa, divertida, hesitante, perguntei-me se ele queria fazer rir Télumée, eu, Télumée do morro La Folie, ou se queria fazer rir uma jovem mulher sem esperança. E não ri, pois não encontrara resposta satisfatória. E o intervalo terminou, e voltamos pensativos ao ardor do canavial.

Nos dias seguintes, nos sentamos à sombra da mesma sumaúma, eu na pedra achatada e o homem a certa distância, com as costas apoiadas no tronco liso da árvore. E comemos no mesmo silêncio. E, naqueles dias luminosos, ninguém me desrespeitou, como acontece nos canaviais, pois a foice de Amboise era meu guarda-chuva. E depois, certa manhã, o homem depôs discretamente um feixe de suas canas na minha pilha de cortadora, e não consegui conter as lágrimas. E seu canto subiu tão alto naquela manhã que os feitores a cavalo, ao longe, verificaram se havia de fato uma arma sob os coldres de sua sela. Mas eu estava longe de tudo aquilo, longe do sol, longe das farpas e dos feitores, e só me perguntava se o homem colocara aquele feixe de canas na pilha de Télumée ou se o colocara na pilha de uma mulher hesitante, ou, pior ainda a meus olhos, se era um tipo de homenagem que ele depusera sobre a lembrança de Rainha Sem Nome. E foi por isso que, mais tarde, sentada debaixo da su-maúma, rompi o silêncio com estas palavras:

— Amboise, eu te conheço, você tem uma natureza mais forte do que a de muitos homens, mas é tão covarde quanto todos os homens.

Amboise não parecia ter ouvido minhas palavras, ficou calado, remoendo um pensamento, examinava suas mãos como que para tomá-las como testemunhas do que ia dizer...

— Télumée – ele disse de repente, com ar inquieto –, Télumée, linda felicidade, você é mais verde e mais brilhante do que uma folha de filodendro na chuva, e quero ficar com você, o que tem a dizer, responda...

Olhei longamente para Amboise, pensando que, se os homens inventaram o amor, um dia acabarão inventando a vida; e eu ia tomar meu lugar, ia ajudar aquele negro a chamar a vida bem lá do fundo, para fazê-la voltar à terra. Entretanto, respondi com uma frieza extrema, com voz lenta e contida:

— Amboise, sou um simples pedaço de pau que já padeceu com o vento. Vi os cocos secos permanecerem presos na árvore enquanto todos os cocos verdes caíam. A vida é um quarto de carneiro pendurado num galho, e todo mundo espera ter um pedaço de carne ou de fígado: mas a maioria só encontra ossos.

E acrescentei com dificuldade extrema, com medo de perder completamente a compostura, de ver fugir meu resto de dignidade:

— É sabendo de tudo isso, Amboise, meu negro, que aceito sua proposta.

13

Combinamos que Amboise viria até mim dali a três dias, data em que o céu renascia e, com ele, a lua crescente, sempre favorável às novas uniões. Amboise queria que eu fosse até ele, mas eu preferia esperá-lo no meu chão, debaixo do meu próprio teto. Primeiro preparei a choupana, sapei os arredores, desbastei a trilha de acesso, lavei e esfreguei por dentro como se faz com uma pessoa, uma pessoa limpa, mas que cumpriu seu tempo, uma mulher, não mais uma jovem. Entretanto, levei meu coração a se transformar em pedra, pois não o sentia suficientemente duro para receber um homem no meu chão. Esperava viver, mas no meio de uma tristeza muito suave que talvez fosse a do fim, quando já não há o gosto de viver. Às vezes me via no centro da arena de uma rinha, em plena briga, sangrando, ora um galo, ora o outro, os esporões, as bicadas, ora um, ora o outro, e essas impressões me vinham sempre de forma imprevista, nos momentos mais inesperados, quando eu começava a rir de repente e tinha prazer em ouvir meu riso, ou quando me debruçava sobre uma verbena que crescia à beira da minha choupana e de repente sentia prazer em ter olfato...

No terceiro dia, as últimas horas passaram muito devagar. Eu tinha tomado banho, mergulhada num composto de *man* Cia, até que a última farpa desaparecesse da superfície da minha pele, saísse de baixo das minhas unhas. Depois lavara o cabelo e passara água de cacau nas minhas tranças, envergara meu vestido de domingo, pusera no fogo uma sopa *à congo*[7], cujo flope-flope me ressoava nos ouvidos enquanto eu esperava, sentada numa pedra, na entrada da minha choupana, observando atentamente a lua crescente fininha que aparecera por cima da montanha. Todo o morro estava em silêncio. Diante de suas choupanas, avisadas pelo espírito do lugar, as pessoas espiavam na direção do vale, caladas, com a mão acima dos olhos, também elas esperando a minha hora. De repente, um som fraco de tam-tam se elevou e luzes de tochas apareceram nas encostas, formando como uma esteira luminosa que serpenteava ao longo da estrada, alcançando agora o morro La Folie. Vizinhos, vizinhas iam ao encontro dos visitantes e eu continuava sentada na minha pedra, imóvel, ouvindo meu sangue fluir num ritmo suave, calmo, cantante. O grupo chegou diante da choupana, Amboise à frente, batendo levemente num tambor de peito. Atrás dele vinham uma rabeca, um reco-reco ronronando e vários chocalhos agitados pelas mãos de Adriana, Ismène, Filao e alguns outros de Fond-Zombi. Vindo até mim, todos me dirigiam um breve cumprimento, só um sinal da cabeça, nada mais, como que para dizer que me tinham deixado na véspera e que minha vida correra numa mesma água clara, sem surpresas e sem remoinhos, desde o primeiro dia em que me viram, criança, na choupana de Rainha Sem Nome. Amboise foi o último a se aproximar, e eu não conseguia olhar para ele, continuava sentada em minha pedra, subitamente extenuada, sem força. Ele se

---

7 *Soupe à congo*, espécie de cozido típico da cozinha crioula das Antilhas, feito com carne-seca, tubérculos, legumes e muito tempero.

inclinou, tomou minhas mãos inchadas e, acariciando-as de leve, murmurou, dissimulado:

— Decididamente, a mulher é uma água fresca que mata...

E depois acrescentou lentamente, trazendo no fio de sua voz aquele tom justo de gracejo que permite dizer as coisas aparentando não dizer...

— Ah, uma mulher assim é da altura de um país, e, se você sentir que não chega a tanto, morda a língua e fique quieta...

As pessoas começaram a rir, trocavam-se copos e garrafas, e os improvisadores corriam olhares atentos à sua volta, calculando, examinando a assistência para não se enganarem na escolha de seus gracejos. Estava tudo em ordem, a festa podia começar. Amboise se pôs a cavalo num tambor e, jogando a cabeça para trás, levantou o braço direito com esforço, como se tudo o que tinha visto, ouvido, tudo o que sabia de hoje e de ontem estivesse na ponta de seus dedos esticados. Naquele instante, nós desaparecemos aos olhos do homem e, para ele, foi um momento de perfeita solidão. Depois sua mão baixava com força, enquanto sua garganta se abria para o apelo tradicional aos espíritos, aos vivos e aos mortos, aos ausentes, convidando-os a descer para junto de nós, a entrar na roda escavada pela voz do tambor:

Eu lhes anuncio: estamos chegando
Estamos chegando, Les Rhoses
Eu lhes anuncio: estamos chegando.

Olympe foi a primeira a entrar na roda, erguendo generosamente o vestido, dos dois lados, como querendo dizer que abria o ventre, o peito, diante de todos. Toda redonda, cheia, lembrava uma fruta-pão cacheada, e, quando se pôs a dançar, tornou-se a fruta-pão que uma vara derrubou da árvore e que saiu rolando morro abaixo, despencando por atalhos e caminhos, descendo e subindo com um ímpeto poderoso, a ponto de nos fazer esquecer que o chão sob seus pés era plano. Sua pele resplandecia, havia um brilho em suas faces cheias e lisas e seus olhos levantavam-se para o céu, contemplando a coisa que esperavam desde sempre. Amboise a seguia de perto e, quando ela parecia descer de novo à terra, imprimia ao tambor um impulso que voltava a arrancá-la de si mesma, desvencilhando-a de seus membros, de seu corpo, de sua cabeça e de sua voz, de todos os homens que a tinham pisoteado, despedaçado, dilacerado sua caridade. Ela girava, se abaixava, se reerguia, com um gesto sutilizava nossos tormentos, levava nossa existência às nuvens para nos devolvê-la despojada de toda abjeção, límpida. E depois o ímpeto enfraqueceu, ela se imobilizou no meio da roda, e já outra dançarina a levava para fora com um pequeno gesto de amizade, antes de tomar seu lugar e dizer o que fora feito dela e de seus sonhos... a vida que teria gostado de ter e a que tivera...

Os chamados de Amboise prosseguiram por toda a noite, as pessoas entravam e saíam da roda, enquanto eu continuava sentada na minha pedra, sem ousar resistir ao tambor do homem e sem ousar ceder a ele. De madrugada, Olympe empurrou-me em silêncio para o centro da roda. Todos se calaram. Fiquei imóvel diante do tambor. Os dedos de Amboise moviam-se devagarinho sobre a pele de cabrito, parecendo procurar nela como que um sinal, o chamado da minha pulsação. Tomando os dois lados do meu vestido, comecei a girar como um pião avariado, com as costas encurvadas, os cotovelos erguidos acima dos ombros, tentando em vão desviar golpes invisíveis. De repente, senti a água do tambor escorrer sobre meu coração e lhe devolver a vida, primeiro em pequenas notas úmidas, depois em precipitações que me ondeavam e me aspergiam enquanto eu girava no meio da roda, e o rio corria por cima de mim e eu pulava, e era eu Adriana, e baixava e voltava a me levantar, eu, Ismène, de olhos grandes e contemplativos, eu, Olympe e as outras, *man* Cia como cão, Filao, Tac-Tac voando na frente de seu bambu, e Laetitia com seu rostinho estreito, e aquele homem que outrora eu havia coroado, amado, eu, o tambor e as mãos asseguradoras de Amboise, eu, e seus olhinhos de torcaz à espreita, acossado, e eis que minhas mãos se abriam para todos da roda, pegando as vidas e as refazendo a meu modo, dando o mundo e não sendo nada, uma simples espiral de fumaça, pendurada no ar da noite, só as batidas do tambor que saíam de baixo das mãos de Amboise, existindo, entretanto, com todas as minhas forças, da raiz dos cabelos aos meus dedinhos dos pés.

Foi minha primeira dança e a última da noite, e com ela se encerrou aquele tambor excepcional. Enquanto víamos as pessoas indo embora, em pé na porta da choupana, uma delas deu um grito leve e apontou um pedaço de céu cor-de-rosa que acabara de aparecer, no ponto mais alto da montanha, acima do vulcão. Muito depressa a claridade rósea ocupou metade do céu, ao passo que o resto continuava envolto em escuridão, e, vendo aquilo, a pessoa que tinha gritado murmurou como num sonho... e, agora, que as almas feias desfaleçam...

Houve risos, suspiros abafados, e, depois de uma última saudação a todos, fechamos atrás de nós as portas de nossa choupana.

Naquele belo momento de minha vida, minha árvore da fortuna aparecera e os dias assemelhavam-se às noites, as noites assemelhavam-se aos dias. Nossos alimentos saíam da terra, daquele pedaço de colina quase inculto, cheio de pedras, de cepos que renasciam todos os anos, produzindo brotos de um verde luminoso por cima das massas calcinadas. No fim de cada colheita, um enviado do sr. Boissanville abocanhava a metade de nossos produtos e nós vivíamos do resto, que nos dava o óleo e o querosene, um vestido, ocasionalmente uma calça. Naqueles anos, só vejo satisfação, boas palavras e atenções. Quando Amboise me falava de limões, eu lhe respondia em limões, e se eu dizia corte, ele acrescentava machado. Gostávamos de transplantar as mudas, recompor os sulcos, depositar sementes no ventre da terra. Nosso lote descia em declive suave até o fundo do vale, onde corria um riacho batizado pomposamente de ravina. No pé do declive, vinha uma terra escura e untuosa no ponto certo, daquelas destinadas a produzir inhames longos, secos e macios. A ravina próxima nos dava sua água, a sombra de suas árvores. Amboise quebrava com a enxada os torrões de terra que eu esfarelava, formando uma chuva fina entre os dedos. A cada ano, aquele lugar perdido nos segurava, nos solicitava mais. À medida que nosso suor penetrava naquela terra, ela se tornava nossa, adquiria o cheiro de nosso corpo, de nossa fumaça e de nossa comida, dos eternos moquéns de acomas verdes, acres e picantes. Um canteiro de inhames *paccala* surgira ao longo da margem e, a toda a volta, centenas de gavinhas enrolavam suas lianas tenras e espinhudas, à maneira atormentada da alma que fornece os laços que a prendem. Uma dupla fileira de quiabos cercava essas raízes e, numa outra faixa de terra, bem ao lado, cresciam, em profusão e desordenadamente, malangas, milhos crocantes e alguns tipos de banana. O quintal se embelezava a cada ano, e passávamos nele a maior parte de nosso dia. Uma choça de palmeiras nos acolhia nas horas quentes, e, nas folhas das árvores dos arredores, nossas palavras pareciam ter se depositado. Com isso, as árvores pareciam mais pesadas, moviam-se com precaução ao vento. Ali, debaixo da choça, falávamos de todas as coisas passadas e presentes, de tudo o que nossos olhos tinham visto na terra, de todas as pessoas que tínhamos conhecido, amado, odiado, desdobrando assim nossa vida frágil e, um pelo outro, fazendo-nos existir várias vezes. Ao passarem os anos, sabíamos tudo um do outro, de nossos atos e pensamentos, de nossos vazios. Falávamos com frequência da queda do negro, do que acontecera nos tempos antigos e continuava acontecendo, sem sabermos por que nem como. Amboise era então um cinquentão, de cabelos brancos permeados de mechas pardacentas, e deixava transparecer, sob a calma aparente de seus traços, uma espécie de aplicação em reprimir uma explosão interna, uma onda turbulenta que ele continha com todas as forças. Tomada de paixão, inquieta, eu lhe perguntava se era tão importante assim, a seu ver, sermos negros no atoleiro... e, voltando-se para mim, ele murmurava com uma voz que pretendia ser serena, tranquilizadora, sem nenhuma angústia... Télumée, país querido, quem não deixou o caminho plano para cair na vala nunca saberá quanto é venerável...

O intervalo já estava no fim, deixávamos a choça, sob um sol que se deslocava conosco, seguindo nosso rastro, parando quando parávamos e depois seguindo seu curso, descendo mais, cada vez mais, para lançar sobre nós como que tições avermelhados. O suor escorria de nosso ventre, mas não cedíamos, e depois o sol acabava se exaurindo, enfraquecendo. Era um começo de tarde. Nada se movia, os pássaros estavam calados, cochilando nas árvores imóveis, que não exalavam nenhum aroma. Em alguns lugares, na terra, as crostas vermelhas abriam-se em rachaduras pelas quais saíam formigas incansáveis. Então nos sentávamos perto da choça, à sua sombra, e aí chegava uma das minhas horas preferidas. Debruçava-me sobre o fogão de pedras, tirava as raízes quentes do caldeirão, picava sobre elas os longos meandros de um pepino que sucumbia ao vapor. Depois colhia pimentas meio verdes, guarnecia com elas a beirada de cada prato e, sentados no chão, com os joelhos esticados e os artelhos abertos à fresca, começávamos nossa refeição. Com os dentes do garfo, Amboise espetava uma lamela de raízes, mergulhava-a de todos os lados no molho diabo, depois a olhava por um instante e a levava à boca, mastigando-a bem mais do que o necessário, como se ficasse incomodado, tivesse algum escrúpulo em não a sentir mais, como se cada bocado tivesse seu próprio sabor, que ele era obrigado a sentir até o fim. Assim, era uma grande festa misteriosa, uma incitação muda à continuação da vida, sob todas as formas, sobretudo aquelas que ninguém pode comprar, como uma barriga satisfeita e visitada por todos os produtos da terra...

No fim da tarde, depois de recolhidos os animais, ele despia as roupas esfarrapadas, rudes e grossas, da cor de nossa terra, dobrava-as e as colocava na copa de uma pequena laranjeira e, nu ao cair do dia, me esperava. E essa era outra hora de que eu gostava, pois seus músculos em repouso me esperavam e eu ia até ele, regava-o com água aromatizada com capim-limão, que eu tivera o cuidado de pôr para amornar ao sol, desde a manhã. A água escorria murmurando por seu corpo e o cheiro da água penetrava o ar, que se impregnava de verdor, enquanto Amboise se lavava e espirrava água, que me encharcava, me molhava, me arrebatava. Todos os dias, eu vestia minha roupa do canavial, minha segunda pele, dois sacos de farinha amaciados de tanto lavar e impregnados da minha transpiração. Era uma coisa informe, sem vida, amarrada na cintura por um madras da Rainha, aquele xadrez amarelo pálido, cor de sol decadente. Eu dobrava o madras enviesado, bem na altura dos rins, para que os sustentasse quando eu me abaixasse e me levantasse, me levantasse e abaixasse de novo, ao longo do dia, semeando e capinando. Eu não tinha nenhum talento para fazer os penteados ao gosto da moda, presos no alto ou repuxados para trás, e todas as manhãs minha cabeça se enchia de tranças que eu me esforçava para separar da melhor maneira possível, antes de arranjá-las em coroa. Assim arrumada, sentada à sombra da choupana, eu temia o olhar de Amboise, que nele transparecesse algum dissabor, uma decepção. Mas ele sempre me descobria, jogava a cabeça para trás para receber uma brisa da terra que se levantava ao entardecer, e depois, gratificando-me com seu olhar entendido, apaixonado, inocente, dizia-me quanto me achava bonita com aquela roupa que tinha minha forma, sem artifício nem moda... pois os cadáveres, ele acrescentava sorrindo, os que têm o que esconder, é que são preparados e maquiados.

Ele tinha nascido em Pointe-à-Pitre, numa choupana que abrigava três gerações de negros, até a anciã que conhecera a escravidão e mostrava um seio marcado pelos ferros de seu senhor. Quando jovem, ele trabalhara na usina de Carénage, descarregando trens de cana que vinham de Grande-Terre, e, num dia de greve, sem saber muito bem por quê, ele pulara no pescoço de um policial a cavalo que galopava entre a multidão. Não gostava de lembrar sua estada na prisão. No início, ao que parece, as bordoadas o enfureceram e depois ele se abrandara, sendo levado a considerar com outros olhos sua posição na terra. Seu companheiro de cela lhe explicara o mundo, dizendo seriamente... meu caro, um branco é branco e cor-de-rosa, o bom Deus é branco e cor-de-rosa, e a luz está onde se encontra um branco. Já pela boca de sua avó Amboise soubera que o negro é uma reserva de pecados no mundo, a própria criatura do diabo. Mas na prisão, com a cabeça perturbada pelas bordoadas, os sermões do domingo, as afirmações do companheiro de cela, ele acabara ficando estarrecido diante do "negror" de sua alma e se perguntara o que poderia fazer para lavá-la, a fim de que Deus um dia o visse sem aversão. E foi assim, ele me disse divertido, que teve a ideia de ir para a França, onde viveu por sete anos.

Ele também não gostava de falar da França, temia que certas palavras, certas descrições seduzissem a alma das pessoas, a envenenassem. Naquela época, os negros eram raros em Paris e se concentravam nos dois ou três hotéis que não criavam impedimentos. No seu hotel havia sobretudo músicos de orquestra, garçons de cafés, dançarinas e até um que ganhava a vida justamente representando o negro, numa jaula, agitando-se como um doido e dando gritos, e era isso que aqueles brancos gostavam de ver, segundo Amboise. Ele, por sua vez, como não tinha nenhum talento particular, enfiava pedacinhos de ferro numa espécie de buraco, da manhã à noite. No início, tomara-se de admiração diante da força de alma dos brancos, que tinham todos um ar de solidão, todos bastando a si mesmos, como deuses. Nos primeiros meses, o mais penoso era que ele não se sentia de modo nenhum obrigado a viver, poderia desaparecer a qualquer instante sem que ninguém percebesse, uma vez que não sustentava nada, não equilibrava nada nem bem nem mal. Mas, depois de dois ou três anos, teve a impressão de estar num pesadelo, daqueles pesadelos que ele tinha na infância, depois de algumas histórias contadas à noite. Quando saía do hotel, parecia-lhe atravessar lugares povoados de espíritos malignos, estranhos à sua carne e a seu sangue e que o viam passar com a mais completa indiferença, como se a seus olhos ele não existisse. Agora ele ficava o tempo todo aparando golpes invisíveis que aquelas pessoas, ao que parece, dão nos outros sem pensar. Não adiantou alisar os cabelos, reparti-los de lado, comprar um terno e um chapéu, arregalar os olhos para receber a luz, ele continuava andando sob uma avalanche de golpes invisíveis, na rua, no trabalho, no restaurante, acaso as pessoas não viam todos os esforços que ele fazia e que ele precisava mudar tudo, substituir tudo, pois o que há de bom num negro?... foi isso que Amboise se perguntou, durante os sete anos que passou na França. Nunca soube o que aconteceu em si mesmo e como chegou, no fim de sua permanência, a considerar os brancos como bocas que se empanturram de desgraça, como bexigas estouradas que se erigiram em lanternas para iluminar o mundo. Quando voltou a Guadalupe, só desejava caminhar descalço ao sol, pronunciar as palavras de outrora, nas ruas de Point-à-Pitre... como você tem se virado, irmão?... não vá desistir, mantenha-se firme, pois a luta é dura, meu velho, dura de verdade, irmão... esse era seu sonho, e depois mergulhar na água profunda das mulheres daqui, acariciar nossos cabelos curtos e rebeldes que não crescem nunca. Lavara da cabeça todas as ideias brancas, mas não guardava nenhum rancor. Aquela gente era de uma margem e ele era da outra, não enxergavam a vida pelo mesmo lado, só isso, irmão...

Ao fim de algumas semanas, ele retomara sua vida de antes, seus hábitos, o trabalhinho na Carénage, e mantinha o mais absoluto silêncio a respeito da França e dos brancos, evitando até olhar para os que encontrava nas ruas de Pointe-à-Pitre, com aquele ar que eles têm de estarem flutuando acima do corpo e de estarem ali a contragosto. Um dia, ao ver um deles avançar pela calçada, sentiu de repente a misteriosa vontade de lhe abrir a garganta com seu canivete. O homem não tinha nada de particular, não era mais do que uma carne branca entre outras, com pensamentos brancos que lhe corriam por toda a pele branca da testa, cheia de veias. Entretanto, Amboise pegara seu canivete no fundo do bolso e preparava-se para sangrá-lo como um porco, bem no meio da rua Frébault. No último instante, a ideia do que estava para fazer o deteve. Nos dias seguintes, o espírito que se apossara dele voltou à carga, era agora um sofrimento insuportável, uma divisão constante entre a vontade de ferir uma pele branca e o horror de um gesto como aquele. Sua vontade já não lhe pertencia, foi depositá-la nas mãos de um feiticeiro, que lhe disse assustado... Amboise, meu filho, não posso fazer nada, pois você está habitado pelo espírito de Satanás e está sob o comando dele. No dia seguinte, Amboise se despediu dos amigos e se embrenhou até o mais profundo dos morros de Guadalupe, chegou aos contrafortes da montanha, longe das ruas de Pointe-à-Pitre, longe até dos canaviais, longe de qualquer rosto branco. Foi assim que se tornou serrador de tábuas nas florestas, em Fond-Zombi.

Aqui, quando ele falava da França, as pessoas o olhavam como uma ovelha desgarrada, que enlouquecera por ter visto tanta coisa. Então Amboise se calava, passava longos dias sem abrir a boca, como que num protesto mudo. Mantinha-se em pé na terra do lugar, como gostava, muito ereto apoiado nas duas pernas, ou encostado numa árvore, numa cadeira, na cerca da nossa choupana, com o corpo todo apoiado numa perna só, com a outra ocupada em traçar círculos, arabescos no chão enquanto ele calculava, sopesava os abismos. Nesses momentos, seu pescoço se deslocava, sua cabeça já não era o prolongamento do corpo, esticava-se para o lado, na direção do sol, de tal modo que ele era forçado a baixar os olhos para ver o que acontecia lá embaixo, entre os homens. E em seus olhos havia então uma espécie de disponibilidade perpétua, como se a qualquer momento ele pudesse ouvir uma palavra que o tranquilizasse para sempre e como se essa palavra pudesse sair de uma boca qualquer, num momento qualquer. Mas ela não vinha, ele nunca a ouvia, pois ninguém aqui seria capaz de pronunciá-la, e até mesmo minha boca se calava, desolada. Então ele se inclinava para mim e murmurava baixinho, com uma voz que vinha das profundezas da solidão e do frio... Télumée, nós apanhamos por cem anos, mas temos coragem para mil anos, estou dizendo, estou dizendo...

Passávamos aqueles dias como dois polvos atacados no fundo do mar, lançando tinta para não enxergar nada. E depois ele sempre acabava por voltar à praia, para voltar à terra perdida de Guadalupe, que tanto necessitava ser amada. Mas ele fingia indiferença nos primeiros tempos de sua volta, dizia em tom um pouco seco que o homem não é mais que um peixe que devora homem, e que ele já não censurava os tubarões. Era isso, o céu era o teto do mundo, ampla e diversa era a morada, mas as portas não se comunicavam umas com as outras, pois todas estavam fechadas. E, pegando seu velho cachimbo, ele o enchia, com um ar cheio de nostalgia, e, voltado para o céu, enviava-lhe algumas espirais de sua fumaça...

Com os anos, essas ausências do mundo se fizeram raras, depois desapareceram, dando lugar a um espanto calmo e tranquilo diante da fantasia do negro, sua beleza de coisa inacabada, brotando perpetuamente. Só podia nos ver assim um homem que havia atravessado o mar, conhecido a tentação de se manter longe do país, de considerá-lo com olhos estrangeiros, de renegá-lo. Ele dizia que mãos inimigas tinham se apoderado de nossa alma e a tinham modelado a fim de que se voltasse contra si mesma. E agora as pessoas aguçavam os ouvidos, por causa da maneira como ele pronunciava aquelas palavras, e algumas até arregalavam os olhos, atentas para captar suas vidas flutuantes, vagamente ofuscadas. E, se alguém dizia que o negro merece sua sorte, por ser incapaz de ter o ímpeto que o salvará, Amboise fazia sempre a mesma pergunta, sempre no mesmo tom... diga, irmão, que ímpeto salvará do facão o cabrito amarrado no meio da savana?... e as pessoas sorriam, e nos sentíamos como o cabrito amarrado na savana, e sabíamos que a verdade de nossa sorte não estava em nós mesmos, mas na existência da lâmina.

Quando viera até mim, o homem Amboise estava no início dos 50 anos e desde então não cessara de envelhecer, ao passo que a carcaça continuava cheia de juventude e vigor. E por isso as pessoas diziam rindo, falando dele... sabe quem?... o Homem com cara de pai em corpo de filho. Todos aqueles anos tinham transcorrido, os rios se ramificaram, e eu não sentira o tempo passar por causa daquele homem, que me agraciava com um sopro de eternidade. Nossas águas tinham se misturado, confundido, e pequenas correntes quentes as percorriam ao longo do dia todo. Naquela época bonita da minha vida, parecia-me que até os maus viviam em paz, praticando uma espécie de atividade indispensável a seu brilho, e eu os via com olhar indulgente, o olhar que eu tinha para o ferrão das abelhas, a cauda translúcida do escorpião, o papilho daquelas maravilhosas flores de açafrão-bravo que envenenam só de serem tocadas com o dedo. Para nosso trabalho, tínhamos comprado um boi que se acostumara à voz de Amboise e andava mais devagar, para ouvir melhor, quando ele dizia alguma coisa interessante. Eu gostava daquele boi, e todos os dias me congratulava por ser deste mundo.

No fim, nas suas últimas semanas de vida, rumores estranhos percorreram o campo, chegaram à nossa pequena choupana do morro La Folie. Dizia-se que os cortadores de Grande-Terre tinham entrado em greve, levados por negros valentes que conversaram com a Usina, conversaram de verdade e obtiveram dois tostões a mais para os homens, um tostão para as amarradoras. Amboise não tinha feito nenhum comentário, mas nos seus olhos surgiu um brilho estranho que logo apareceu em todos os olhos dos homens da vizinhança, em La Folie, em Valbadiene, em La Roncière e em Fond-Zombi, e até nas choupanas dos negros que viviam sob a proteção da Usina, no fundo do vale. O preço dos alimentos aumentara muito nos últimos anos e os vales da Usina não tinham dado cria. Havia muito tempo, os armazéns fechavam suas cadernetas de crédito, os trabalhadores do canavial estavam esgotados e seus filhos entregues à compaixão do céu. As línguas se ativavam, os pescoços se aprumavam e muitos se perguntavam onde estavam as leis da terra, se os próprios armazéns já não davam crédito. Pressentindo uma insatisfação, os capatazes lançavam ameaças de cima de seus cavalos, galopavam ao longo das fileiras de cortadores, com olhar inquieto. Mas as palavras continuavam caminhando, impeliam outras palavras debaixo das altas flechas de cana. Foi decidida uma greve e ai daquele que tomasse o caminho dos canaviais, talvez encontrasse a morte em vez do pão. Certa noite, vindos de Fond-Zombi, de Valbadiene e de La Roncière, três homens entraram na nossa casa

227

para pedir a Amboise que representasse as três comunas, na manhã seguinte, diante das autoridades da Usina. As pessoas de Grande-Terre, explicaram, tinham encontrado negros hábeis para apresentar suas queixas aos usineiros e por isso conseguiram os dois tostões. Ora, nas comunas abandonadas daqui, Amboise era o único homem que tinha viajado, o único que conseguiria encontrar as palavras, em francês da França, que agradariam e mostrariam a resolução do negro: o que ele tinha a responder?...

Vi meu homem entrar num longo devaneio, e, enquanto ele mordia a piteira do cachimbo, soprava para cima uma espiral de fumaça, um dos três enviados lhe disse seco:

— Amboise, qual ímpeto salvará o cabrito do facão?

Amboise tirou a piteira do cachimbo, sorriu à lembrança de suas próprias palavras e murmurou com voz tranquila:

— Irmão, você disse tudo.

Já ao amanhecer, os morros ecoaram os toques das conchas-rainhas sopradas por toda parte no campo, chamando indecisos, temerosos e desencantados. De todos os lados, cortejos desordenados de negros maltrapilhos tomavam o caminho da Usina, avançando em grande silêncio espantado, carregado de vários séculos de medo e amargor. Ao se aproximarem da Usina, as pessoas formaram uma coluna, tendo à frente Amboise, seguido pelos três homens que o tinham escolhido. Assim que a coluna entrou no pátio, um branco apareceu no patamar da escada que levava ao escritório. Amboise deu um passo à frente e declarou com voz alta e clara, um pouco trêmula:

— Outro dia alguns cortadores vieram até aqui, falaram com vocês e só receberam ameaças. Acham que um homem que trabalha é um pássaro? E seus filhos são filhotes de pássaro? Bato no peito e lhes pergunto: aqui, quem é que trabalha, quem planta esses canaviais e os corta e queima? Só que todo mundo sabe que saco vazio não para em pé, ele cai, simplesmente cai. Então viemos perguntar se estão decididos a fazer com que o saco se mantenha em pé: qual é sua resposta?

— Minha resposta continua sendo a mesma.

Com essas palavras, o homem da Usina deu uma espécie de pirueta e desapareceu. E os outros começaram a berrar, a se empurrar, a querer entrar todos juntos na Usina para saqueá-la, para quebrá-la. Nesse momento, alguém lá de dentro mandou acionar as caldeiras, cujos tubos desembocavam no pátio da Usina. Jatos ardentes de vapor se despejaram sobre os homens que se acotovelavam diante do prédio. Três foram completamente queimados, entre os quais o homem Amboise, outros se feriram, um ficou cego. De prontidão desde a madrugada, os policiais que chegaram durante a noite a La Ramée lançavam seus cavalos contra a multidão, que tinha começado a atacar os homens da Usina e as construções. Nunca se soube quem havia acionado os jatos de vapor fervente. Amboise foi embrulhado num saco e levado nos ombros por quatro homens até nossa choupana do morro La Folie. Depois de um velório sem palavras, sem canto nem dança, foi levado às pressas para o cemitério de La Ramée, pois as queimaduras tinham acelerado a decomposição das carnes.

Assim que amanhecia, eu vinha me sentar à sombra da nossa choça de palmeiras e via Amboise comer, mastigar longamente, a seu bel-prazer, e depois a água com capim-limão escorria por sua pele enquanto o aroma invadia o ar, o interior da choupana, até os lençóis de nosso leito. Quando a noite chegava, eu punha a trave de madeira na porta e a noite se passava como antes, com a mesma glória, o mesmo encantamento do corpo que dá e toma, e se desintegra. Depois de alguns meses, tornei--me cerosa, cadavérica. As pessoas me suplicavam que não vivesse com um morto, pois ele me esgotaria, me ressecaria e em pouco tempo a terra abriria os braços para mim. Eu precisava me revigorar, antes que fosse tarde demais, ir ao túmulo do homem levando galhos espinhentos de acácia e fustigá-lo o mais que pudesse, o mais que pudesse. Mas eu não podia lutar contra Amboise, esperava-o todas as noites, e assim a vida ia se escoando do meu corpo, num fluir contínuo. Certa noite, ele me apareceu em sonho e me pediu que o ajudasse a ir para junto dos mortos, onde ainda não estava inteiramente, por minha causa, ao passo que por causa dele eu já não estava inteiramente viva. Ele chorava, suplicava, dizendo que eu precisava manter minha posição de negra até o fim. No dia seguinte, cortei três varetas de acácia e desci até o cemitério de La Ramée, e fustiguei o túmulo do homem Amboise, fustiguei...

14

Os velhos ainda se lembram daquela greve, que chamaram de Greve até a Morte. Ela durou alguns dias e depois se extinguiu sozinha, como uma onda que vem e depois se vai, deixando um pouco de espuma na areia. Quando os negros compreenderam, retomaram o trabalho espontaneamente, a Usina anunciou que concedia os dois tostões. Por algum tempo ainda, as conchas-rainhas mantiveram a terra fresca, úmida e brilhante, em torno dos três novos túmulos do cemitério. Depois o sol, o bico afável dos pássaros, os pés distraídos das crianças levaram os túmulos ao destino comum. Tudo se fizera depressa demais, a morte de uns, a volta dos outros ao canavial, à vida, e uma desgraça vinda do céu envolveu Fond-Zombi, La Roncière, Valbadiene e o morro La Folie. Já não eram mais que trombas-d'água seguidas de um sol avermelhado, que fazia a pele se soltar por placas. E já não se via em lugar nenhum, de manhã, aquela espécie de pegadas longas como um corpo de homem, leves como passadas de criança, que marcam aqui embaixo a passagem de Deus. Todas as noites ouvia-se o barulho dos rolos de correntes arrastadas pelos mortos, escravos assassinados naqueles mesmos lugares, Fond-Zombi, La Roncière, La Folie, tal como perecera lastimavelmente o homem Amboise. E, quando a doença atingiu a boca dos animais domésticos, as pessoas balançaram a cabeça e se calaram, sabedoras...

Meus olhos eram dois espelhos foscos, que já não refletiam nada. Mas, quando me trouxeram vacas espumando, com o cachaço cheio de crostas escuras, fiz os gestos que *man* Cia me ensinara, e, um depois do outro, os animais readquiriram gosto pela vida. Correu o rumor de que eu sabia fazer e desfazer, de que eu detinha os segredos e, com um enorme desperdício de saliva, fui alçada, a contragosto, à categoria de curandeira, de feiticeira das boas. As pessoas subiam até minha choupana, depondo em minhas mãos a desgraça, a confusão, o absurdo de suas existências, os corpos mortificados e as almas, a loucura que grita e a que se cala, as misérias vividas em sonho, toda a névoa que envolve o coração dos humanos. Eu as via chegar aborrecida, enfastiada, ainda prisioneira do meu próprio pesar, e depois seus olhos me intrigavam, suas vozes me despertavam de meu sono, seus sofrimentos me atraíam para elas como uma pipa que desenredamos dos galhos altos. Eu sabia fazer fricções, conseguia mandar algumas flechas de volta ao lugar de onde vinham, mas, quanto a ser adivinha, ai de mim, não era mais adivinha do que a Virgem Maria. Entretanto, as pessoas me pressionavam, me solicitavam, me obrigavam a carregar nos ombros os seus pesares, todas as suas misérias do corpo e do espírito... a vergonha, o escândalo das vidas dilapidadas... Então eu acendia uma vela de curandeira e fazia gestos, alguns aprendidos com *man* Cia, outros de que ouvira falar, outros ainda que não vinham de lugar nenhum, surgidos da espuma e dos gritos.

Um dia, chegou à minha casa, vindo da comuna de Vieux-Habitants, lá no outro extremo da ilha, uma mulher de certa idade trazendo no colo uma menina de 4 ou 5 anos, com o corpo tomado por feridas purulentas. O tempo estava instável naquele dia, o céu de chumbo, sem nuvens, roçava a massa escura das copas, e a presença daquela mulher oprimida e tão distante de sua casa me afligiu... Com seus onze filhos, segundo me disse, ela aumentara bastante a miséria da terra, e a última, que era aquela, poderia ter germinado em outro lugar que não seu ventre... Aquela semente não quisera morrer, embora fosse realmente a escória de suas entranhas, e ela lhe dera o nome de Sonore, para ter a certeza de ouvi-la bem, de não descuidar de seu sopro de vida... Apegara-se àquela pequena obstinada e agora... Então a trouxera e a confiava a mim...

Comecei a pensar, considerando minhas entranhas que não haviam frutificado, o céu cor de chumbo, a aflição daquela mulher e, tomando-lhe a filha das mãos, senti agitar-se em mim algo inaudível e esquecido havia muito tempo, e era a vida. A mulher suspirou de satisfação e depois se foi. Comecei a cuidar da criança com sene, com santônica, com suco de ervas. Dei-lhe banhos de mata-pasto, umedecia-lhe as juntas com alho, massageava-a suavemente dos pés à cabeça. Ela expulsava os vermes que a devoravam, seus choramingos davam lugar a gritos e, aos poucos, os abscessos tornavam-se crostas, depois simples manchas rosadas, que eu lavava em água colocada ao sol. A criança mal se mantinha em pé e já queria me seguir por toda parte, com um sorriso tímido e indefinível ornando-lhe o rosto. Assim se passou um ano. A mãe veio vê-la e voltou sozinha, tranquilizada. Sonore ficara a meu lado, meu rebento; crescia viçosa, espraiava-se à luz e depois, ao cair da noite, sentava-se no meu colo, muito concentrada à luz do lampião, enquanto eu lhe contava histórias antigas, Zemba, o pássaro e seu canto, o Homem que vivia pelo faro, centenas de outras, e também todas aquelas histórias de escravidão, de batalha sem esperança, e as vitórias perdidas de nossa mulata Solitude, que em outros tempos minha avó me contara, sentada naquela mesma cadeira de balanço em que eu estava. Eu começara a reverdecer e muitos tentaram sua sorte, deixando diante da minha choupana montes de lagostins e de ervilha. Mas eu ria, amarrava laços nas tranças da criança, que agora ia à escola e dizia, com ar sério, a quem lhe perguntava de mim... minha mãe é capim-ferro, não se dobra para nenhum homem...

Sonore tinha a carne rechonchuda, tenra, quando a tocava me vinha um gosto de manga à boca e me surpreendia, pois nunca ouvira nada semelhante, de nenhuma criança, na boca de nenhuma mulher. Quem a via pela primeira vez não via mais do que um terno animal encantado pelo sol. Parecia estar ali para viver, simplesmente para viver, assim como os pássaros cantam, os peixes nadam, e até suas duas narinas inspiravam tais pensamentos, narinas bem abertas para o mundo, palpitantes, modeladas apenas para respirar o ar e fazê-la viver. Mas nela restara algo frágil, em sua nuca, por exemplo, na ponta transparente de seus dedos, no seu andar ainda hesitante, que fazia imaginar pés redondos, ao passo que não era nada disso, era somente uma hesitação de sua alma, um ligeiro tremor interno diante da vida. Sua fragilidade, sua dependência, sua riqueza infinita me confundiam. Ela tinha muito orgulho de meus talentos de feiticeira e, quando eu lhe expunha minha ignorância, minha incapacidade de decifrar as mensagens dos espíritos, ela ficava surda e muda, achando que fosse artimanha. Eu tentava em vão extinguir minha reputação, limitando-me cada vez mais a fazer fricções, a preparar poções, a ajudar, com minhas mãos, os negrinhos a verem o sol. Recusava qualquer remuneração e as pessoas se afastavam, decepcionadas, pensando que eu perdera a maior parte de minha força, como acontece. Pude então voltar a meu quintal e logo constatei que as plantas apreciavam minha influência, com exceção do milho e dos guandus, que não gostavam da minha mão, e de algumas árvores masculinas que precisam ser cuidadas pelo homem. Tive o que vender em toda a estação e já vislumbrava um cômodo a mais na choupana de Rainha Sem Nome, primeiro esboço da venda que um dia livraria Sonore do canavial. Ela deixara a escola, entrara na lida, lavava, cozinhava, passava, andava por todo lado, arrancava as ervas daninhas, ignorava o mal da terra. Agora eu estava com cabelos brancos, barbelas me pendiam do pescoço e eu tinha manias, falações de velha, repisando o dia todo uma só ideia, a da esperança abrigada numa criança. Entretanto, Sonore já adquirira algumas curvas e eu a arreliava por causa de seus "esplendores", que era como eu chamava seus peitinhos e seu traseiro. Dizia que ela puxara exatamente a mim, que por volta dos 13 anos todos diziam que tinha corpo de violão. Sonore se divertia muito com essa ideia e sempre me perguntava que som eu produzi quando me tocaram pela primeira vez. E, quando ela me dirigia a flecha direta e clara de seu olhar de criança, talvez com uma ponta invisível de malícia bem no fundo de seu olho escuro, brilhante, cândido, eu me desconcertava e murmurava num sonho evasivo... ah, ah, polvo astuto... a música foi tocada há muito tempo...

Coisa curiosa, desde que eu renunciara à feitiçaria, algumas mulheres do morro me acusavam de conjurar as vontades, de eliminar os produtos do ventre de suas vacas, enfim, eu inventara e criara o sofrimento dos homens, eu era medonha. Mas Sonore continuava na minha esteira, e à noite, ao me deitar, ela sempre me tranquilizava com uma boa palavra... ai, mãe Tétèle, tudo o que dizem de você é vento, as pessoas não te conhecem, não sabem nada de tua respiração...

Depois ela se aconchegava em mim e, envolvendo-me com um gesto protetor:

— *Man* Tétèle, somos nós que choramos de solidão, quando à noite fechamos as portas?...

Murmurava essas palavras com voz estranha, tranquilizadora, a voz do adulto dirigindo-se a uma criança, e, quando começávamos a rir, no escuro, por puro prazer, como duas ladras, eu dizia dentro de mim mesma que ela reanimava todo o povoado, como o balizeiro-vermelho reanima toda a floresta...

Nessa mesma época, vindo de Côte-sous-le-Vent, um nômade construiu uma choupana de bambus do outro lado da ravina que delimitava o pedaço de terra que me fora atribuído pelo sr. Boissanville. Era um velho negro de pele carbonácea e sem brilho, de olhos turvos com filamentos avermelhados, que se iluminavam de inocência ao mínimo surgimento de um ser humano. Observados isoladamente, seus traços não ofereciam nada de notável, mas eram descombinados e não se entendia o que faziam juntos aquele nariz curto e chato, aquelas finas sobrancelhas femininas, a boca sem lábios, esticada, apertada para dentro, o rosto muito redondo e liso, apenas alguns fios de cabelos brancos, espiralados, espetados aqui e ali na esfera de seu crânio. Com seus bracinhos esguios que se agitavam o tempo todo, ele dava uma leve impressão de morcego, e era de esperar que, de uma hora para outra, surgisse de suas narinas algum guincho agudo, perturbador. Disse chamar-se Médard, mas os moradores do morro La Folie, por uma espécie de zombaria espontânea, imediatamente o batizaram com o nome que lhe ficou, anjo Médard. Plantava alguns legumes, armava laços para os guaxinins, alimentava-se de capim e de vento, decerto, e quando uma fina coluna de fumaça subia, à noite, na outra vertente da ravina, Sonore me dizia com voz infeliz... eu me pergunto se aquele homem não está cozinhando um punhado de pedregulhos só para nos fazer acreditar que ele também come...

Alguns dias depois de sua chegada, passaram a correr rumores estranhos a seu respeito. O único apelido digno do homem seria o que lhe deram as pessoas de seu povoado, Homem do Cérebro Dançante. Era uma brincadeira de língua humana, mas que revelava o segredo de um ser criado para o mal. Deus fizera o anjo Médard para corromper o mundo, e por isso o mundo o marcara, aplicara-lhe um cunho definitivo. Acontecera em Boucan, seu povoado natal. Um dia, depois de sórdidas chicanas, seu irmão lhe havia desferido um forte golpe de facão, abrindo e desmantelando todo um lado do crânio, justamente onde ainda se percebiam vagos estremecimentos, por baixo do couro cabeludo. Dizia-se que, se sua cabeça estivesse inteira e se a haste de suas coxas tivesse conseguido se levantar, lançar algum fluxo brilhante no ventre de uma mulher, a propagação do mal não teria tido fim. Deus mesmo impusera limites ao ímpeto que lhe tinha dado. Assim que o rumor se propagou, fez-se um vazio em torno dele e, ao passar pelo caminho, as crianças jogavam pedras na direção de sua choupana de bambus. Vendo-o insinuar-se em suas trevas, com a cabeça inclinada para o lado aberto, como um pássaro ferido, Sonore dizia baixinho... *man* Tétèle, apesar de tudo ele não pode desaparecer da terra, e eu bato no peito e digo: seria preciso esse homem desaparecer da terra para agradar a eles. Eu não sabia o que pensar, dizendo a mim mesma que a maldade do negro é como um fuzil com bala de festim, ao passo que a maldade da vida é um fuzil com balas reais, que perfuram e matam. Pouco depois, eu entrava na venda nova do morro e o anjo Médard estava diante do balcão, para comprar uma garrafa de rum. Uma luz poeirenta, prateada, caía do céu, e em algum lugar, talvez perto do rio, uma mulher cantava com voz muito suave uma canção de abandono. Dois ou três negros conversavam na varanda, com um copo de anisete na mão. A atendente lhes deu uma piscadela e depois, toda risonha, colocou sobre o balcão uma garrafa de querosene. Então beba um gole, ela disse ao anjo Médard, estendendo-lhe um copo. O homem perdeu as estribeiras, ficou furioso, e, vendo isso, as pessoas caíram na gargalhada. Eu também tinha pedido um litro de rum e, quando Rose-Aimée o trouxe, empurrei-o na tábua do balcão para perto do anjo Médard, enquanto um fio de voz agudo e desagradável me saía da boca... o senhor não me observou bem, sabia?... nunca notou que também tenho o cérebro dançante?...

Médard me encarou com seus olhos ternos, onde surgia uma chamazinha de incredulidade. No dia seguinte, ele surgiu no nosso quintal, declinou sua identidade, sentou-se, ficou calado e foi embora. Aos poucos ele ia quebrando o gelo, cortava lenha para nós, levava nêsperas do mato para Sonore. Ele falou e de sua garganta não saía nenhum uivo animalesco. Agora rondava pelas nossas redondezas, à maneira de um animal de estimação que gira em torno dos nossos pés sem atrapalhar. Todas as manhãs vinha ter conosco para tomar seu café, escavava algumas raízes, reparava um sulco, firmava uma chapa do telhado que se soltava com o vento. Aos poucos, passei a lavar sua roupa, a passar, deixei um lugar para ele na nossa pequena mesa. Em seguida, quando chegaram as chuvas, vendo-o encharcado como um cão em sua choupana de bambus, todas as manhãs respingando água, com os olhos esbugalhados de insônia, estendi uma cortina que dividia nossa choupana em duas partes e coloquei uma enxerga num canto, ao lado da porta, para o anjo Médard. Quando ele foi para meu chão, as pessoas do morro pensaram que o mundo virara do avesso e que aquilo era um sinal dos tempos. Agora me abordavam com um calafrio imperceptível e um leve suor surgia-lhes no lábio ao me falarem do anjo Médard, dizendo que aquele negro era uma reserva de crimes no mundo... e por que eu havia de pescar em água turva uma vez que existiam tantas outras claras e transparentes?... As pessoas do morro eram mais avisadas do que eu, sabiam da existência do mal de todas as maneiras possíveis, viam uma planta e diziam: regue-a... e diante de outra: queime-a. O mal já estava na terra bem antes do homem e permaneceria depois do aniquilamento da raça humana. Assim, tal como se apresentava, o assunto ultrapassava infinitamente os limites do morro La Folie, havia escapado de suas mãos e estavam assistindo circunspectos ao que se seguia, para não ofender a vontade de Deus. Já não sabiam quem eu era e, se os burros não morressem, do que se alimentariam os abutres?...

O anjo Médard começou a cercar Sonore com uma rede de pequenas atenções delicadas, cocos verdes, pintinhos para criar, lagostins, cachos de jambo, sandálias que ela encontrava ao pé da cama, ao acordar, trançadas pela mão do homem. Ele lhe dava nomes de sonho, tinha a arte de transfigurar todas as coisas, em tempo de chuva dizia que o céu estava azul e o repetia até que a menina batesse palmas, achasse o dia maravilhosamente bonito. Os pés, os dedos, os olhos de Sonore eram de fada, não havia vestidos, laços que fossem caros demais, ele não parava de lhe dizer, e ia percorrer a montanha por dias inteiros para trazer uma cutia, um casal de torcazes, palmitos que ele trocava na venda por uma bijuteria. Inventara uma linguagem de pássaro, e às vezes ela lhe estendia um punhado de sementes de gergelim, que ele bicava curiosamente, em sua mão, fazendo caras e dando gritinhos que a faziam gargalhar. Então Sonore lhe fazia cócegas na bochecha e, voltando-se para mim, o anjo Médard dizia em tom queixoso que sofrera ataques imprevisíveis da vida, aquele monstro desenfreado, mas nada se pegara à sua pele, nada entrara em seu sangue, tudo para ele era sempre novo e cada vilania continha em toda ela um efeito de surpresa, pois ele mantivera um coração de criança. Imperceptivelmente, passou a ter caprichos, indisposições imaginárias, gulodices, a fazer todo tipo de exigências pueris que eu não ousava recusar, considerando o olhar terno e indulgente que Sonore lhe lançava. Quando eu me enraivecia, ele me suplicava que despejasse meu nervosismo em cima dele, para me aliviar. Eu era uma pessoa afortunada, ele dizia, e toda a sua alegria era me contemplar, ele, o morto sem felicidade. Entretanto, a comida estava malcozida, a enxerga lhe dava coceira a noite toda, e até suas camisas já não eram passadas como antes. Se eu varria, lançava a poeira de propósito em seus olhos, se lhe servia um prato muito quente, era na esperança de esfolar seu palato, e, enfim, quando eu penteava Sonore, ele achava que eu lhe puxava as tranças com toda a força, por ter inveja de seus belos cabelos. Eu já não sabia o que fazer, sem coragem de mantê-lo em casa e sem coragem de expulsá-lo, por causa de Sonore. Em torno dele, sempre se fizera um vazio, de modo que ele realmente não tivera oportunidade de se manifestar, era um violinista sem violino: e, em mim, ele tinha um instrumento. Levantava-se bem cedo e aplicava seu resto de cérebro em fazer germinar pensamentos sutis, artimanhas destinadas a me levar a lamentar a vida. Era esse seu único objetivo, no caso, pois não lhe importava nem um pouco existir para si mesmo. Já não cortava lenha, não arrancava nem um tufo de erva daninha, preservava seu suor intacto no fundo da medula. E se, na ausência de Sonore, eu levantava uma faca acima de sua cabeça, ele refreava um sorriso e, tomando o céu por testemunha, dizia com voz lamurienta que o homem não pode impedir nada, nem sua vinda ao mundo nem sua morte. Assim, com o passar dos dias, meu cérebro ia se esfacelando aos poucos, sem que eu jamais conseguisse pegar o anjo Médard em erro, com a mão na cumbuca de sua vilania. Mais tarde, fiquei sabendo que ele fora ter com Sonore em segredo, falando-lhe de sua mãe postiça, Télumée, aquela mulher que se levantava e se deitava com os espíritos... eu era uma encantadora de crianças, só queria me aproveitar dela, inocente, entregue de corpo e alma a minhas mãos de feiticeira, com seus cabelos e seu suor à minha disposição... e quem disse que sua mãe a tinha deixado ali, no morro La Folie, e a confiara a mim por sua própria vontade?...

Ele atrelara a carroça do medo aos ombros da menina, agora só lhe faltava estalar o chicote. Um fim de tarde, ao voltar do meu quintal, vi a casa deserta. Enquanto eu me esfalfava no fundo da ravina, aquele homem havia juntado às pressas as roupas da minha menina e a levara à estrada colonial, onde os dois pegaram um carro para a comuna de Vieux-Habitants. Nunca mais eu voltaria a ver Sonore. Dizem que ela vive tranquila em seu povoado natal, sempre luminosa e sorridente, apesar dos braços carregados de filhos. Há o tempo de gravidez, o tempo de dar à luz, o tempo de ver o filho crescer, tornar-se como um bambu ao vento, e como se chama o tempo que vem depois?... é o tempo da consolação. Naquela noite, sentada sozinha dentro da minha choupana, eu ainda não afagava esses pensamentos. Não chorava, não tocava na minha garrafa de rum, só refletindo que a porta do cercado da desgraça nunca está fechada.

No dia seguinte, descendo à venda de Rose-Aimée, comprei a maior tesoura possível que pude encontrar, tesoura de poda, com uma alça grande para segurar firme. Olympe estava justamente na venda, descabelada, as pálpebras tingidas de vermelho pelo rum, seu eterno panamá de aba estreita balançando na cabeça. Ao ver o que eu estava comprando, veio até mim com ar inquieto e balbuciou, envergonhada como os outros, constrangida por não ter dito nada enquanto era tempo:

— Télumée, mulher querida, não vá sujar suas mãos por causa de uma bolha de ar... Médard, aquele Médard menos do que nada, sou eu, a mulher Olympe, que estou dizendo...

Eu não respondia nada, falando bem no fundo das minhas entranhas, transformada em formiga-vermelha...

O anjo Médard reapareceu no fim da semana, no começo da tarde, e ficou rodeando minha choupana, em círculos cada vez mais próximos, como que para alimentar melhor seus olhos com minha tristeza, com meu estado de abandono. Entretanto, minha choupana estava mais limpa do que nunca, a poeira do quintal brilhava como moeda nova e eu estava com roupas de domingo, penteada, arrumada, paramentada da cabeça aos pés, indo e vindo a tratar das minhas coisas, com ar de dizer que a vida pode até mostrar as garras, mas não vai me aniquilar. Desesperado, o anjo Médard se foi rumo à venda e começou a beber sem parar, até escurecer, no fundo do boteco abandonado por

242

todos os frequentadores. Ao cair da noite, uma bela noite de lua branca e azul, fresca, estrelada, voltei para casa, fechei a porta sem colocar a trave e me deitei, tomando o cuidado de abrir a tesoura sobre meu ventre, por cima do lençol. Logo ouvi elevarem-se insultos, lá fora, do lado da estrada, depois a porta se abriu de uma só vez, expondo uma sombra vacilante que se perfilava no clarão da lua, num fundo de céu suave, de bambus dobrados pelo vento e de montanhas que se comprimiam ao longe, como rebanhos de animais estranhos, entorpecidos. O anjo Médard cambaleava, balançava a cabeça maluca da direita para a esquerda, erguia os braços, praguejava, e de repente, dando um passo à frente, começou a pegar tudo o que sua mão alcançava, copos, pratos, cestos de provisões, cadeiras e bancos, e jogar com toda a força pela porta escancarada. Fiquei imóvel na cama, separada dele pela mesa que ainda se erguia entre nós, entre o canto escuro onde eu estava e aquele vento de loucura. De vez em quando, ele me olhava e, minha inércia fazendo aumentar sua fúria, gesticulava, berrava que era meu dono e me jogaria nos dados, sim, quando quisesse, e que eu despencaria ali, eu, minha choupana e minha cama, tudo despencaria para baixo daquele morro e para sempre. De repente, tomando impulso, ele se lançou na minha direção, uma faca comprida de cozinha surgiu em sua mão. E, seu pé tropeçando numa cadeira caída no chão, ele rodopiou no ar, por um instante, antes de cair por cima de um canto da mesa, que se enfiou direto na sua têmpora, bem no lugar dançante de seu cérebro. Ele soltou um urro aterrador e ficou de joelhos encostado na mesa, com a cabeça pendurada, sustentada pelo canto de madeira que se enfiara nela, depois se fez silêncio.

Temendo uma traição, mantive a tesoura aberta debaixo do lençol, sobre meu peito. Mas, depois de um momento, o anjo Médard começou a gemer baixinho, como uma criancinha, e, sempre com a tesoura na mão, levantei-me, acendi uma vela, aproximei-me da silhueta agachada ao lado da mesa, à luz da lua que chegava até o meio do cômodo. Os olhos do anjo Médard rolavam no escuro e sua mão crispava-se sobre a madeira da mesa, como alguém que contém um grito. Aproximei-me, perguntei se queria que eu o soltasse, que o desprendesse do canto enfiado em seu crânio. Mas ele me fez sinal para não fazer nada, que estava tudo bem. Seu rosto não refletia nenhum medo e seus olhos estavam fixos em mim com o espanto de quem olha não para fora, mas para si mesmo, que descobre não fora, mas em si mesmo, o que jamais suspeitara até então. Em certos momentos, a abjeção voltava a se apossar de seu rosto, de sua boca frouxa e franzida, de seus olhos que se enchiam de um líquido escuro, lamacento. Era como se galhinhos curtos, tortos, cheios de espinhos, crescessem sozinhos através de sua cabeça e ele os podasse quase imediatamente, seus olhos voltando então a parecer uma água clara, calma e pacífica, correndo tranquilamente para o mar. Agora eu sabia o que ele queria, o que no fundo de si mesmo sempre quisera, por baixo da bolsa de fel colocada sobre seu coração, e, ajoelhada, enxugando o suor que lhe inundava as faces, disse-lhe com voz clara e distinta, que eu me esforçava para tornar tão tranquila quanto seu novo rosto... nós vemos os corvos e dizemos: eles falam uma língua estrangeira... mas não, os corvos não falam uma língua estrangeira, falam sua própria língua e nós não a entendemos...

O anjo Médard sorriu e segurei-lhe a mão até o amanhecer, ajoelhada perto dele, enquanto as pessoas se aglomeravam em silêncio, diante da minha choupana, contemplando a cena que tinham diante dos olhos e esforçando-se para já extrair dela uma história que tivesse sentido, uma história com começo e fim, como é necessário, neste mundo, quando queremos nos reencontrar na desconexão dos destinos. De manhã, ajudaram-me a lavar o anjo Médard, a vesti-lo e a expô-lo dignamente. Alguém já media o cadáver, e as pessoas do vale iam e vinham, aspergiam a choupana com água benta, contemplavam o cérebro enorme do anjo Médard, sob a faixa que eu lhe amarrara em volta da cabeça, logo acima de seus olhos fechados. Sentada num banquinho, ereta, eu pensava que o anjo Médard adquirira a aparência de homem na terra e que ele não o era, pois não recebera alma. Era uma mancenilheira venenosa que se ergue na praia, esperando que alguém a toque e morra. Eu o tocara e eis o que acontecera, seu próprio veneno o fulminara. Neste mundo, cada um recebia dois pulmões sedentos de vida, mas o ar muitas vezes não os penetrava. O primeiro que chegasse comprimia nossos pulmões com as duas mãos, impedindo-nos de respirar, e, se nos tornássemos peixe, descendo para respirar debaixo da água, com as bolhas de ar que as brânquias arremessassem para o sol, haveria quem ainda as achasse brilhantes demais. Isso acontecera a nós dois, o anjo Médard e eu.

Lá fora, as pessoas começavam a preparar o velório, num alvoroço de chamados, de gritos que cessavam na entrada da choupana. De vez em quando, se debruçavam, me contemplavam sentada no banquinho, ereta, ao lado do morto, e lançavam longos olhares curiosos, sabedores, cheios de expectativa, calculando e ponderando sabe-se lá que ideia, que nova quimera. Assim foi durante a noite toda, durante todo aquele velório singular. Mas, quando a aurora surgiu sobre o caixão do anjo Médard, terminado o baile, guardados os violinos, as pessoas apresentaram-se diante de mim e disseram, com as feições emanando placidez... mulher querida, o anjo

Médard viveu como cão e você o fez morrer como homem... desde que você chegou ao morro La Folie, buscamos em vão um nome que te conviesse... hoje, está velha para receber um nome, mas, enquanto o sol não se puser, tudo poderá acontecer... quanto a nós, doravante te chamaremos de Télumée Milagre...

15

Há muito tempo abandonei minha roupa de luta e não é de hoje que o tumulto já não me atinge. Estou velha demais, velha demais para tudo isso, e o único prazer que me resta na terra é fumar, fumar meu velho cachimbo, ali, na entrada da minha choupana, encarquilhada no meu banquinho, barrando a passagem da brisa de mar que afaga minha carcaça como um bálsamo lenitivo. Sol levante, sol poente, continuo no meu banquinho, perdida, olhar distante, buscando meu tempo através da fumaça do meu cachimbo, revendo todas as tempestades que me encharcaram e os ventos que me chacoalharam. Mas chuvas e ventos nada são quando uma primeira estrela se levanta para nós no céu, e depois uma segunda, uma terceira, tal como aconteceu comigo, que quase arrebatei toda a felicidade da terra. E, mesmo quando as estrelas se põem, elas brilharam e sua luz ainda cintila, lá onde foi pousar: no nosso segundo coração.

A aldeia de La Ramée fica encarapitada numa colina que desce para o mar. A única construção de pedra, capaz de enfrentar os ciclones, é a igrejinha pintada perto da qual eu moro. Algumas choupanas se agrupam em torno dela, de seu cemitério modesto em que cássias, flamboaiãs, estendem uma ampla sombra vermelha, humana, sobre os túmulos. Aos pés da colina, uma imensa praia de areia escura, que seria bonita com suas amendoeiras, suas choupanas de pescadores esparsas, mergulhadas em verdor, se não fosse atacada por mosquitos em grandes revoadas, que seguem passo a passo animais e pessoas instaladas na orla. Os habitantes dizem, com indulgência, que um lugar como aquele não deveria existir na terra do bom Deus, que se instalar ali foi erro deles, dos pais ou dos avós, pois é provavelmente uma fatia de terra que escapou da mão do Altíssimo. Há muito tempo são proferidas essas palavras, mas as pessoas nascem, morrem, as descendências se sucedem e o povoado subsiste, e acabou-se por admitir que se manterá tanto quanto lua e sol no céu. Na verdade, La Ramée não é La Ramée, há todo o interior cujo centro é ela, Fond-Zombi, Dara, Valbadiene, La Roncière, o morro La Folie, de modo que, ao me instalar aqui, com as costas voltadas para o mar, ainda estou, embora de longe, diante das minhas grandes florestas...

Lá no alto, bem perto dela, de seu cheiro, não consegui esquecer Sonore. As mães me mandavam suas menininhas para que eu as lavasse, penteasse, cuidasse, diziam que eu encontraria outra Sonore, ali mesmo, no morro La Folie, mas rompera-se em mim alguma amarra que me prendia àquele lugar. Tentei viver em Bel Navire, em Bois Rouge, em La Roncière, e não encontrei meu porto. Cansada de guerra, certo dia desci até Pointe-à-Pitre, onde também não esquentei lugar. Para quem está habituado a grandes árvores, a um canto de pássaro por uma dor, a cidade torna-se um deserto. Sem uma fruta-pão, uma groselheira, um limoeiro, sentia-me à mercê da fome, da mendicância, e o campo me chamava. Então Santo Antônio em pessoa interferiu e me depôs aqui, na própria aldeia de La Ramée, numa terra concedida pela comuna, atrás da igreja, a dois passos do cemitério. Tenho aqui um quintal de velha, um pequeno fogareiro de alça, um tacho em que torro os amendoins que vendo na praça da igreja. Gosto de me levantar com o sol, colher uma melancia, pegar um coco com a água refrescada pela noite, arrumar meus cones de amendoim num cesto, colocá-lo na cabeça e sair assim, anunciar, vender na rua, e, enquanto o sol trata de seus assuntos, eu trato dos meus. As pessoas daqui gostam de mim, é só eu chamar um negrinho que esteja passando e pronto, lá vai ele buscar água para mim. Às vezes as pessoas de La Folie pedem-me que volte para lá... mamãe Milagre, você é a árvore em que nosso lugarejo se apoia, quem sabe o que será do morro sem você?... Então lembro-as do que sou agora, não uma árvore, mas um velho pedaço de pau seco, e digo que estão simplesmente me impedindo de me apagar debaixo das folhas. Elas riem, depois se vão em silêncio, pois sabem que é apenas meu porte de alma, minha posição de negra que tento manter na terra. Assim estou no meu papel de anciã, cuidando do meu quintal, torrando meus amendoins, recebendo uns e outros, apoiando-me nas duas pernas, toda cheia de saias para disfarçar minha magreza. E ao anoitecer, enquanto o sol se põe, esquento minha comida e penso na vida do negro e em seu mistério. Para nos ajudar, não temos mais pistas do que o pássaro no ar, o peixe na água, e, bem no meio dessa incerteza, vivemos, e alguns riem e outros cantam. Acreditei dormir ao lado de um só homem e ele me vilipendiou, acreditei que o negro Amboise fosse imortal, acreditei numa criança que me deixou, sem saber bem por quê, não considero nada disso tempo perdido. Talvez todos os sofrimentos e até as farpas da cana façam parte do fausto do homem, e pode ser que, olhando-o de certo ponto de vista, examinando de certa maneira, seja possível para mim, um dia, atribuir certa beleza à pessoa do anjo Médard. Nesse devaneio, a noite cai sem que eu perceba, e, sentada no meu banquinho de velha, levanto a cabeça de repente, perturbada pela fosforescência de certas estrelas. Nuvens vão e vêm, um clarão se eleva e depois desaparece, e sinto-me impotente, deslocada, sem nenhuma razão para estar no meio dessas árvores, desse vento, dessas nuvens. Em algum lugar, das profundezas da noite, elevam-se as notas discordantes de uma flauta, sempre as mesmas, que logo se distanciam, se tranquilizam. Então penso não na morte, mas nos vivos que se foram, e ouço o timbre de suas vozes, parece-me discernir os matizes diversos de suas vidas, as cores que tiveram, amarelas, azuis, cor-de-rosa ou pretas, cores passadas, mescladas, longínquas, e procuro também o fio da minha vida. Ouço as palavras, as gargalhadas de *man* Cia, lá no meio de suas florestas, e penso em como é a injustiça na terra, e nós sofrendo e morrendo silenciosamente, a escravidão depois de terminada, esquecida. Tento, tento todas as noites, e não consigo compreender como tudo isso pôde começar, como pôde continuar, como pode acontecer ainda, na nossa alma atormentada, esfarrapada, e que será nossa última prisão. Às vezes meu coração estremece e me pergunto se somos homens, porque, se fôssemos homens, talvez não nos tivessem tratado assim. Então me levanto, acendo minha lanterna de luar e olho através das trevas do passado, o mercado, o mercado onde eles ficam, e ergo a lanterna para procurar o rosto de meu ancestral, e todos os rostos são iguais e são todos meus, e continuo a procurar e ando em volta deles até que sejam todos comprados, sangrando, esquartejados, sozinhos. Exploro com minha lanterna cada canto de sombra, e percorro aquele mercado singular, e vejo que recebemos como dom do céu ter tido a cabeça mergulhada, mantida dentro da água turva do desprezo, da crueldade, da mesquinharia e da delação. Mas vejo também, vejo que não naufragamos... lutamos para nascer e lutamos para renascer... e chamamos de "résolu" a mais bela árvore de nossas florestas, a mais sólida, a mais procurada e também a que mais é abatida...

Assim caminham meus pensamentos, meus devaneios de velha, enquanto a noite se escoa suavemente com minhas quimeras e depois reflui com o primeiro canto de um galo. Então me mexo no meu banquinho, removo as pérolas de orvalho, vou até o pequeno tonel colocado debaixo da caleira e, com as mãos em concha, agito um pouco de água na boca, para lavar todos os sonhos da noite...

A vida é de fato muito surpreendente... puxamos o barco para a praia, o atolamos em plena areia, e se bate um raio de sol sentimos calor, e se espetamos esse velho pedaço de pau seco afloram gotas de sangue, ainda...

Por muito tempo, quase meio século, sempre que se falava em Élie, filho do pai Abel, eu tapava os ouvidos e ia embora, sem querer saber se estava morto ou vivo nem se existira. Depois, nos últimos anos, feito o esquecimento, ouvi alguns que o diziam morto, outros que o diziam na França, outros em Point-à-Pitre, onde vivia de mendicância. Bem recentemente, avisaram-me que ele voltaria para cá para morrer, depor seu corpo no cemitério de La Ramée, na esperança de que algum negro se lembrasse dele no dia de Todos os Santos, pusesse uma vela em seu túmulo e lhe dissesse algumas palavras...

Depois dessa notícia, fiquei um pouco dentro de casa, sem ânimo, remexendo todos os tipos de pensamento antigo, revendo como a água clara se transformara em sangue. E depois, na semana seguinte, estava sentada no meu banquinho, preparando as vendas do dia seguinte, quando o velho Élie começa a girar sem uma palavra atrás da sebe de oleandros que separa minha choupana da estrada. Estou sentada, torrando meus amendoins, e vejo-o andar de um lado para outro atrás da minha sebe, como se tivesse esquecido alguma coisa, fico cega, muda, bem refugiada sob a proteção de meus oleandros, e observo Élie subindo e descendo pela estrada, como uma formiga desvairada à procura de ninho, lançando de vez em quando para a minha sebe um olhar de criança inocente. Estou sentada, sinto frio em todos os ossos, digo a mim mesma que todo o sol do bom Deus não será suficiente para me aquecer, e deixo Élie subir e descer a estrada, depois se afastar em silêncio, com as costas encurvadas sobre seu bastão nodoso...

E depois, domingo passado, quando enrolava meus cones, vejo novamente através da minha folhagem a mesma silhueta vacilante, desengonçada, agarrada ao mesmo bastão nodoso, enquanto surge um chapéu de feltro, por cima da montanha de cabelos de Élie, tão desgrenhados como antigamente, agitados, indomados e extravagantes, apesar da neve que os cobre. Sacudindo as mangas puídas de seu casaco, ele se pôs a gritar, na direção da minha sebe cor-de-rosa, com o pescoço esticado:

— Eu disse bom-dia, eu disse bom-dia a todos!...

Seu rosto está completamente enrugado, mas, como dizer, não são rugas de verdade, não vejo nenhuma concavidade, nenhum sulco naquela pele que parece um jornal que foi lido, amassado, embolado e que voltou a se esticar sozinho, sem conseguir ficar completamente liso. Talvez ele tenha ouvido a morte bater as asas e tenha se arrastado até mim, aquele homem que amei como o pássaro ama o espaço, como o ser vivo ama a terra. Abro a boca, mas há um peso estranho na minha língua e, vendo que continuo a enrolar meus cones, a enchê-los de amendoins, a fazer meu servicinho como se um vento morno tivesse soprado por cima da sebe, Élie se inclinou e me falou através dos oleandros... então, Télumée, é assim?... e, ao ouvi-lo suplicar uma palavra minha, uma palavra de conforto para ajudá-lo a suportar o peso da terra que já está sentindo sobre o peito, voltei a ser, por um instante, a menina de tranças rebeldes, de pele lisa e esticada de outros tempos, e voltei a ver diante de mim o Élie de antigamente, aquele que me dizia debaixo do flamboaiã da escola, com o short cáqui batendo nos joelhos grandes e tortos... Télumée, se eu errar o caminho na floresta, lembre-se de que você é a única que vou amar de verdade...

As lágrimas me sufocavam, uma vergonha inexplicável me constrangia e eu não soube o que dizer, do fundo da minha garganta apertada:

— Sim, é muito triste... mas é assim...

Essa ninharia, essas poucas palavras que eu não soube oferecer, é o único arrependimento da minha vida.

Hoje, enquanto ouço os sinos dobrarem por sua morte, meu "é assim" torna-se o próprio som do sino e me fustiga o coração. Uma luz fluida desce do céu por ondas, abre-se e difunde-se em camadas horizontais, rente ao chão, lembrando um pouco as venezianas das janelas das choupanas. Através dessas estranhas venezianas vejo passar o cortejo fúnebre. Os últimos raios do sol pousam suavemente sobre o caixão, iluminam as roupas escuras, acariciam os rostos tranquilos do pequeno grupo que segue. Nada parece inútil ou feio. Sob essa luz, a menor pedrinha, a mais minúscula folha ao vento parecem tocar sua própria melodia, comportar-se com grande ciência. Sem saber muito bem por quê, vem-me uma certa alegria e minha própria morte me aparece de maneira inusitada, sem confusão nem tristeza. Penso na Rainha que gostava de dizer, outrora, com certo sorriso... a vida é um mar sem escala, sem nenhum farol... e os homens são navios sem destinação..., e dizendo isso ela sempre se emproava, como que ofuscada pelo brilho da altivez da incerteza humana. Pergunto-me se as pessoas suportam essa incerteza, esse brilho cintilante da morte. No entanto, apesar de sua leviandade diante dela, e seja lá o que façam, seja qual for a direção que tomem, quer piquem ou cortem, quer transpirem nos canaviais, mantenham posição ou cedam, mesmo que se percam na noite dos feitiços do *soucougnan*, mantém-se em torno delas uma espécie de dignidade. Vão e vêm, fazem e desfazem no âmago da incerteza, e segue-se sua altivez. E por isso, parece-me, Deus deve ter inveja mesmo de uma criatura como o anjo Médard.

Transportei minha choupana para o oriente e a transportei para o ocidente, os ventos do leste, do norte, as tempestades me sujaram e os aguaceiros me lavaram, mas continuo sendo uma mulher apoiada nos dois pés e sei que o negro não é uma estátua de sal que as chuvas dissolvem. No domingo, quando encontro algumas pessoas de Dara, de Fond-Zombi, de Valbadiene ou do morro La Folie, elas me parabenizam por minha fonte e por minha recente eletricidade. E depois falam, dizem da estrada asfaltada, dos automóveis que atravessam a ponte da Outra Margem, dos postes elétricos que se aproximam, já se erguem a meio caminho de La Roncière, em vez dos tamarineiros silvestres e das balatas. Então uma nostalgia me aperta, minha pessoa me escapa e já não reconheço meu tempo. Talvez digam que foi selvagem, até que foi maldito e talvez o reneguem, mas como posso me preocupar com o que dirão amanhã... uma vez transformada em seiva de capim-barba-de-bode?

Tal como lutei, outros lutarão, e por muito tempo ainda as pessoas conhecerão a mesma lua e o mesmo sol, e verão as mesmas estrelas e verão nelas, como nós, os olhos dos mortos. Já lavei e enxaguei os trapos que desejo sentir debaixo do meu cadáver. Sol levante, sol poente, os dias se escoam e a areia que a brisa levanta atolará meu barco, mas vou morrer aqui, como sou, em pé, no meu pequeno quintal, que alegria!...

O milagre da existência
ITAMAR VIEIRA JUNIOR

> "Muitas vezes a terra depende
> do coração do homem:
> é minúscula quando o coração é pequeno
> e imensa quando o coração é grande"

Coração e terra estão intrinsecamente interligados em *Chuva e vento sobre Télumée Milagre*. Primeiro porque é uma narrativa ambientada no chão histórico de Guadalupe, uma reunião de pequenas ilhas no coração da América, brutalizada, assim como todo o continente, pelo empreendimento colonial e escravista. Segundo, porque Télumée, a personagem-título deste romance, assume o controle da história descrevendo paisagens, pessoas e eventos, uma cosmovisão de mundo profunda narrada com grande paixão, algo que só se torna possível quando se faz com o coração.

Desde o começo Télumée apresenta uma consciência intuitiva dos processos históricos que precedem sua existência – "No entanto, há não muito tempo, meus ancestrais foram escravos nesta ilha de vulcões, ciclones e mosquitos, de mentalidade perniciosa". Sabe o que conforma sua história enquanto mulher negra no mundo, mas recusa o aviltante lugar da subalternidade, não deseja transformar sua vida num longo lamento. Afirma não ter vindo à terra para remoer a "tristeza do mundo", e sim para sonhar em pé no meio de sua fração de terra, "[…] como fazem todas as velhas de minha idade, até que a morte me apanhe dentro do meu sonho, com toda a minha alegria...".

Télumée é herdeira de uma linhagem de mulheres que recusavam o lugar destinado aos subalternizados e escravizados. Como se em contraposição à ontologia colonial uma forma mais primeva de habitar a terra resistisse em seus corpos. Uma altivez persistente e derivada de cosmogonias que sobressaíram à "terraplanagem" homogeneizante da colonização. É assim que ela conta a vida de sua mãe, Victoire, que por sua vez narra a vida da própria mãe, Toussine, "um ser mítico, que habitava outro lugar, fora da terra". Toussine era chamada de "Rainha Sem Nome" pelos homens de Fond-Zombi e, por sua vez, era filha de Minerve, uma mulher escravizada, liberta dos caprichos cruéis do senhor que a mantinha cativa. Fugindo da plantação, Minerve se estabelece num grande quilombo onde escravizados se refugiavam em busca de liberdade e dignidade.

A narrativa dessa linhagem de mulheres carrega a história de um continente inteiro, e da ruptura que o mundo viveu no período das navegações: o início do processo de exploração e pilhagem chamado de globalização, que culminou na subalternização de pessoas originárias e do continente africano, criando uma maneira de viver nova e predatória para os que já se encontravam nestas terras e para os que nela chegaram através da diáspora, com o único intuito de ter sua força de trabalho explorada. Essa ruptura transformou a natureza em recurso — humanos e paisagem — alimentando o projeto de acumulação capitalista. Transformou também a maneira de habitar o mundo, introduzindo uma escala de exploração da natureza jamais vista. O pensador caribenho (Martinica) Malcom Ferdinand escreve que naquele momento se estabeleceu um novo paradigma do habitar – o habitar colonial –, baseado em três pilares que em suma seriam: o político e o geográfico, a exploração da natureza e o altericídio.

Assim, a colonização criou uma dependência ontológica em relação à metrópole – a Europa –, gerando espaços subalternizados, como o do país de Télumée. Guadalupe e o Caribe produziram riquezas para o Velho Mundo e permaneceram subordinados em todos os sentidos aos impérios colonizadores. A exploração intensiva da natureza – incluindo humanos e não humanos – se estabelece de maneira ostensiva e se perpetua até os nossos dias. Por fim, o altericídio, que é a morte da possibilidade de coexistir, sedimenta a recusa da vida e dos direitos do outro que não seja o branco europeu. Nós, que vivemos a sobrevida da colonização e da escravidão, sabemos o que isso significa.

Durante muito tempo eu transitei pela arte, em especial pela literatura, em busca de resposta para as questões cruciais de minha existência. Quando comecei a reconhecer de maneira mais profunda as minhas origens, o meu fenótipo, quando percebi que a minha cor – ainda que clara – de alguma maneira determinava o lugar social que eu ocupava na sociedade, senti necessidade de encontrar representações que me permitissem elucidar um processo de inferiorização duradouro e sobre o qual talvez nada seja feito porque se tornou uma ontologia comum, forjada pela dominação colonial. Depois de ter enveredado pela leitura de Carolina Maria de Jesus e Lima Barreto, e de mais tarde conhecer as obras de Alice Walker, James Baldwin, Ralph Ellison e Toni Morrison, cheguei à sólida literatura caribenha de autores de ficção, como Jacques Roumain, Alejo Carpentier, Jamaica Kincaid, Maryse Condé, Aimé Césaire, Derek Walcott e Françoise Ega, e de não ficção, como Frantz

Fanon. Agora acrescento ao rol desses escritores que me reconectaram com o meu "eu" a autora deste sensível romance, Simone Schwarz-Bart.

Assim como as leituras anteriores se reverteram em poderosa fonte de conhecimento para minha existência, a partir da leitura de *Chuva e vento sobre Télumée Milagre* estabeleci reflexões e associações que me permitiram compreender ainda mais o lugar que ocupo no mundo. A história de minha vida continua minha, mas está entranhada das vidas e trajetórias que me precederam. Saidiya Hartman escreve que a escravidão, que prosperou graças ao empreendimento colonial, criou um ranking de vida e valor que ainda precisa ser desconstruído. Em muitos lugares as desigualdades sociais são também raciais — vale ressaltar que a racialidade é uma construção colonial que ainda persiste — e a vida da maioria parece predestinada ao lugar imutável da miséria. Meus bisavós paternos não eram alfabetizados e tiveram seu trabalho como agricultores explorado porque as porções de terra que cultivavam não lhes pertenciam. Possivelmente, seus antepassados indígenas e pretos, os que precederam as poucas gerações conhecidas, foram dizimados e escravizados. E, se a ecologia médica diz que o ambiente e a história influenciam a saúde do corpo, não é difícil imaginar que as fragilidades do corpo negro, indígena, do corpo mestiço, foram produzidas pela história que nos atravessa sem que sejamos capazes de nos dar conta.

As linhas que contam este romance são rítmicas, únicas, onde cada palavra parece ter sido cuidadosamente escolhida para produzir um efeito encantatório sobre quem o lê. As escolhas de Schwarz-Bart reproduzem as ontologias ancestrais que não morreram de todo, onde a trajetória de vida de uma personagem não se distingue dos meandros de um rio, e a alma de uma história está entranhada de terra e sons, de vento e chuva. É nesse crescente movimento que acompanhamos a jornada de Télumée, que, depois de ser levada pela mãe para a casa da velha Toussine, passa a ter contato com os fios que unem sua própria vida aos fios da história de "nós, os negros de Guadalupe".

A vida de Télumée e a de sua avó Toussine se fundem por largo tempo. Ao som dos cantos de Rainha Sem Nome, Télumée vê rosto, voz e luz se misturarem naquele velho corpo a entoar "o canto dos escravos" num agudo penetrante, "amplo e profundo" que alcançava as regiões mais longínquas de Fond-Zombi, onde "a noite tinha olhos, o vento, orelhas compridas, e ninguém jamais se fartava dos outros".

Além de Toussine, Télumée conta com a convivência da feiticeira *man* Cia, a mulher que expande seu horizonte existencial com a compreensão de um encantamento inerente à vida e ao mundo. Ela, com seus "olhos... imensos, transparentes, aqueles olhos dos quais se diz enxergarem tudo, suportarem tudo, porque não se fecham nem durante o sono", vaticina para Télumée: "você será, na terra, como uma catedral". O mundo dessas mulheres transita entre os vivos e os mortos, a natureza e a cultura, e também por uma compreensão da História que nos atravessa de maneira indelével. Como quando *man* Cia pergunta a Toussine se ela achava que se a escravidão tivesse perdurado estariam sentadas saboreando um ensopado de porco "com o coração tão contente":

> Seus olhos se tornaram tristes, irônicos, de repente pareceram desbotados pelo sol, pela chuva, pelas lágrimas, todas as coisas que tinham visto e que se tinham incrustado bem no fundo de seu cérebro.

Mas é entre Télumée e sua avó Toussine que o romance se concentra. O afeto mútuo que nutrem transcende as palavras — "Ela vivia através de mim, respirava por minha boca. Quando eu saía, ela ficava agitada até eu voltar" —, deságua no corpo e ilumina suas vidas. Nesse contexto, Télumée cresce, encontra as venturas e desventuras do amor de um homem — Élie —, mas sem nunca deixar de se voltar para suas raízes de mulher, mulher negra e caribenha, cuja personificação mais profunda é sua avó.

Se o empreendimento colonial foi projetado e executado por homens, podemos imaginar que foi conduzido por uma lógica patriarcal que compreende as mulheres como seres inferiores. Como ocorre com as personagens que transitam em *Chuva e vento sobre Télumée Milagre*: "aquelas mulheres não tinham nada na vida, algumas tábuas em cima de quatro pedras e o desfile dos homens sobre seu ventre". Mas Schwarz-Bart resgata referências ancestrais e restitui o protagonismo matricial ocultado pelas ontologias ocidentais através de suas personagens. Uma ontologia ancestral, anterior à chegada dos invasores. Antes, a terra era a mãe, o feminino, que tinha a função, segundo Malcom Ferdinand, de "acolher e alimentar", bem diferente da ideologia colonial de tão somente explorar e enriquecer alguns poucos capitalistas. A relação matricial com a terra, assim como a das mulheres que transitam neste romance, era a regra dos povos do Caribe, como nos lembra Charles Rochefort: "Eles dizem que a Terra é a boa Mãe que lhes dá todas as coisas necessárias à vida". De mães dos povos originários, a terra passa a bem econômico explorado pelos colonizadores. As concepções de uma terra protetora foram substituídas por uma noção de terra-recurso.

As quatro gerações de mulheres-personagens que transitam da escravidão à contínua busca de liberdade e dignidade nos devolvem a um mundo onde o paradigma feminista é uma possibilidade. A reintegração das mulheres à narrativa histórica da colonização não só do Caribe, mas também de todo o continente, amplia a compreensão das relações sociais em torno de um modelo colonial que ainda precisa ser subvertido e aniquilado. Télumée personifica a consciência de certo "milagre" da vida pós-diáspora, pós-escravidão, pós-colonização. Se o tráfico de humanos devastou comunidades, paisagens, corpos, culturas e saberes ancestrais, a civilização que se ergueu na América — e que ainda continua sua trajetória — recriou histórias, caminhos e saberes a partir do violento processo de desumanização, como escreveu Caetano Veloso em "Milagres do povo": "Foi o negro que viu a crueldade bem de frente/ e ainda produziu milagres de fé no extremo ocidente".

Se o empreendimento colonial tentou promover o altericídio — a impossibilidade de coexistir com o diferente —, a literatura pode ser instrumento de resistência, nos restituindo o exercício de compreender a natureza e a condição do que é outro, do que é distinto. Não existe nada mais humano do que a alteridade, e a literatura pode ser fonte desse poderoso exercício. A cada leitura fazemos um pacto de que, durante o tempo em que estivermos decifrando histórias, eventos e sentimentos humanos, viveremos aquelas vidas. É como se cada leitor subisse ao palco de um teatro imaginário e num solilóquio interpretasse a vida da outra, do outro, experimentando suas venturas e desventuras, encontrando respostas para situações e sentimentos sobre os quais nem sequer havia pensado. A literatura nos permite exercitar a empatia, comunicar o que há de mais profundo sobre a experiência humana. Ao revisitarmos períodos da História que não vivemos, culturas e espaços diversos, somos capazes não apenas de vivê-la, mas também de adentrar as subjetividades dos implicados em sua trama. E não vivemos apenas as subjetividades do outro – ao intentarmos alcançar tais sentimentos, conseguimos ler a nós mesmos.

Chuva e vento sobre Télumée Milagre é uma jornada por corpos e territórios de um povo. Um romance decolonial que nos restitui a possibilidade de uma existência maior, muito além dos dogmas e paradigmas que nos foram legados por invasores de um tempo tão remoto, mas que ainda ecoam ferozes em nossa vida. Não há chuva nem vento capazes de nos erodir, por mais intenso que seja o fenômeno, como Télumée narra:

> Transportei minha choupana para o oriente e a transportei para o ocidente, os ventos do leste, do norte, as tempestades me sujaram e os aguaceiros me lavaram, mas continuo sendo uma mulher apoiada nos dois pés e sei que o negro não é uma estátua de sal que as chuvas dissolvem.

Não há magia nem fantasia, mas uma realidade própria, uma cosmovisão de mundo ancestral, um olhar diverso do que nos foi ensinado por ontologias eurocêntricas. Aprendemos a caminhar sobre o mundo que nos rodeia, compreendemos a violência que é sobreviver à devastação. Aprendemos também a reconhecer o inquebrantável espírito humano, o que se recusa a se entregar por inteiro, o que renasce a cada morte, porque milagre também é vida.

ITAMAR VIEIRA JUNIOR nasceu em Salvador, capital baiana, em 1979. É escritor, geógrafo e doutor em estudos étnicos e africanos pela Universidade Federal da Bahia. Recebeu os prêmios Leya, Oceanos e Jabuti pelo romance *Torto arado*, que já foi traduzido em mais de vinte países. Publicou também *Doramar ou a Odisseia: histórias* e *Salvar o fogo*, todos pela editora Todavia.

Posfácio
VANESSA MASSONI DA ROCHA

"É preciso fazer um poema sobre a Bahia...
Mas eu nunca fui lá."
– Carlos Drummond de Andrade

No poema *Bahia*, presente na recolha *Alguma poesia* (1930), Carlos Drummond de Andrade propõe um vínculo entre a escrita poética e a experiência vivida. Não se trata de rechaçar o caráter fabulatório[1] que atravessa o processo do intelectual diante da folha em branco; o que está em jogo é certa aposta de que a escrita floresce no asfalto, no meio do caminho, no cotidiano. O caráter mordaz do poema repousa no fato de que, mesmo sem nunca ter fincado os pés no estado nordestino, o eu lírico deu à luz o poema, dispositivo que tensiona os caminhos entre escrita-experiência-ficção.

Em *Chuva e vento sobre Télumée Milagre* (1972), a guadalupense Simone Schwarz-Bart, nascida Brumant em 1938, fricciona com raro talento essas instâncias, tirando partido da proximidade e da distância de seu arquipélago natal. A escritora nasceu na pequena cidade de Saintes, situada no departamento de Charente-Maritime, região da Nova Aquitânia, na parte oeste da França metropolitana,

[1] Nancy Huston, *A espécie fabuladora*, trad. de Ilana Heineberg. Porto Alegre: L&PM Pocket, 2008. [TODAS AS NOTAS SÃO DA AUTORA DO POSFÁCIO.]

durante uma missão diplomática do pai militar. Filha de dois guadalupenses, a autora emigra para o Caribe, mais precisamente para a comuna da Goyave (Basse-Terre), aos 3 meses. Guadalupe é um departamento ultramarino francês localizado no mar do Caribe e composto por um conglomerado de ilhas: Grande-Terre, Basse-Terre, Désirade, Les Saintes e Marie-Galante.

O romance foi escrito em Lausanne, na Suíça, quando de sua longa estada (1963-1975) no país europeu na companhia do marido, André Schwarz-Bart[2] (1928-2006), escritor laureado com o prêmio Goncourt em 1959. A temporada suíça ocorreu pouco tempo depois do ano vivido em Dakar (1961-1962), capital do Senegal, a convite do amigo e então presidente Léopold Sédar Senghor, um dos impulsionadores do movimento da negritude.

A publicação se consagra como obra nostálgica, escrita na/da distância, assumindo as vezes de uma ponte que desejava lançar sobre o Atlântico que a separava de sua Ilha-Borboleta[3]. Em 2021, quando retorna para Lausanne, Simone Schwarz-Bart relembra curiosidades sobre a concepção da obra: "É preciso também ter em conta todas as notas e contos escritos nestes cafés tão acolhedores, propícios à reflexão, sim, estas memórias poupadas que são para mim marcadores que me ajudarão

---

2   O nome artístico de Simone remonta ao sobrenome do marido, Szwarcbart, de origem judaico-polonesa, adotado por ela com o matrimônio. O afrancesamento da alcunha ocorre em 1959, por sugestão da editora Seuil, por ocasião do tratamento dos manuscritos de *O último dos justos*, romance de André.

3   Guadalupe é conhecida como Île-Papillon (Ilha-Borboleta), pois, a partir da perspectiva da vista área, as silhuetas das ilhas de Basse-Terre e Grande-Terre remetem ao desenho de uma borboleta de asas abertas.

a encontrar a cor do passado […]"[4]. Se, por um lado, o romance se alimentava do desenraizamento e de suas possibilidades, por outro, a publicação se alçava como uma ode às Antilhas, suas cores, odores, costumes e imaginários crioulos. Escrita sob a chuva e o vento suíços, a obra fixava "um país inteiro, uma negra brisa, o barco, a vela e o vento" (p. 30), a "terra perdida de Guadalupe, que tanto necessitava ser amada" (p. 225).

O trecho de abertura, replicado à exaustão nos estudos acadêmicos sobre a obra, sintetiza a declaração de amor a Guadalupe, a despeito de intempéries e revezes encontrados no caminho. Trata-se de um parágrafo incontornável em qualquer compêndio sobre a literatura caribenha francófona, considerado uma obra-prima do imaginário crioulo e um dos *incipts* mais arrebatadores para adentrar no universo literário em que "a paisagem caribenha é o nosso alfabeto. Ela desliza em todos os cantos mais sutis da nossa linguagem"[5]. Em dado momento da intriga, a narradora embaralha os limites entre si e sua terra, ao ponderar que "as quintas-feiras faziam de mim Guadalupe inteira" (p. 77).

O excerto inicial nos apresenta à voz de Télumée Milagre, a protagonista; estamos diante de um discurso em primeira pessoa repleto de afeto e de resiliência, proferido pela personagem já idosa, às vésperas da morte, no jardim de sua casa:

---

4   Fanny Margras; Keren Mock; Anaïs Stampfli, "Une lecture des croisements: irréductibilité du texte des Schwarz-Bart", in: *Fabula/Les colloques*, Les univers des Schwarz-Bart, 2022. Disponível em: http://www.fabula.org/colloques/document8325.php

5   Simone Schwarz-Bart; Yann Plougastel, *Nous n'avons pas vu passer les jours*. Paris: Grassel, 2019, p. 151.

Muitas vezes a terra depende do coração do homem: é minúscula quando o coração é pequeno e imensa quando o coração é grande. Nunca padeci da exiguidade de minha terra, sem por isso presumir que tenha um coração grande. Se me fosse dado o poder, é aqui mesmo, em Guadalupe, que eu escolheria renascer, sofrer e morrer. No entanto, há não muito tempo, meus ancestrais foram escravos nesta ilha de vulcões, ciclones e mosquitos, e de mentalidade perniciosa. Mas não vim à terra para ponderar toda a tristeza do mundo. A isso, prefiro sonhar, mais e mais, em pé no meio do meu quintal, como fazem todas as velhas de minha idade, até que a morte me apanhe dentro do meu sonho, com toda a minha alegria... (p. 13)

A passagem inaugural da obra dialoga de perto com o trecho final, desnudando a concepção cíclica do texto schwarz-bartiano:

Tal como lutei, outros lutarão, e por muito tempo ainda as pessoas conhecerão a mesma lua e o mesmo sol, e verão as mesmas estrelas e verão nelas, como nós, os olhos dos mortos. Já lavei e enxaguei os trapos que desejo sentir debaixo do meu cadáver. Sol levante, sol poente, os dias se escoam e a areia que a brisa levanta atolará meu barco, mas vou morrer aqui, como sou, em pé, no meu pequeno quintal, que alegria!... (p. 255)

A personagem encarna uma contadora de histórias que, ao descontinuar seu relato, pode se juntar aos seus no mundo dos encantados. Marcada pela presença de reticências, a narrativa bebe na fonte dos contos orais de matriz africana, que se amalgamaram em terras antilhanas, adotando o princípio da continuidade de quem protela o fim. Tudo se passa como se o fio narrativo ficasse disposto para os que desejarem continuar a fiá-lo, pô-lo em movimento, uma construção coletiva para "levar a leitora ou o leitor a entender seu próprio passado, não cair no esquecimento de si"[6].

Desde o início, a narrativa abraça dualidades não excludentes, equilibrando-se em um pêndulo entre o pequeno e o grande, a felicidade e a infelicidade, o infortúnio e a resistência, a chuva e o sol... Contudo, a palavra "alegria", presente tanto no desenlace do primeiro parágrafo quanto na cena final da obra, adota, apesar dos pesares, um tom otimista, "pois se a vida não fosse bela, no fundo, a terra estaria despovoada. É preciso acreditar que alguma coisa subsiste depois da maior das infelicidades, pois os homens não querem morrer antes de seu tempo" (p. 147). Convém observar a adição do ponto de exclamação na segunda aparição de "alegria", o que confere entusiasmo ao relato da contadora de histórias/narradora ao longo de sua semeadura da palavra. Apesar de chuvas e ventos que insistem em se fixar sobre sua vida, Télumée é entoada em canção como "*Uma cana-do-brejo ao vento/ Ela verga e se ergue/ Ela se ergue e verga/ É preciso vê-la vergada, senhoras/ Só vê-la vergada, senhoras*" (p. 144). Nessa perspectiva, a pesquisadora Mireille Rosello argumenta que o livro "descreve minuciosamente a força desumana que a mulher negra deve implantar dia a dia para resistir [...]"[7]. De fato, a protagonista recebe o ensinamento "seja uma negrinha valente, um verdadeiro tambor de duas faces, deixe a vida bater, esmurrar, mas mantenha intacta a face de baixo" (p. 66) e se convence de que "atrás de uma dor há outra dor, a miséria é uma

---

6 Simone Schwarz-Bart; Yann Plougastel, op. cit., p. 154.
7 Mireille Rosello, *Littérature et identité créole aux Antilles*. Paris: Karthala Editions, 1992, p. 77.

onda sem fim, mas o cavalo não deve te conduzir, é você que deve conduzir o cavalo" (p. 84).

A obra cartografa quatro gerações de mulheres da família Lougandor: Minerve, Toussine, Victoire e Télumée, concedendo realce à dupla Toussine (conhecida como Rainha Sem Nome) e Télumée (que ganha o epíteto de "Milagre" ao vencer um combate com o anjo Médard), respectivamente avó e neta. A menina passa a morar com a matriarca quando sua mãe parte do arquipélago na companhia de um novo amor. O episódio se torna um divisor de águas narrativo, marcando a transição entre a primeira parte do romance, "Apresentação dos meus", e a segunda, "A história da minha vida".

Em entrevista concedida a Héliane e Roger Toumson, Simone Schwarz-Bart ilumina alguns bastidores do livro: o sobrenome da linhagem feminina evoca Lougan, palavra wolof que significa pedaço de terra, um tipo de filiação[8], e Télumée é o nome de sua madrinha[9]. As duas informações acenam tanto para a importância da estada senegalesa na constituição de sua verve de escritora quanto para os vínculos afetivos que afloram no romance. *Chuva e vento sobre Télumée Milagre* consiste em evidente confraria feminina, uma ciranda de mulheres que reúne autora, madrinha, heroína, sua genealogia (incluindo, aqui, *man* Cia, uma mãe adotiva fundamental para sua formação como curandeira) e outras mulheres do livro (vizinhas, colegas de trabalho, patroa, rival, a filha adotiva etc.).

---

8   Roger e Héliane Toumson, "Interview avec Simone et André Schwarz-Bart sur les pas de Fanotte". *Textes et documents – Pluie et vent sur Télumée Miracle*, n. 2. Paris: Éditions Caribéennes/Gerec, 1979, p. 16.

9   Ibid., p. 15.

No que diz respeito à estrutura do romance, a autora revela que "o editor queria remover toda a primeira parte. [...] Porém, para mim, não existe romance sem essa primeira parte. Porque é a nossa memória. Há sempre um tipo de busca, de filiação [...]. Um desejo de genealogia"[10]. Lê-se, a certa altura do livro, que "As pessoas nem sempre a compreendiam, era uma 'mulher extravagante', uma 'lunática', uma 'desvairada', mas tudo isso só a fazia balançar a cabeça e sorrir, e continuava fazendo aquilo para que o bom Deus a tinha criado, viver" (p. 71). Nesse campo, o romance explora temáticas como o sonho do matrimônio, o casamento, a viuvez, a violência doméstica, o assédio sexual, a (não) maternidade, o abandono parental, a solidão, a sexualidade, a rivalidade feminina, a traição, o manejo do sobrenatural, a contação de histórias e o trabalho doméstico (como atividade em casa e também como atividade remunerada, como trabalhadora rural, lavadeira e cozinheira, por exemplo). Tal envergadura temática contribuiu para que o romance fosse laureado, em 1973, com o prêmio Elle; uma vez que o prêmio se estruturava através do voto popular das leitoras dessa revista parisiense, destinada ao público feminino, amplia--se o congraçamento de mulheres.

Tudo leva a crer que o primeiro romance guadalupense a acolher o nome de uma mulher em seu título tenha sido *Sapotille et le serin d'argile* (1960), de Michèle Lacrosil (1911-2012). Lacrosil se retira da cena literária em 1967, após o lançamento de seu terceiro romance. Seus livros estão esgotados há décadas, o que limita a criação de fortuna crítica sobre a autora, principalmente junto às novas gerações de leitores. Nesse contexto, *Chuva e vento sobre Télumée Milagre*, que tudo indica ocupar a segunda

10 Ibid., p. 20.

posição nessa seara, ganha contornos de criação pioneira e assume o caráter de obra de referência guadalupense no tratamento literário concedido à personagem feminina. Schwarz-Bart acaba por promover uma revolução conceitual, de vanguarda, em sua Ilha das Belas Águas[11]. Télumée se erige como uma espécie de ancestral literário feminino, abrindo as portas por onde desfilariam, mais tarde, mulheres em títulos de publicações guadalupenses, como Léonora (Dany Bébel-Gisler, 1985), Tituba, Célanire e Victoire (Maryse Condé, 1986, 2000 e 2006) e Julia, Merry Sisal e Ady (Gisèle Pineau, 1996, 2015 e 2021).

Na Martinica, Suzanne Lacascade (1884-1966) publicou a obra *Claire-Solange, âme africaine* (1924), seu primeiro e único livro, que recebeu diminuta fortuna crítica à época. Isto posto, o "pioneirismo" de Simone Schwarz-Bart se espraia também para a ilha vizinha, onde obras com mulheres no título começam a aparecer, de maneira mais contínua, pelo menos duas décadas após a obra-prima schwarz-bartiana: Zonzon (Ina Césaire, 1994), Adèle, Madame St-Clair e Rosalie-Soleil (Raphaël Confiant, 2005, 2015 e 2022), Mame Baby e Madeleine Démétrius (Gaël Octavia, 2017 e 2020) e Leïla Khane (Alfred Alexandre, 2019).

A virada epistemológica promovida pela autora se torna ainda mais admirável quando se atenta para o fato de que *Chuva e vento sobre Télumée Milagre* consiste na estreia literária individual da autora, aos 34 anos. Simone Schwarz-Bart tinha dado seus primeiros passos romanescos cinco anos antes, com *Un Plat de porc aux bananes vertes* (1967), escrito a quatro mãos com o marido, que havia concebido um projeto chamado de Ciclo Antilhano, a

---

11 Outra alcunha de Guadalupe, conhecida como *Île aux belles eaux*.

ser levado a cabo pelos dois[12]. Em 1972, a autora inaugura uma escrita solo justamente com a obra mais significava de seu portfólio. Traduzida para mais de doze línguas, ela completou seu cinquentenário de publicação, em 2022, com fôlego renovado. No Brasil, aportou pela primeira vez em 1986, sob o título de *A ilha da chuva e do vento* (editora Marco Zero), com tradução de Estela dos Santos Abreu. Quase quatro décadas mais tarde, o romance ganha esta nova tradução, de Monica Stahel, o que enriquece o cenário efervescente de traduções caribenhas francófonas no mercado editorial brasileiro.

Embaralhando ainda mais elementos da biografia e da ficção, nos moldes aqui já sugeridos por Drummond, a escritora esmiúça a concepção de sua heroína. A gênese de Télumée aponta para Stéphanie Pricis (também conhecida como Fanotte, Fanfan'ne e Diaphane), uma vizinha, "espécie de bruxa, espécie de oráculo"[13]:

Ela me legou todas essas histórias sobre esse tempo antes de eu vir ao mundo.

Ouvindo-a, agarrei esta memória para que se tornasse minha também. Ela me pedia que escrevesse suas prescrições acadêmicas que aliviavam as feridas dos corpos e as contusões das almas. E quando você partisse para a Metrópole, a famosa "Metrópole", você iria na casa dela beber um chá da terra de Guadalupe para nunca mais esquecer o pequeno país frágil em forma de borboleta. Acima de tudo, ela tinha uma ciência dos banhos, para afastar as mágoas e acalmar as almas. Ela

12 Vanessa Massoni da Rocha, "Horizontes da pós-colonialidade: o ciclo antilhano de Simone e André Schwarz-Bart", in: *Alea*, v. 20, n. 3, 2018.
13 Simone Schwarz-Bart; Yann Plougastel, op. cit., p. 104.

tinha uma receita infalível de água do esquecimento para te ajudar a superar todas as dificuldades e mandá-las para o fundo do oceano.[14]

Durante sua temporada suíça, Simone recebe a notícia do falecimento dessa vizinha: "essa dupla nostalgia me empurrou para a página em branco"[15]. Nas palavras da caribenha,

> no exílio, comer não é comer, é recordar as flores, os frutos, as ervas, da montanha e do mar, é consumir o país, de certa forma, e é trazer à tona todo um mundo ausente, é levantar rostos e risos, gestos, palavras sem os quais nos dissolveríamos, deixaríamos de ser, perderíamos, como dizemos hoje em linguagem quase administrativa, sua identidade.[16]

O romance nasce na confluência do exílio e do luto. Nestes termos, depreende-se que ele configure uma maneira de consumir Guadalupe, saboreá-la, presentificá-la[17], através de um texto-mortalha para Pricis e, na esteira, para o passado do arquipélago, que remonta à empreitada colonial francesa e à escravização. Simone Schwarz-Bart discorre sobre a musa inspiradora do romance:

14 Ibid., p. 105.
15 Thomas C. Spear, "Simone Schwarz-Bart, 5 Questions pour Île en île". *Île en île*. 2013. Disponível em: http://ile-en-ile.org/simone-schwarz-bart-5- questions-pour-ile-en-ile/.
16 Simone Schwarz-Bart, "Du fond des casseroles", in: *Nouvelles de la Guadeloupe*. Paris: Magellan & Cie/Éditions Desnel, 2009, p. 81.
17 Eric Landowski, *Presenças do outro*. Trad. de Mary Amazonas Leite de Barros. São Paulo: Perspectiva, 2002, p. 167.

Ela me apresentou à vida profunda de Guadalupe. Ao transformá-la na heroína do meu primeiro romance, apoderei-me desse tempo, dessa memória que por sua vez transmiti aos outros. Télumée Milagre não é apenas uma homenagem a uma mulher de Goyave, é também o símbolo de toda uma geração de mulheres conhecidas na minha ilha, a quem devo por ser antilhana, por sentir o que sinto. Télumée representa, para mim, uma espécie de permanência do ser caribenho e seus valores...[18]

O binômio exílio-luto arregimenta, em alguma medida, a totalidade das produções da autora: *Un Plat de porc aux bananes vertes* se atém ao desenraizamento da guadalupense Mariotte em um asilo em Paris; *Ton beau capitaine* (1987) encena as agruras de um haitiano em Guadalupe que, na tentativa de dirimir a saudade, troca fitas cassete com a esposa que permaneceu na ilha natal; e a enciclopédia *Homenagem à mulher negra* ilumina mulheres do passado que contribuíram para fortalecer a luta feminina. *Joãozinho no Além* (1979, lançado no Brasil em tradução de Eurídice Figueiredo em 1988) acompanha a errância do protagonista ao ser dragado pela Besta que havia engolido o sol, condenando Guadalupe a uma tragédia sem precedentes. *L'Ancêtre en Solitude* (2015) fabula a vida de três gerações femininas da linhagem de Solitude, mostrando suas agruras como mulheres humildes transpassadas por violências de toda natureza. *Adieu Bogota* (2017) acompanha Marie (Mariotte), que precisa evacuar a cidade de Saint-Pierre (até então capital da Martinica) quando da erupção do vulcão da Montagne Pelée, cruzando fronteiras nas Américas (Estados Unidos, Caribe e Bogotá) e na Europa (Paris). *Nous n'avons pas vu passer*

18   Simone Schwarz-Bart; Yann Plougastel, op. cit., p. 154-155.

les jours (2019) consiste na obra autobiográfica que retraça a vida do casal Schwarz-Bart, homenageando André, falecido em 2006. Na novela *Au fond des casseroles* (1989), originalmente um discurso de boas-vindas às cozinheiras guadalupenses em Paris, proferido em 1986, a narradora demonstra sua relação com a alimentação e seus atravessamentos, transitando por temas como os ensinamentos do avô falecido e o exílio.

Em 31 de dezembro de 2022, o escritor martinicano Patrick Chamoiseau publicou em uma rede social uma lista de doze livros latino-americanos que gostaria de ter escrito. Nela, figura uma única mulher: Simone Schwarz-Bart e o livro *Chuva e vento sobre Télumée Milagre*. A homenagem de Chamoiseau encontra ecos em outros escritores que fazem tributos e reivindicam interseção/filiação com a obra-prima de Simone: em *Tradução em (ent)revista: Simone Schwarz-Bart e as tradutoras brasileiras* (2021), há menção a uma rede afetiva composta pelos autores Maryse Condé, Daniel Maximin, Ernest Pépin e Dominique Deblaine. Maryse Condé elenca o romance como única obra lida pela personagem Rosélie, em *Histoire de la femme cannibale*[19]. Ernest Pépin formula, no conto *Le 14 Juillet d'Isidore*[20], um inventário literário que seria uma espécie de biblioteca mínima para formação intelectual crioula. Mais uma vez, apenas uma escritora figura no panteão: Simone Schwarz-Bart: "Ele entoava *Chuva e vento sobre Télumée Milagre*". É curioso perceber que a autora também faz alusão à biblioteca ao comentar seus mecanismos literários: "Não tenho pretensão de

---

19 Maryse Condé, *Histoire de la femme cannibale*. Paris: Folio/Mercure de France, 2003, p. 171.

20 Ernest Pépin, "Le 14 juillet d'Isidore", in: *Dernières nouvelles du colonialisme*. Dijon: Vents d'ailleurs, 2006, p. 175.

transmitir uma mensagem. Escrevi o que teria querido ler. O que busquei? O que os antilhanos deveriam ter em sua biblioteca, seu patrimônio. [...] Gostaria que os antilhanos pudessem me ler"[21]. Em 2022, Gisèle Pineau imputa à obra um tipo de modelo literário norteador para suas próprias produções[22].

Nesse elenco, o guadalupense Ernest Pépin compõe uma homenagem encantadora em *La Souvenance* (2019), obra sobre o casal mítico formado por Simone e André. No capítulo 9, ele recria a personagem Télumée Milagre, que assume, novamente, a primeira pessoa e entoa um inusitado discurso metaliterário:

Senhores e senhoras! Sou eu, Télumée! Nascida feiticeira, mulher eterna registrada pelas diferentes terras de Guadalupe, pequeno país repleto de grandes corações!... Maiores que ele mesmo!... Ousei pedir à autora que escrevesse minha vida e ela o fez. [...] Tenho prazer em viver esta pessoa que sou e que é também todos os "eu" que eu levava por detrás de minha pele. Às vezes, pulo por cima das linhas deste romance que fala de mim: *Chuva e vento sobre Télumée Milagre* e passeio entre vocês.[23]

Muitas passagens do romance são retomadas pelo autor, fazendo reviver o lirismo da obra original: "Sou Télumée, uma mulher djok, as vicissitudes da vida não me oprimem. Eu seguro o cabresto do meu cavalo com muita força, mesmo sabendo que a água não pode apagar o que

21 Roger e Héliane Toumson, idem, p. 21.
22 Gisèle Pineau em entrevista concedida a Rodney Saint-Éloi. *Bibliothèque des Amériques*, 2022. Disponível em: https://www.bibliothequedesameriques.com/programmation/noires-ameriques, 34 min; 43 min.
23 Ernest Pépin, *La Souvenance*. Paris: Caraïbéditions, 2019, p. 84.

sempre esteve esperando por você. [...] nenhum vento é forte o suficiente para virar meu barco"[24]. A circularidade de personagens se consagra como um artifício literário bastante conhecido, o que não escaparia ao âmbito caribenho[25]. Não obstante, Pépin inova ao conceber o vaivém da heroína, permitindo que a criatura se dirija à criadora: "Simone, você conhece melhor do que eu o sabor da desgraça porque foi você que a escreveu; quanto a André, ele perdeu o fôlego. Vocês dois sabem o que é"[26].

24 Ibid., p. 92.
25 Vanessa Massoni da Rocha, "A escrita espiralada em Patrick Chamoiseau", in: Margarete Santos; Vanessa Massoni da Rocha (orgs.). *Caribe, Caribes: tessituras literárias em relação*. Curitiba: CRV, 2022.
26 Ernest Pépin, op. cit., p. 88.

VANESSA MASSONI DA ROCHA é professora de língua francesa e de literaturas francófonas na Universidade Federal Fluminense. Dedica-se, entre outros temas, ao estudo de obras de expressão francesa do Caribe e publicou o livro *Tradução em (ent)revista: Simone Schwarz-Bart e as tradutoras brasileiras* (EdUERJ, 2021). É idealizadora e coorganizadora do Seminário Internacional de Literaturas Caribenhas e curadora do Ciclo Caribe Real & Sonhado, junto à Biblioteca do Consulado da França do Rio de Janeiro.

PREPARAÇÃO Cristina Yamazaki
REVISÃO Ricardo Jensen de Oliveira, Valquíria Della Pozza
    e Tamara Sender
CAPA E ILUSTRAÇÃO Andrea Oliveira
PROJETO GRÁFICO DE MIOLO Bloco Gráfico

DIRETOR-EXECUTIVO Fabiano Curi

EDITORIAL
Graziella Beting (diretora editorial)
Livia Deorsola e Julia Bussius (editoras)
Laura Lotufo (editora de arte)
Kaio Cassio (editor-assistente)
Gabrielly Saraiva (assistente editorial/direitos autorais)
Lilia Góes (produtora gráfica)

RELAÇÕES INSTITUCIONAIS E IMPRENSA Clara Dias
COMUNICAÇÃO Ronaldo Vitor
COMERCIAL Fábio Igaki
ADMINISTRATIVO Lilian Périgo
EXPEDIÇÃO Nelson Figueiredo
ATENDIMENTO AO CLIENTE Meire David
DIVULGAÇÃO/LIVRARIAS E ESCOLAS Rosália Meirelles

EDITORA CARAMBAIA
Av. São Luís, 86, cj. 182
01046-000 São Paulo SP
contato@carambaia.com.br
www.carambaia.com.br

copyright desta edição © Editora Carambaia, 2023
© Éditions du Seuil, 1972

Título original: *Pluie et vent sur Télumée Miracle* [Paris, 1972].

CIP-BRASIL. CATALOGAÇÃO NA PUBLICAÇÃO
SINDICATO NACIONAL DOS EDITORES DE LIVROS, RJ

S426c
Schwarz-Bart, Simone [1938]
Chuva e vento sobre Télumée Milagre / Simone Schwarz-Bart; tradução Monica Stahel; ensaio Itamar Vieira Junior; posfácio Vanessa Massoni da Rocha.
1. ed. – São Paulo: Carambaia, 2023.
288 p.; 21 cm.

Tradução de: *Pluie et vent sur Télumée Miracle*
Posfácio
ISBN 978-65-5461-020-9

1. Ficção guadalupense. I. Stahel, Monica. II. Vieira Junior, Itamar. III. Rocha, Vanessa Massoni da. IV. Título.

23-84738   CDD: 843.72976   CDU: 82-3(722.1)
Gabriela Faray Ferreira Lopes – Bibliotecária CRB-7/6643

AMBASSADE DE FRANCE AU BRÉSIL

Liberté
Égalité
Fraternité

Cet ouvrage, publié dans le cadre du Programme d'Aide à la Publication année 2023 Carlos Drummond de Andrade de l'Ambassade de France au Brésil, bénéficie du soutien du Ministère de l'Europe et des Affaires étrangères.

Este livro, publicado no âmbito do Programa de Apoio à Publicação ano 2023 Carlos Drummond de Andrade da Embaixada da França no Brasil, contou com o apoio do Ministério francês da Europa e das Relações Exteriores.

FONTE
Antwerp

PAPEL
Pólen Bold 70 g/m²

IMPRESSÃO
Ipsis

ilimitada